係争中の主体
漱石・太宰・賢治

Nakamura Miharu
中村三春

翰林書房

はしがき

どのようなテクストも、その受容の方式は一つには決まらない。テクストには無数の読解の可能性があるという以前に、いかなる姿勢で受容し、ある読解に導くかという方式そのものについてさえ、既に、異なった態度の取り方がある。姿勢や態度として自覚されていなくとも、あるいは、受容の度ごとに変化することがあるとしても、ある根元的な志向性がテクスト受容の基盤を支えている。その志向性は、決して必ずしも言語化できないわけではなく、言語化されて論述の過程に現れもするが、最終的には、たぶん読者間で完全に共有されることはないだろう。誰しも経験したことのある、テクストの受け取り方が十人十色であることこそが、そのことを如実に示している。だが、そのような共約不可能性（incommensurabiltiy）が、実は文化を実り豊かなものにしているのである。

ロラン・バルトが、『S／Z』（一九七〇）を頂点とする一連のテクスト分析の理論で明らかにしたのは、作者に帰属する作品ではなく、表意体（シニフィアン）の戯れであるようなテクストとして対象を認知することが、読者にとって最大の愉楽をもたらすという思想であった。それは単なる消費ではなく、読者による生産としての読解であり、だからこそ〈書きうること〉(scriptible）がテクスト行為において認められたのである。それは受容というよりはテクストの上演というのに近く、実際、楽譜の比喩でテクストは語られる。「ムシカ・プラクティカ」（一九七〇）では、作曲家・演奏家・聴衆が一体化していた時代の再来を現代にも求める音楽理論を表明したが、文芸テクストにおいてもバルトは同じような境地を夢想したのかも知れない。バルザックの『サラジーヌ』を全編、引用して寸断しつつ、コード分析と論述とを織り合わせた『S／Z』は、太宰の「女の決闘」がそうであるのにも似て、この上なく実践的（practical）なテクストにほかならない。

複数の審級に及ぶ表意体の認知が、読者の愉楽の契機となりうるとするテクスト観が、本書の根元的志向性の一部をなしていることは事実である。ただし、それがテクストやテクスト読解の共約不可能性を制御する要素となりうるとは思われない。バルトの記号学は、文芸テクスト分析に関してはすぐれた示唆を与えてくれるが、テクストと読者、読者と読者との間のコミュニケーション可能性をどこかで前提としている調和主義の傾きが強い。それは、バルトの記号学やバルトが依拠したソシュールの記号言語学が、記号および言語がコミュニケートできる状況を前提としていることに発する性質だろうか。〈構造なき構造化作用〉（『S／Z』）は、少なくとも、〈構造化作用〉として認知できることは確かなのだ。同じことは、バルトも創始者の一人として深く関与する語り論（ナラトロジー）についても言えるだろう。記号学も語り論も、流行として葬られてはならず、実際に文芸理論の基本として定着した部分も大きいにしても、このような困難性にまでは十分に思考が届いていない感がある。

調和しないテクスト現象、それはたとえば、〝意味が分からない〟という状態が、必ずしもテクストによる感銘と矛盾しないということ、あるいは、人と話しても〝これこそが共通の解釈だ〟という結論には決して至らないが、にもかかわらず、あるいはだからこそ読むことの楽しみがあるように感じられること、そこに立ち現れるような何ものかである。そしてまた、読解における意味の最終解決が存在しないと認めることは、作者・社会・思想・歴史などの超越論的な最終理論によって、テクスト読解を終了させようとするような読解としての、啓蒙主義をも否定することである。本書では、分析哲学・科学哲学などにおける共約不可能性の論議とともに、フランクフルト学派による表象文化の理論を参照して、調和主義とは異なるテクスト受容の方向を考量している。

ヴァルター・ベンヤミンの『ドイツ悲劇の根源』（一九二八）で論じられたアレゴリー（寓意）の思想は、歴史的・宗教的に決定づけられたシンボル（象徴）に対して、それじたいとしての意味を否定する表現として記号を位置づけるものであった。また、ベンヤミンの批判的後継者であるテオドール・W・アドルノは、『美の理論』（一九七〇）において、モンタージュの概念を現代的テクスト一般に拡張し、それは意味を否定し、統一されつつ混乱したものであると定義した。もはや、〈構造なき構造化作用〉の〈構造化作用〉までもが、不断の葛藤のうちに投入されたのだ。アドルノ自身、アルバン・ベルクに作曲・演奏を師事した音楽家であったが、ここに至って初めて、テクストの理論も新音楽（現代音楽）レベルに到達したのかも知れない。バルトの「ムシカ・プラクティカ」が古典派音楽の頂点をなすベートーヴェンを扱っていたことが想起される。

本書のタイトルとなった「係争中の主体」は、冒頭の章で論じたように、ジュリア・クリステヴァの論文題名に由来するものであるが、より広く、右のような問題関心に基づいている。勿論、本書はあらゆるテクストを一様均等なものと見なすのではなく、文芸（芸術）という価値観を認め、文芸という対象領域を措定して、文芸テクストを理論的に究明することを目的とする。ただし、文芸テクストという対象概念を固定化することはなく、その成否に関わる係争の線をも、同様の問題関心によって論述のうちに取り込むことに意を払おうとする。そのような再帰的な回路を設定することによって、むしろ、文芸テクストの領域を超えて、およそ言語コミュニケーションに関わるものなら、どのようなテクストにも通用するような理論的強度が獲得できればよいと願うものである。

本書の成り立ちは、以下の通りである。まず【プロローグ】「係争中の主体」において、テクストと主体における右のような意味での〈係争〉の概念を明らかにする。以後の論述は、すべて、何らかの意味で【プロローグ】のヴァリエーションにほかならない。続いて最初の【物語　夏目漱石】のセクションでは、テクストの諸要素が物語に寄与し、物語が自己顕示する様相を、ジェラルド・プリンスの語り論などに基づいて明らかにする。

次の【フラグメント　太宰治】は本書の中核を成し、太宰の主要な小説が、フラグメント、アレゴリー、モンタージュ、メタフィクション、あるいはパロディとしての資格において、いかにしてアヴァンギャルドなテクストとなっているかを分析する。「破滅型・下降型作家」の代表という太宰像を転覆し、文芸の言語論的転回を実行に移した作家としての太宰再評価は、執拗に続けなければならない。

さらに、【パラドックス　宮澤賢治】のセクションでは、様々な専門から「宮澤賢治は○○である」式の紋切り型で評されてきた宮澤文芸を、複数の相反するメッセージを常に同居させたパラドックスのテクストとして解明する。最後に【エピローグ】「フィクションとメタフィクション」では、テクストのメタフィクション性を見出すことにどのような現代的意義があるかをまとめてみよう。

係争中の主体　漱石・太宰・賢治◎目次

物語　夏目漱石

フラグメント　太宰治

パラドックス　宮澤賢治

プロローグ　係争中の主体──論述のためのミニマ・モラリア──

はじめに

対象概念・分析方法・批評基準など研究上の種々の問題に関する価値観の多様化と変容の渦中において、論述することの意義はどこにあるのだろうか。文芸学において、何が〝正しい〟という言葉に値するのか、共通の理解は未だに存在していない。自然科学に近い実証性を旨とする文献学や書誌学には、ある程度、実証的な〝正しさ〟の共通理解が存在するだろう。けれども、本文批評に決定的定説のあったためしはない。またマルクス主義や精神分析が科学を標榜し、自然科学的実証と同等の〝正しさ〟を主張する場合もあるが、それを真に受ける人はもはや多くないだろう。そもそも自然科学においてすら、共約不可能性（incommensurability）と呼ばれるような相互に相容れない真理概念の対立が存在するのである。むしろ結論における〝正しさ〟の主張や真理の伝達よりも、論述の過程において様々な声が葛藤を演じる、係争中の主体（sujet en procès）のあり方の呈示こそが、新たな価値として求められうるのではないか。ここに掲げるのは、来たるべき研究における言説の様式についての片たるアフォリズムに過ぎない。[*1]

1　過程にある論述

1　指示の不確定性、文の連鎖の不確実性、表意体（signifiant）の多義性、フレーム問題などの徴表によって示される言語記号の不透明性は、あらゆる最終的解釈の不可能性を示唆している。それは言葉の根元的虚構性に由来する。[*2] 言語は必ず何らかのコンテクスト＝フレームによって表意作用を行うから、表意作用が行われた時、既に言語は中立的なものではありえない。オーディエンスのあり方を重視するコンテクスト主義は、表意作用が行われた帰結を問題にする限りにおいて政治的な正しさを有する。だがそのような表意作用は、常に事後的にしか発見されない。コンテクスト主義は、決してコンテクストの一義化によって保証されるものではない。テクストに対していかなるコンテクストを充当するかは、言語記号の不透明性と同じ理由によって、多様とならざるを得ない。根元的虚構性は、言語の、愉しき、あるいは悲しき生命である。

2　論述における意味の生成には多様な水準が可能であり、その水準は論述の過程（process）を前景化し、またそれによって前景化される。論述は読者に対して明確で一義的な意味を与えなければならないとする信念は、論述を論者の意思の伝達と同一視しているだけでなく、論述も意思の伝達も言葉という不透明な現象によるほかにないという事実を忘れている。論述されたテクストは、他のあらゆるテクストと同じく多義的であり、他のあらゆるテクストと同じく何らかのフレーム＝コンテクストを与えることによってのみ解釈されうる。さらに進んで、論述が通常の解釈を拒絶し、明確な意味を否定するものとして受容され、しかもそれこそがその論述にとって最も妥当な対応であるということもありうる。

3　言葉の意味が根底において共有されることができず、議論によって相手の思想を変更することはできず、すなわち言葉によって伝達を行うことは不可能であると主張する論述が、自らを相手に伝達しないものとして調整され、その相貌を示すことは可能である。しかしその場合でも論述は無意味なのではなく、むしろ意味の伝達を否定する言説形態じたいによって、意味の伝達を否定する現象となる。それは真理条件（truth conditions）に代わる主張可能性条件（assertability conditions）に立脚している。ただし、極限においてそのような再帰的（recursive）な論述と、ただ単に論述能力や読解能力に起因する支離滅裂とを区別する明確な基準は存在しない。その区別を可能にするのは、論述の論者および・または読者による論述のテクストに対する様々な節合（articulation）の活動としての、解釈・関連づけの過程以外にない。

4　啓蒙を批判する論述は、啓蒙的な言説形態を選択しないことが最も妥当な筋道である。普遍的真理を否定する論述は自らを普遍的真理として主張すべきではない。それらは、論述をその論述じたいに対して再帰的に適用することが選択されている論述、再帰的論述である。再帰的論述はそれじたいを自らの作用領域に算入する論述であり、その意味で思想を貫徹する論述である。ただし、それは論理階型の違反を含みやすく、「嘘つきのパラドックス」の状態を呈する危険を常にはらんでいる。しかし、パラドクシカルな言説は、ひとり小説にのみ許されているのではあるまい。パラドックスとして呈示する以外に適切な表現のありえない論述もある。

5　論述の過程とは何か。むしろ論述はすべてが過程である。前提・証明・結論、あるいは三段論法的論理において常に問題となるのは、結論を導く「ゆえに……である」の語法である。論述が根本的な調停者や法典の存在しない争異（différend）に関わる場合、「ゆえに」は決して「ゆえに」ではない。それはいかなる理論にとっての「ゆえに」なのか。ある理論にとって「ゆえに」である事柄が、必ずしも他の理論においてはそうではない。〈文が存在しないことは不可能であり、「そしてもう一つの文」の存在は必然的である。［…］連鎖をつくることは必然的であるが、いかにつくるかは必然的ではない〉（リオタール）[*3]。規則は事後的にのみ見出される。従って「ゆえに」はある深淵を飛び越す。「なぜ『ゆえに』か？」の問い掛けは、それに対する回答に対してもまた適用されるだろうから、遡行的に永続するしかない。従って、「ゆえに」によって導かれた結論もまた争異の内にあり、結論は結論とはなりえない。

6　だが結論が不必要なのではないだろう。むしろ結論はいつまでも証明の一部分であり、前提・証明を含めて、論述は全体として過程の中に存在する。前提が万人にとっての前提であり、証明が万人にとって説得力を持つということはありそうもない。だがもしそれが主張されるならば、その場合にはそれじたいが証明されなければならない。すなわち、前提・証明・結論などの論法は、論述を効果的に構築するためのレトリックにほかならない。論述は初めから終わりまでが証明の過程であり、論述には過程以外に何もない。極端な話、論述が物理的に終了しても過程は終了しない。論述の過程は一つの論著の物理的限界を超えて、論者や論者群のテクスト総体の持続のうちに包含され、さらには論述の歴史のうちに包含される。そして論述の歴史もまた、永続する過程でしかない。結論を留保した論述の歴史は、決して目的論的全体を形作らない星座（Konstellation）的な断片の集積としかならない。[*4] それは係争中の歴史となる。一過的な解釈共同体はそのようなスケールにおいては、無意味ではなくとも甚だ希薄な使命しか持たない。

7　ジャンルはテクストと読者との相互作用において機能するフレームである。いかなるフレームも介在しない受容、あるいは逆にテクストの全局面を受容できるフレームはありえない。フレームはコードとして複合可能であるから、ジャンルもまた複合可能であり、また妥当とされる範囲内で任意に設定される。（例・日記体小説＋恋愛小説＋言文一致小説＋海外留学小説＋……。）ただし、予め前提とされたフレームは個々のテクストの受容過程において変容を被り、論述はその変容の有様をフレーム相互間の係争として表現する。従って、究極的には、ジャンルは否定されるためにのみ設定される。〈個々の作品がジャンルの要求に応えるのは、個々の作品がジャンルによって包含されることによるのではなく、葛藤による、つまり個々の作品がジャンルを正当化するために長期にわたって巻きこまれ、その挙句、自己のうちから生み出し、最後に抹消することになるジャンルとの葛藤による〉（アドルノ）[*5]。ジャンル論はフレーム相互間の係争と、フレームの措定と否定との繰り返しとならざるを得ない。ジャンル論の効用は、その係争と措定・否定の過程において、意味が生成される瞬間の論述が開かれることにある。

2　複数的な自我

8　論述が、啓蒙、教養主義、イデオロギー宣伝、学派擁護、などの阿呆らしい言説となることを止め、それじたいにおいて、論述としての強度を所有するために必要なことは何か。それは、論述における係争中の主体（sujet en procés）[*6]を、論述のテクストの主体とすることである。主体は過程にある限り常に係争中であり、統一されない複数的自我の対立と葛藤の場として現れる。主体を構成する複数の自我は、各々歴史的・社会的・イデオロギー的な起源を異にし、また各々がその起源そのものとの間の係争の中にある。〈一つの全体と中心をもち、安定し完結した自我（Ego）もしくは自立した合理的な「自己」（self）として個人（the individual）を捉えることは、もはや不可能である。「自己」とは、もっと断片的で不完全なものとして概念化されるものであり、私たちが生きるさまざまな社会的世界との関係における複合的な「複数からなる自己」（selves）もしくは複数からなるアイデンティティ（indentities）として構成されるものであり、ある歴史とともにあるなにものかであり、「生産される」ものであり、過程のなかにあるものである。さまざまな言説や実践によって、「主体」はさまざまに場所を定められ、位置づけられる（positioned）のである〉（S・ホール）[*7]。

9　精神分析は、対象リビドーを獲得し[*8]、エディプス・コンプレックスを解消し、いかなる倒錯にも陥らない〝正常な〟発達を理想とし、それ以外を異常と見なす点において象徴的中心への還元主義に基づくコード化的・全体論的思想の典型であるが、そのようなファルス中心主義（phallocentrisme）と二つの局所論のあり方とは背馳する部分がある。[*9]確かに第二局所論において措定された、エディプス・コンプレックスの消滅による父の権威の内在化として成立するとされる超自我のあり方は文字通りのファルス中心主義である。[*10]しかし局所論によって、自立した単一の自我は幻想として葬られ、心の複数の領域は矛盾対立の過程に投入される。むしろ、フロイトのテクストは、検閲・抑圧・昇華・転移など、係争中の主体の状況について分析したそれじたい係争中のテクストにほかならない。フロイトにおいて見るべきはこの心の複数性と葛藤の過程でしかない。自我リビドーも部分欲動も否定すべき現象ではなく、倒錯は今日もはやその大半が倒錯ではない。[*11]エディプス・コンプレックスに至っては、物語に代えて別の定型的物語を対置するための余り出来のよくない鋳型でしかない。[*12]

10　自我が係争を収束させる超自我（自我理想）を得る時に複数的自我は単一化され、テクストの主体は統一されるのだろう。しかし、結論に至らぬ過程にある論述の主体は決して超自我を確立することなく、複数の自我間の係争を持続する。複数の自我を一つの自我に織り上げようとする活動そのものが、自我を複数化する。精神分析の用語により、複数的自我間の係争について熱烈に語ったのはクリステヴァである。〈それゆえ、棄却《ルジェ》は*Ausstossung*［拒絶］によって否定の主体として確立された主体の場への、否定性の回帰であるといえよう。［…］意味の領域はこうして分離され、分割され、多数化され、係争中とされる。記号象徴的秩序を貫いて行われる棄却の原記号化は、複数の主体のうち限られた数のものだけが到達する、手に負えない矛盾の場である〉（クリステヴァ）[*13]。これをクリステヴァが対象とした前衛的文芸テクストのみに封印することは得策ではない。それに対応した水準の論述とは、係争中の主体を露呈する言説にほかならない。

11　バフチンは小説を唯一の生成途上にある未完成のジャンルとして規定し、その理由を小説のパロディ性に求めた[*14]。この場合のパロディ性は、バフチンの語り論における対話・ポリフォニーの理論のジャンル論への変換としてとらえられる。従ってそれはジャンル間の批評と闘争を本質とするパロディである。〈それぞれに独立して溶け合うことのない声と意識たち、そのそれぞれに重みのある声の対位法を駆使したポリフォニイこそドストエフスキイの小説の基本的性格である〉（バフチン）[*15]。語り手も含めてこの声は各々異なる社会的由来とイデオロギーを担い、テクストは決して収束することのない争異の場を形作る。従って対話・ポリフォニーはバフチンにあっては完璧に反調和的な葛藤にほかならない。ここには小説のジャンルとしての過程性と、言説における係争性とが二つながらに規定されている。しかし、それを対象化する論述が単線的な明快を誇るのなら、それは何とも皮肉な事態ではないか。論述は小説の過程性と係争性とを自分のものとする時ではないか。

12　〈むしろ否定性は、語られていないことを、空所および否定を軸として展開し、テクストの表現（語られていること）を構成する基盤を作り出す〉（イーザー）[*16]。この結果テクストは、語られていることと語られていないこととの、収束点を持たない二重構造の戯れと化して行く。これがイーザーの作用美学の帰結としての否定性（Negativität）である。論述は係争中の主体を据えることによって、イーザーが文芸テクストに認めたのと同じだけの強度を保持しうる。ただし、イーザーはゲシュタルト心理学的な地と図との二元論にも似た言明と非言明との二分法に依拠するが、必ずしもそれに整理還元される必然性はない。係争中の主体は複数の言説の交錯であり、それが整序されるのは読者側のフレームの便宜による。二項対立は恐らく必然的ではない。そして諸要素が容易に止揚統一されることを妨げるのがクリステヴァ的棄却の効果であり、その場合、否定性は文字通りの意味において機能することになる。

13　論述は既に発見された真理の表現ではない。論述において真理があるとすれば、それはその困難や不確定性とともに呈示される過程においてのみ存在する。むしろ論述は唯一的真理の不在、真理の複数性が、対話＝闘争的文体としての言説形態によって呈示される葛藤の場である。小説テクストのパースペクティヴは読書の過程で変化し続け、テクストに含意された読者（der implizite Leser）はテクストのレパートリーを構成する諸価値間において係争中となる。いかに係争を続行させるかが、テクストのストラテジーにかかっている。論述のテクストも例外とはならない。論述の前提となる理論母型（matrix of theory）は論述の過程において、共約不可能と思われた他の理論母型の介入を受け、そのレパートリーそのものへと遡行的な変形を被る。論述はそれじたいがバフチン的な対話＝闘争となり、S・ホール的な節合の場となる。

14　節合は、係争が熾烈な場合、異質な他者との間に生じる根底的翻訳の手続きに媒介されざるを得ない。係争中の主体は、未知の言語の翻訳者である。根底的翻訳が可能であるならば、その手続きは自己の真理条件を相手の文に対して漸進的に割り振る通過理論の手続きによる以外にない。〈聴き手にとって先行理論（prior theory）とは話し手の発話を解釈するために前もって用意すべき方法を表し、一方、通過理論（passing theory）は聴き手が発話を解釈「する」方法である。話し手にとって、先行理論は解釈者の先行理論として話し手が「信じている」ところのものであり、一方、話し手の通過理論は話し手が解釈者に用いさせる「つもりである」理論のことである。〉（デイヴィッドソン）[17]。しかし、理解とは自分に理解できることを理解することである限り、最終理論は常に近似的にしか到達することができない。論述のすべては他者理解のための漸近線的な通過理論にほかならない。

3　争異、社会、芸術

15　共約不可能性は、ファイヤアーベントの手にかかると、幼児期以降の知覚の発達の全過程とさえ密接に関連するものとされる。〈共約不可能性へ導く生理的に決定されている態度の興味深い例は人間の知覚の発展によって提供されている〉（ファイヤアーベント）[18]。しかし、厳密な共約不可能性は科学言語間における有意味性の条件が全く共有されない場合にのみ生じ、しかもその場合でもそれらの条件間は完全に無関係というわけではない、とも言われる[19]。純粋コンテクスト主義の社会派はテクストをテクスト外と結ぶ社会的な要素に専ら価値を見出し、それ以外の要素は捨象する。純粋非コンテクスト主義の芸術派はテクストを内部的に完結させる芸術的な要素に専ら価値を見出し、それ以外の要素は捨象する。高橋義孝はこの対立を絶対的なものと見なし、文芸学は科学ではないと断じたが[*20]、現実には両極端の純粋派はごく稀で、あるいは万一そのように主張したとしても、対抗する相手側の用語系を完全に忌避することはほぼありえない。

16　芸術を定義する非コンテクスト的な方法が発見されていない以上、芸術と非芸術、文芸と非文芸との区別を万人にとって確定することはできない。ある対象を芸術と規定するか否かは、過程にある論述にとっての前提とすることはできない。芸術と非芸術との区別という対象観そのものが、論述の過程では係争中となるからである。あらゆる対象は、それを非芸術化する眼差しにおいては芸術でなくなり、芸術化する語りにおいては芸術となる。芸術は普遍的ではないが、それはあらゆるイデオロギーが普遍的でないのと同じ理由による。また芸術を社会的存在と見なすのも見なさないのも普遍的ではない。しかし、ある対象が芸術と見なされる時に発する効果と、芸術とみなされない時に発する効果とを区別し、それらの効果を秤量したり交錯させたりすることは常に可能であり、文化的な意味で生産的である。芸術がいかに不確定な対象であるにしても、芸術というオプションを今すぐに捨て去るのは得策ではない。

17　〈社会的闘争、つまり階級関係は芸術作品の構造のうちに痕跡をきざみこむ。芸術作品自体がとる政治的立場は、こうした痕跡に較べるなら付随現象であり、おおむね芸術作品の完成にとって重荷となるにすぎず、そのため結局は、芸術作品の社会的な真実内容にとっても重荷となる。政治的信念によって成し遂げられるものは無に等しいのだ〉（アドルノ）[*21]。言葉遣いの一つ一つが闘争の痕跡を有するとすれば、いかなる純粋非コンテクスト主義もコンテクストを免れえない。それは、テクストを内部的に完結させる言葉遣いそのものによって、闘争のイデオロギーを呈示する。逆に闘争のイデオロギーは、その都度第一には断片や表意体としてしか与えられない言葉として生成され、言葉の根元的虚構性によって不断に相対化されなければならない。あらゆるテクストは社会的であると同時に非社会的であり、芸術的であると同時に非芸術的でもある。社会性と芸術性とのいずれかに優位性を与える議論に決着を付けようとするのは、係争の過程に強引な幕引きをする全体論もしくは目的論のみが甘んじることのできる政治的態度に過ぎない。

18　しかも、社会的イデオロギーじたいもまた、複数的自我によって表象される多数的なものである。〈おそらくアイデンティティを、すでに達成され、さらに新たな文化的実践が表象する事実として考えるのではなく、そのかわりに、決して完成されたものではなく、常に過程にあり、表象の外部ではなく内部で構築される「生産物」として考えねばならないだろう〉（S・ホール）[*22]。論述する主体が社会派か芸術派かという問いは、主体を完成された単一物として取り扱う限りにおいて、問いそのものが間違っている。ただし、共約不可能性の概念が不要になるわけではない。理論の急激な交替や、議論の応酬などの限界状況においては、常にそれを想定しておかなければなるまい。さらに、係争中の主体においては、極限的には共約不可能な諸自我が葛藤を行うと考えられる。恐らく、フロイトが二つの局所論において構想したのがこれだろう。

19　論述の社会的効用を問う問いは、社会というカテゴリーに予め拘束されているために、特定の回答しか許容しない。専門（discipline）の制度化や予算要求のためには、まことしやかな処世術的お題目を並べておけばよい。心から為政者や世間に迎合しなければならない理由はない。実際は、論述が目的論的に正当化しうるものなら、その目的遂行の可能性如何によって論述の正否は前もって明らかである。ユートピアを否定する立場、ユートピア実現は過程にしかありえないとする論述は、その過程性と係争性とを以て目的遂行の困難さや不可能性を表現する。それが真に社会的効用を持つとするなら、あらゆる社会的即効性をそのような不可能性において否定する効用であるとしか言えない。だが、それを表明したところで専門の正当化にはたぶんなるまい。専門をめぐる社会的環境が共約不可能または欺瞞的である時に、その件に関して論者が真正直にならなければならない理由はない。〈社会全体が狂っているときに正しい生活というものはあり得ないのである〉（アドルノ）[*23]。

20　〈アウシュヴィッツ以後、詩を書くことは野蛮である〉（アドルノ）[*24]。この「アウシュヴィッツ」は、ゲルニカでも重慶でも真珠湾でも広島・長崎でもよい[*25]。〝戦争の世紀としての二十世紀〟と言い換えてもよい。完全なるテクスト解釈とともに、万人が幸福となるユートピア的未来もまたありそうもない。どのような政策も、常に利害を異にする階級や立場の存在に蓋をする擬似的解決に過ぎない。ましてや、すべての差別・抑圧が解消された社会を前提とし、その前提からテクストの社会的貢献度を論ずるのは、二重の欺瞞と言うべきである。ユートピアを主張する思想、あるいは、そのようなユートピアを前提とした啓蒙の理論は、すべて、端的に言って欺瞞でしかない。理想がもし実現されるとしたら、それは陣地戦的な漸進運動として以外にありえない。語弊を押して言うなら、それは実現されないことによってのみ実現されるのである。当初の理想そのものは変質してもよい。肯定と否定との主導権に関わる係争の過程にだけ、その語彙は現れることができるだろう。重要なのは、いつでも過程の維持そのものである。このような時、自己の言説に対する責任とは、単純な言動と行動との一致ではなく、多数的言説の効果を見届け、その帰趨を引き受けて係争的論述の過程を持続させること以外にない。

21　過程は活動の持続であり、過程にある限り係争中の主体は係争を終結しない。その係争には様々な回路が節合され、係争を激化させる。〈われわれは説得を続けねばならない。だが、それは別の（差異の隠蔽としての）説得に出会うためである。そうした異質な説得との交差の中でしか、思考の〈外部〉としての差異の空間は立ち現れてはこないだろう〉（室井尚）[*26]。これは明察である。しかし、過程にある論述は必ずしも説得ではない。自らを分裂的に表明する文体は説得のレトリックとして一般的ではない。そもそも、論述によって相手を説得することができるだろうか。準備不足、話し下手、政治的配慮、その他の理由から、論者は議論の過程や帰結で自分の意見を変更することがなくはない。しかしそれはそのような素地が予め存在していたからであり、争異の場では議論によって相手を説得することは不可能である。というよりも、争異は相手を説得できないからこそ争異なのである。過程にある論述は、その過程に対するテクスト的な参与を（可能なら）読者に呼びかける。結論ではなく過程こそが、知識や教養の伝達ではない葛藤する思考のあり方を葛藤の様相として呈示する。読者はそれを係争中の、生成途上の営為として受け止めることで（可能なら）係争に参与する。

22　啓蒙によって大衆は蒙昧となる。大衆から啓蒙家知識人が分離されるのは単に彼が啓蒙を行うからであり、その思想が啓蒙に値するからではない。完結した異論の余地のない結論を一方的に受容する読者は、自分で考えることをしない奴僕となる。〈啓蒙は通約しきれないものを切り捨てる〉（ホルクハイマー、アドルノ）。[*27] 啓蒙によって伝授された全体論的物語に基づき、読者は統一された自我の幻想を確立する。[*28] 啓蒙家は大衆の超自我となる。その時、論述の過程は終結し、仮に論述が行われても、それは既に勝利を収めたパラダイム内部における通常科学（normal sciences）的な反復でしかなくなる。[*29] 正しい思想が教えた正しい方法によって正しい課題を正しく解くのだから、その論述は正しいに決まっている。だが、そのような〝正しさ〟は疑ってかからなければならない。その啓蒙思想がパラダイムの交替によって舞台から退くと、その論述群は一挙に正しくないものと見なされてしまう。ただし万一、それら通常科学的論述の内部に係争する主体の様相が認められるならば、後世の読者は同時代の支配的啓蒙理論に関わらず、その論述を評価するだろう。係争的過程には目的論的な〝正しさ〟を相対化する力がある。そのような係争性と過程性、それこそが、そしてそれだけが、論述の力にほかならない。

物語

夏目漱石

Ⅰ　『こゝろ』と物語のメカニズム

はじめに

「小説とは要するに『仕掛け』であるということは忘れてはなりません」という言葉で、大岡昇平はその『こゝろ』論を締めくくっている。[*1] だがこの自然な見方は、こと『こゝろ』の読者に関する限り、いまだにそれほど自然ではないらしい。それどころか、そこではこれを「小説」として読むという心掛けすら、必要とされていない。その代わりに、「仕掛け」を透過してそこに見出される人間の生き方、倫理を問題にする仕方こそ『こゝろ』の最もオーソドックスな読み方のようである。時代ごとに方法は形を変え、人物論・語り論・ジェンダー批評などが交替でその任にあたった。しかしここでは、それ以前に対象とすべきこととして、これを「小説」として読むこと、あるいはこの「仕掛け」そのもの、すなわち言語テクストが読者に働き掛ける機構としての物語の様態に留意してみよう。物語の機能としての「仕掛け」の基本構造を解き明かし、ひいては、『こゝろ』受容の流れそのものに、いささか竿を差してみたい。

1　テクスト——〈疑問—回答〉の場

小説を読むことは、最も微視的な局面としてはいかなる行為であるのか。ジェラルド・プリンスは、その語り論の卓抜な理論書の中で、これについて、「換言すれば、私が定式化する〈疑問〉に対して私が与える〈回答〉が、テクストと矛盾してはならないということである。結局、テクストを読むということは、問われた〈疑問〉が適切であるということを含意している」と述べる。[*2] ここで適切性(relevance)とは、それらの〈疑問〉に対する可能な〈回答〉が、テクストによって発展させられる単数あるいは複数のトピックに属するような、既知のまたは未知の情報を伝達することである。ちなみに、この問題を認知言語学的に展開したのが、いわゆる関連性理論(Relevance Theory)ということになるだろう。

プリンスの論を敷衍すれば、まず、〈疑問〉と〈回答〉の無数の繰り返しが、テクスト読解の実質的な作業の要点をなすということになる。〈疑問〉はテクストの情報に触発されて喚起され、〈回答〉もまたテクストの情報の解読によって(可能ならば)与えられるから、〈疑問—回答〉の反復はテクストという対象と切り離しては存在しえない。ただし他方では、〈疑問〉そのものはテクストに内在しているとは限らず、あくまでも読者の感覚によって成立するものであり、当然またそれに呼応する〈回答〉も、読者の判断に多くを依存する。その意味で、この〈疑問—回答〉構造は、ヴォルフガング・イーザーの〈空所〉の概念に相当する。[*3] いずれにせよ、読書という現象は、テクストと読者との相互関係が織り成すテクスト的な場の構成を前提とするということになる。

また、〈疑問〉と〈回答〉とが、同時的に同一のディスクールによって与えられることは一般的ではないから、このモデルはテクストの線状性に従った継起的な時間軸の中で実現されなければならない。ここにプリンスの、「最小の物語」(minimal story)として知られる「核物語」(kernel narrative)の理論や、それよりも大きなミュートス構造の必然性が理解できる。すなわち、単一のプロットとは、〈疑問〉に対して〈回答〉が与えられる時間的な過程であり、ストーリーはそれら複数のプロットの総体にほかならない。パトスからカタルシスへ向かうアリストテレスのミュートス(筋)の構造[*4]や、謎の凝集からその解決へというロラン・バルトの物語構造の理論[*5]はこれと合致する。ただし、プリンスの発想のユニークである所以は、これらの構造概念を、読書行為そのものと結び付けて理解する道を開いたところにある。プロット(ストーリー、ミュートス)もまた、読者の参与したテクスト的な場の所産なのである。この点に関しては、ミュートスを読者側のミメーシスの産物としてもとらえるポール・リクールのアリストテレス解釈を想起することもできる[*6]。

さらに、〈疑問〉と〈回答〉は、その内容に応じて、その都度のテクスト的な場において、ユニークな世界を構成する。これは一種の可能世界(possible world)と言ってよいだろう。テクストの線状構造に従って現れては消える数々の可能世界群の総体が、テクストによって可能となる意味の境界をなす。ウンベルト・エーコは、物語の分岐点において立ち現れる可能世界の記述によるテクスト状態の変化こそが、一つのファーブラ(物語)を構成するものとしてとらえている[*7]。いわばファーブラとは可能世界群の連鎖なのであり、その中でいかなる道筋が選ばれるのかは、読者の役割に関わる事柄である。このエーコの理論は、その〈開かれた作品〉概念における読者の参与によるテクストの実現という発想の延長線上にあると同時に、プリンス的な〈疑問―回答〉構造による読書行為の様態とも整合する見方であると言えるだろう。

さて、『こゝろ』の冒頭は、人口に膾炙した次のような一節によって開幕する。

　私は其人《そのひと》を常《つね》に先生と呼んでゐた。だから此所《こゝ》でもたゞ先生と書《か》く丈で本名《みやう》は打《う》ち明《あ》けない。是は世間《けん》を憚《はゞ》かる遠慮といふよりも、其方《はう》が私に取つて自然だからである。私は其人の記憶を呼び起《おこ》すごとに、すぐ「先生」と云ひたくなる。筆《ふで》を執つても心持《こゝろもち》は同《おな》じ事《こと》である。余所《よそ》々〱しい頭《かしら》文字《もじ》抔《など》はとても使ふ気にならない。

このわずかなディスクールの範囲ですら、幾つもの〈疑問〉が喚起される可能性がある。まず、「其人」とは何だろうか。以後「其人」は、「此所でもたゞ先生と書く丈で」とか、「筆を執つても」の「書く」「筆を執る」などの言葉遣いによって明らかとされる、手記形式の物語において主役を割り当てられる。「其人」あるいは「先生」という言い回しは、その主役の存在感を示すと同時に、その正体を曖昧なままに神秘化するニュアンスがある。後述のように「先生の遺書」という副題が付された初出形態にあっては、なおさらのことである。このような言葉遣いは、この物語が、この不思議な人物とは一体誰かという〈疑問〉に対する〈回答〉を与えることを読者に期待させるような、初期の状況設定にほかならない。

巨視的な観点から見ても、『こゝろ』が手記と手紙という隠された真実の暴露を旨とするドキュメント形式の二大典型を、物語的なフィクションのメカニズムの大枠として持つテクストであることは言うまでもない。この先生の謎という第一の〈疑問〉を、手記形式の部分、特に「上　先生と私」の部分が微視的なディスクールによって徐々に増幅せしめ、手紙形式の部分である「下　先生と遺書」の部分がとりあえず〈回答〉を与えるという構図である。とすれば、『こゝろ』は謎の発生とその解明までを扱う探偵小説的な、もしくはその謎の解明されないミステリー的な側面を持つことを、差し当たり確認しておかなければならない。

だが、それだけではない。「其人」や「先生」という呼称にまつわる神秘化は、「私」にとってこの人がある種かけがえのない人物であることを暗示する。そうでなければ、彼は先生をめぐる手記を書くことはなかっただろう。従って、物語は次第に第二の大きな〈疑問〉を誘発することになる。それは、先生と「私」との関係の内実は何か、言い換えれば、この手記は何ゆえに書かれたのかという謎である。先生の正体という第一の謎は、「下　先生と遺書」における遺書の記述によって、ある程度明白になったと言える。しかし、二人の関係を記した手記の執筆理由という第二の謎は、物語の最後に達してもそれほど解消はしない。これが『こゝろ』読解における一つの試金石となるのも無理はない。小森陽一が提起した、先生の奥さんと「私」との関係を手記執筆の重要な背景として認める読み方は、この〈疑問〉に対するありうべき〈回答〉を示したものと見なすことができる。[*8] そこで当面、問題にすべきなのは、手記形式と手紙形式の担う法則である。

2　ドキュメント形式の機能

『こゝろ』が『東京朝日新聞』『大阪朝日新聞』（大3・4・20〜8・17）に連載された際には、題名は『心』で副題として「先生の遺書」と付されていた。それが単行本（大3・9・20、岩波書店）として刊行された時には、副題はなく、上中下の三つの章に区分される。単行本の「序」にいわく、当初は「数種の短篇を合してそれに『心』といふ標題を冠らせる積だと読者に断わつたのであるが」、「その一篇丈を単行本に纏めて公けにする方針に模様がへをした」のである。この事情のために、『こゝろ』には、新聞発表時の全百十節一体のテクスト形態と、単行本の「上　先生と私」三十六節、「中　両親と私」十八節、「下　先生と遺書」五十六節の全三章から成るテクスト形態と、およそ二種類の形態があることになる。

〈疑問—回答〉構造の観点から見れば、テクストに読者を誘引する微視的な謎の畳み掛けは、いかにも新聞連載小説にふさわしいスタイルである。しかし、それが巨視的な水準においてはストーリー全体とも相同関係を持つとすれば、その要素に限っては、手記形式（上・中）と手紙形式（下）で区分を行った単行本テクストの構成と矛盾するとまでは言えない。さらに上と中とでは物語内容の主軸の置きどころが異なっているから、その区分も自然であり、新聞掲載の全一体のテクストに適用しても意味を持ちうるものである。従って、ここでの論旨にとっては、二つのテクスト形態間の差異を過大に尊重する必要はあるまい。また、同時代の新聞読者の立場に身を置く方法をとるのではない限り、差し当たり、巷間流布している三部構成の区分を用いることに問題はないだろう。

ところで、手記・手紙・日記その他のドキュメント形式は、物語の真実らしさを仮構するための有力な装置として、小説ジャンルにおいては極めて広く認められる形式である。それは現実世界に実在する文書として（as）、または、そのような文書であるかのように（as if）、物語内容を呈示しようとする。このドキュメント形式を、テクスト的な機構として大きく再評価した小森陽一・石原千秋ら[*9]の発言は、今後とも尊重しなければなるまい。ただし、勿論ドキュメント形式は、ドキュメント（現実の記録文書）そのものと全く同じではない。その特徴を概略挙げてみよう。

（1）ドキュメントは、執筆と発信・受信に係る実在の主体・時点・場所についての情報を実在として想定することが可能である。ドキュメント形式の場合は、必ずしもそうではない。

（2）ドキュメントの執筆者は、発話行為の主体となることが可能であり、また発話の主体となることもできる。ドキュメント形式の場合、発話主体は、決して発話行為の主体ではありえない。

（3）ドキュメントは、たとえ未完であっても、独立した物語である。ドキュメント形式は、たとえ完結していても、それが属する上位の物語に寄与する物語を提供する。

すなわち、フィクションの機構としてドキュメント形式は、情報内容と情報形態における虚構性を刻印され、またフィクションの用途に応じた表意作用を行うのである。ただし、限界的なテクストにおいては、ドキュメントとドキュメント形式の区別は、相対的な程度の差となり、読者の対象認知によって決定される。その区別は、テクストの虚構と非虚構との判別によって支配される。単純な話、フィクションか否か判断のつかない対象もありうるからである。ドキュメント形式がドキュメントそのものに接近すると、物語内容は〈as〉として受容され、隔たると〈as if〉となる。

多くの場合、読者は『こゝろ』がフィクションであることを前もって認知しているから、現実の手記や手紙ではなく、手記形式・手紙形式のフィクションと見なされる。その真実らしさは、限界つきのものである。ちなみに、手記がテクスト中の虚構世界において公表されたという記述はない。書かれたもの（エクリチュール）であり、手記であるから、何人かによって読まれなければ意味をなさないのは当然であるが、前述の（1）の原理に照らして、必ずしも虚構世界において読まれなければならないわけではない。虚構世界中では公表されず、誰にも読まれなかった虚構のドキュメントを、我々読者が読むことに何の問題もない。虚構の手記も、手記である限り物語内で公表されなければならないとする見方は、ドキュメントとドキュメント形式との混同に基づいている。

その上で、特に指摘すべきは、手記形式（上・中、特に上）と手紙形式（下）の両部分の物語としての文体の共通性であり、また全体と「下」とのストーリーの相同構造である。小森陽一・高田知波[*10]らが分析したのは、「私」と先生とのエクリチュール（書き方）の差異であった。それらにおいては、文体の差異は主体（人格）の差異と並行するものと見なされていた。それらは、言説を常に主体の活動としてとらえようとする語り論に必然的な特徴である。しかし、前述の（2）に従えば、たとえ差異が発見されたとしても、それは発話主体の主体性に属する性質ではなく、より高次の、すなわちテクストのディスクールを読者が総合し、この言語活動を「小説」や「仕掛け」として呈示したと逆行的に想定される発話行為の主体に属する作業であると考えられる。いずれにせよ、むしろ、ここでは過度に主体を問題にしない見方で接近してみよう。

本来、手記は必ずしも物語であるとは限らない。だが、「私」の手記は、最初から最後まで、物語としての興味を主たる前進力として進行されている。その理由は、前述（3）の定式に従い、このドキュメント形式が、『こゝろ』という小説に対して、小説のジャンル的要請に従った寄与を行っているからにほかならない。特に、回想手記形式の一般的法則に基づき、その物語は、〈その時〉（物語内容の時間）と〈今〉（手記執筆時）とに二重化された時間構造の枠を伴うことによって、特定の意味を持つものとして提起されている。例は無数にあるが、例えば次のような箇所に顕著である。

私は若《わか》かつた。けれども凡ての人間《にんげん》に対して、若《わか》い血が斯《か》う素直《すなお》に働《はたら》かうとは思はなかつた。私は何故《なぜ》先生に対して丈斯《こ》んな心持が起《おこ》るのか解《わか》らなかつた。それが先生の亡《な》くなつた今日になつて、始めて解《わか》つて来《き》た。

自分が若かったその時と、今日との間に、先生の死という経験があり、その間の「私」の精神的な変化が枠を形作り、その枠の起点から終点へと向かう方向性が、すなわち手記の求心的な時間構造と一致するわけである。ところが、このような二重の時間と求心性は、先生の遺書にもまた顕著に認められる。先生の生涯においても、父母の死と叔父との確執という少年期の体験があり、その後Kの死の事件が起こり、現在の生活状態の前提となったと述べられている（後述）。手記においても、また手紙においても、変化の契機となる重大事件へ向かい、それを踏み台として現在を帰結するような、時間的な求心的方向性が明示的に設定されているのである。

これは、確固とした存在基盤の崩壊という、劇的ことに悲劇的な効果をもたらす物語の「仕掛け」

である。また特に、三者関係とも相俟って、象徴的な父から子への世代継承の物語、イニシエーションの神話的類型を容易に想起させる枠組みでもある。石原千秋・小谷野敦らに代表される[*11]、エディプス的、もしくは反エディプス的なファミリー・ロマンスとしての読解が登場する所以の一つである。ともあれ、そのいかにも物語々々した表面をドキュメント形式の現実らしさが覆い隠す役割を果たしている点において、一般のドキュメント形式とさほどの隔たりはない。冷静に考えた場合、誰がこのように思わせ振りな物語風の手記を書くだろうか。また誰がこれほどまでに長い物語風の遺書をしたためるだろうか。だが、前述の但し書きのように、それは現実においても絶対にないとまでは言い切れないのである。

いずれにせよ、このドキュメント形式における〈疑問―回答〉のフレームは、物語内容の継起的順序に従う複数の可能世界間の選択としての〈疑問―回答〉とともに、物語内容の現在とその成立時点、つまりドキュメントの成立時との間のそれとに、常に二重化するような仕組みとなっている。「上」の手記部分に関して言えば、〈疑問〉はほとんどが先生という人物の正体の謎に関わる。例えば、『妻《さい》が考へてゐるやうな人間《にんげん》なら、私だつて斯《こ》んなに苦《くる》しんでゐやしない』先生が何《ど》んなに苦《くる》しんでゐるか、是も私には想像の及ばない問題であつた」など、人物としての「私」の先生に対する〈疑問〉は、また読者の〈疑問〉ともなる。語り手としての「私」は、その〈回答〉を保留しつつ、〈疑問〉を蓄積させて行く。「私は淋しい人間《にんげん》です」とか、「恋は罪悪ですよ」などの、縦横に張り巡らされた意味深長な警句も、すべてこの類いに属する。

このような〈疑問―回答〉の重畳現象に、明確に言及したのは由良君美である[*12]。由良は「上」の構造を分析し、「こうして『先生』の不得要領のなかに真実を探そうとし、否定の壁を肯定に転じようとしながら、サスペンスの連続を強いられる『私』は、『先生』を解釈し、人物像をいろいろに造り、また修正する」と記述した。「サスペンス」を強いられるのは、勿論「私」だけではない。クリアされない〈疑問―回答〉の重畳は、読者に対しても、読書行為における物語的な緊張を漸次に増幅させる。物語は、封印を解かれ、自らを解放するためにこそ、あらかじめ抑圧されることを必要とする。「私」の語り口によって暗示される先生の謎は、こうして手記における物語の自己抑圧の契機となる。しかし、先生の物語の結び目を解いてしまったのが「私」であることは明言されているのに対して、それを解いた理由が何であるのかは、明示的には語られていない。そしてその事情は、「私」と先生との関係の実体というもう一つの謎と連動するのである。

　他方、由良が十分な展開をする余裕なく、示唆するに止めている通り、この「サスペンス」構造は「上」だけの問題ではない。「下」においても、先生は決して結末を一挙に語ることをせず、物語的な順序と文体によって語ろうとする。「あなたから過去を問《と》ひたゞされた時、答へる事《こと》のできなかつた勇気のない私は、今あなたの前《まへ》に、それを明白に物語る自由を得たと信じます」という言葉は、文字通りこの手紙が「物語る」行為の結果であることを告知している。手紙や遺書を物語の形式で書くことを妨げるものは何もない。しかし、先生の遺書の物語的性質は、余りにもドキュメントとしての常軌を逸している。例えば、「お嬢さん」「奥さん」という呼称の使用も、当時常にそうしていたからと断られているが、読者を誘引する物語的趣向を高めることに大きく寄与しているだろう。その他も含め、「下」の先生の第一義は、何よりも物語的な語り手であり、かつ人物であることにほかならない。従ってこの部分もまた、ドキュメント形式として、物語全体に貢献することになるのである。

「実をいふと私はそれから出る利子の半分も使へませんでした。此余裕ある私の学生々活が私を思ひも寄《よ》らない境遇に陥し入《い》れたのです」。語り手＝先生は現状を簡略に要約し、その帰結として未来に発生する出来事を思わせ振りに暗示しつつ、語りを継続する。このような強力なミュートスの形成意識に支えられ、先生の告白は何よりも物語として自らを呈示するのである。そして、決定的事件の勃発についての詳述を最後まで遅延させながら、読者の期待を繋いで行こうとする。ここでの読者とは、直接には手紙の受信者である「私」だが、言うまでもなくそれらを総合して読もうとする私たちそのものでもある。〈疑問—回答〉の重畳効果は頂点にまで達し、Kの自殺というカタストロフがその果てに用意されるのである。

『こゝろ』は、先生の謎に関しては、手記形式部分が全体として一つの〈疑問〉を誘発し、手紙部分がそれに対する〈回答〉となるような二重構造を持つが、さらに手紙部分そのものが、〈疑問〉を募らせ、それに対しての〈回答〉を徐々に、そして決定的に与える仕組みになっている。『こゝろ』の全体と、先生の遺書とは、相同的な構造をなしていると言うべきだろう。しかし、それは「私」と先生との、人格的な類似性を示す徴表ともなるのだろうか。

3　他者とは神《カ(ガ)》／鏡《ミ》である

先生と「私」との関係の本質は何かという、第二の大きな謎に移ろう。「私」は先生に海水浴場で会い、その魅力に引かれて交際を始めるのだが、その理由はそれほど明らかではない。「私は最初から先生には近づき難い不思議があるやうに思つてゐた。それでゐて、何《ど》うしても近《ちか》づかなければ居られないといふ感じが、何処《どこ》かに強く働《はた》らいた」という状態は、結局最初から最後まで変わらない。先生は職業を持たない「思想家」であるが、その思想のジャンルや内容については、公表しないのが惜しいとは書かれていても、実質的には不明である。「然し私は先生を研究する気で其宅《そのうち》へ出入《でい》りをするのではなかつた」ともあり、この交際の紐帯となるのは思想云々ではなく、性格的な共鳴ということになる。端的に言って、「私」が先生の物語の聴き手となる必然的な理由は何もない。むしろ「私」は、先生から告白を引き出す物語的な装置にほかならないのである。

また、先生の側はどうだろうか。次の引用は、遺書の冒頭近くの有名な一節である。

其極《きよく》あなたは私の過去を絵巻物《ゑまきもの》のやうに、あなたの前に展開《かい》して呉《く》れと迫《せま》つた。私は其時心《そのときこゝろ》のうちで、始めて貴方《あなた》を尊敬した。あなたが無遠慮に私の腹《はら》の中《なか》から、或《あるい》生きたものを捕《つら》まへやうといふ決心を見せたからです。私の心臓を立《た》ち割《わ》つて、温《あたゝ》かく流れる血潮《ちしほ》を啜《すゝ》らうとしたからです。[…]私は今自分で自分の心臓を破《やぶ》つて、其血《ち》をあなたの顔《かほ》に浴《あび》せかけやうとしてゐるのです。私の鼓動が停《とま》つた時《とき》、あなたの胸《むね》に新《あた》らしい命《いのち》が宿《やど》る事《こと》が出来《でき》るなら満足です。

ここには、先生の手紙が書かれる動機が明らかにされている。しかし、「無遠慮に」「腹《はら》の中《なか》から、或《あるい》生きたものを捕《つら》まへやうといふ決心」とは、要するに「私」の物語的な機能であるところの、相手に告白を迫る態度以外ではない。人物レベルで、いかにそれが人間と人間との「温《あたゝ》かく流れる血潮《ちしほ》」

の交流であったとしても、ここに披露された理由は、告白を求める熱意に動かされ、共感して告白を開始するという宣言である。それは物語のレベルで、装置としての聴き手の招きに従い、装置としての語り手が始動するための設定に過ぎない。〈回答〉の与えられない〈疑問〉を累加し、次第に自己抑圧の度を高めた物語は、次いでそれを爆発的に解放しなければならない。物語は、ここで「温《あたゝ》かく流れる血潮《ちしほ》」という格好の根拠を得て自らを解放するのであり、またそれは、人物＝語り手としての先生が、その帰結として自己抑圧の封印を解く契機でもあった。ただし、ドキュメント形式が物語に奉仕する仕組みから見て、この関係は逆ではありえない。

なにゆえに人は他者の告白を求め、また他者に告白をするのか。手記と手紙という『こゝろ』のフレームは、最大の〈疑問〉としてこの問いを宿している。これに対する〈回答〉を与えるとすれば、それは同語反復としかならないが、行為の規範として他者は自己にとって神〔崇拝＝同一化の対象〕であり、さらにテクストの構成から見れば他者が自己にとっての鏡〔客観視の契機〕であり、自己が他者にとっての鏡であるような事態が、『こゝろ』においては現象している。

まず、この小説において、徹頭徹尾、個人の自立性という概念は否定されている。「私」と先生とが、「温かく流れる血潮」を介し、余りにも密着した関係を結ばなければならなかったことがその最大の徴表である。また特に先生の手紙に記された半生記からは、作田啓一[*13]がジラール[*14]の枠組みを借りて明らかにした通り、模倣と媒介に支えられた欲望の三角形的構図が明瞭に読み取れる。叔父との事件によって人間不信に陥った先生は、静への欲望を実体化するための触媒として、手本〔モデル〕かつ敵〔ライヴァル〕としてのKという人物を呼び込まなければならなかった。このような他者との自己同一化の構図は、決して先生とKとの間の問題だけに限らない。「私」は先生へ、「私」の父は天皇へ、そして遺書記述者としての先生は、今度は逆に「私」への同一化の志向を示している。父が明治天皇の病状と自分のそれとを並行して考える場面に現れているのは、何も天皇への敬愛の念だけではあるまい。それは死期を悟った病者が、他者の存在を生の支えとして生きようとする試みだっただろう。自己が単独では自己たりえず、常に既に他者への同一化によってのみ自己となりうるとする構図である。また、「私」から先生への敬慕の念も、その核心が曖昧であるとしても、親しみと興味という欲望のベクトルによって他者を奪う仕方で、自己のあり方を決めることにほかならない。どこにも、単独の個人は存在しない。

しかも、他方では、何ものかを書くことによって自己抑圧の封印を解く契機となったのも、他者の介在にほかならなかった。まず先生においては明らかに、「私」の「無遠慮」な告白の促しがあって初めて、その遺書は書かれることができた。「絵巻物《ゑまきもの》のやうに」展開することによって、すなわち事実と問題点を整理し、過去を物語として実体化することによって、かねてよりの懸案であった自殺を決意し決行することになった。すなわち、「私」という鏡に映る自分の姿を凝視することにより、先生は自己たりうることが可能となり、そして自己本来の進むべき道としての自殺を選んだのである。このように考えるならば、先生の自殺はむしろこの遺書の、物語としての必然性に従う行為であり、先生は書くことによって鏡に自分を映し、死を選んだと言うべきかも知れない。そして、あえて短絡的に言うならば、そのような先生の死は、鏡となりうる人物である「私」の出現を重大な要因とするのであり、端的に言って先生を殺したのは「私」だということになる。

その「私」の方は、遺書の「此手紙があなたの手に落ちる頃《ころ》には、私はもう此世《このよ》には居ないでせう。とくに死んでゐるでせう」という箇所を拾い読みし、「逆《ぎやく》に頁《ページ》をはぐり返《かへ》し」、強い不安にかられて瀕死の父を置いて東京に出発してしまう。「私」が父を見捨てても先生のもとへ急がねばならなかったのは、勿論、先生に対する強い敬愛のためだが、それと同時に、先生の死に、「私」自身、鏡たる役割を負った自分の責任を感じたからとも言えるだろう。そして「私」は、今度は先生および先生の死を鏡として、自らの存在の位置について語る手記を書き、自己開封を図るのである。こうして他者は、神であり、同時に鏡でもあって、生きることと書くこととが、他者の面前においてしかありえないような状況が、延々と繰り広げられるのである。乃木大将の殉死に触発された先生の自殺、「明治の精神に殉死」することという謎めいた一節は、神／鏡としての他者のあり方を明記する象徴的なフレーズとしても解釈できる。

4　物語としての『こゝろ』

〝なぜ？〟。『こゝろ』は、多くの〈疑問〉に対して十分な〈回答〉を与えるようなテクストではない。プリンスは、「換言すれば、所与のテクストがいかに読解容易（legible）であるかを決定するために、私たちは確かな回答に到達するためにどれほど多くの疑問を問わなければならないか、それらの疑問がどれだけ複雑であるのか、それらの疑問が互いにどれほど異なっているのか、それらに答えることができるか、そしてそもそもそれらの疑問を問うことができるか否かすら、決定しなければならない」として、読者個人の読解能力度（readability）とは異なる、テクストの読解容易度（legibility）という概念を提起している。『こゝろ』の誘発する〈疑問〉群は、それほど複雑でも多様でもないが、それに確信をもって答えることは非常に難しい。これは読解容易なテクストではない。むしろ、かりそめの〈回答〉さえ、容易には得られないテクストであると言わなければならない。

〈疑問―回答〉構造の難度を高めるのは、他者の予測・推測不可能性であり、それが出来事の進行と人物関係を規定し、そして物語そのものをそのようなニュアンスに染め上げている。まず、Kの自殺がその代表だろう。Kの部屋を見た「私」の反応は、「私は棒立《だち》に立竦《たちすく》みました。それが疾風の如《ごと》く私を通過したあとで、私は又あゝ失策《しま》つたと思ひました」というものである。Kの告白を聴き、言動によってKを追い詰めた上で、Kを出し抜くようにお嬢さんへの求婚をするような先生にとっても、Kが恐らくそれを直接間接の原因として自殺するとまでは予測できなかった。ここでKの自殺の予測不可能性は、他者の不可視性と共通の根を持つ事柄にほかならない。すなわち、叔父による財産収奪や、下宿内における奥さん・お嬢さんの奇妙な振る舞いなどに対する先生の理解不能や、結婚後の静の先生に対する理解不能、そしてまた「私」の先生に対する理解不能などとも通底し、それはこのテクストが基調として提示している個人間の障壁という原理の露頭であったと言うべきである。

どうして先生はKの告白を聴いた後、実は自分も同じくお嬢さんを愛していると告げなかったのか？　なぜ先生はKを追い詰めたのか？　また求婚後に、それをKに打ち明けなかったのか？　「道《どう》理《り》で妾《わたし》が話《はな》したら変《へん》な顔《かほ》をしてゐましたよ。貴方《あなた》もよくないぢやありませんか、平生《ぜい》あんなに親しくしてゐる間柄《あひだがら》だのに、黙《だま》つて知らん顔《かほ》をしてゐるのは」と奥さんが言うのは当然である。そして、たかが失恋や背信や自己嫌悪によって、なぜKが自殺しなければならなかったのか？（勿論、現実に人間はこれらの理由から自殺する。だが、すべての人間がそれによって自殺するわけではない。)

このような〈疑問〉は、先生とKだけでなく、奥さんにもお嬢さんにも、また「私」についてすらも、無数に挙げることができる。従来、これらの〈疑問〉に〈回答〉を与えてきたのは、最善の場合でも、心理学(エディプス的、もしくは反エディプス的、など)・社会学(フェミニズム、家族関係論、セクシュアリティ研究、など)などの、何らかのイズムによって裏打ちされた人間関係論であった。いわく、彼ら・彼女らの行為の背後には、心理的・社会的な抑圧や関係の権力構造があり、それによって彼らの行為が決定されたのだ、と。恐らく、それらはすべて誤りではない。と言うよりも、それらの正否は、すべて動員された心理学・社会学・何々イズムの正否に依存することになろう。

しかし、正解が何であれ、それがディスクールとして置かれ、他の可能世界を排除して呈示された結果、何が行われているのかが問題である。すなわち、それらの抑圧が抑圧として機能しなかったならば、『こゝろ』の物語は物語とはなりえず、読むに足る小説としての体裁を持ち得なかっただろう。彼らの抑圧や関係は、すべて物語が物語たるための、自己抑圧と解放のための便宜に過ぎない。そのような仕方で、『こゝろ』は意味論的に異空間の出現としての体裁を整え、構文論的にそれを時間軸上に展開し、そして語用論的にそのメッセージ群によって読者を読書の時空間に誘引し、そして拘束することが可能となったのである。なぜそれが誘因となり、拘束する魅力となりうるのかは、努めて『こゝろ』の小説ジャンル論的な話題となりうる事柄なのである。

さらに、「私」と先生との関係の内実という〈疑問〉は、テクスト的であれ、スキャンダリズムであれ、何らかの憶測と暗号解読行為としてしか、〈回答〉を与えられない。〈疑問―回答〉構造の強度を最終的に確固としたものとする手法は、物語の迷宮化、ミステリー化をおいてほかにはない。遺書を受け取った「私」が、そのメッセージをいかに理解し、彼らの関係に何を付け加えたのかは、明示的には未完成というほかにない。様々な憶測は、憶測である限りにおいてテクスト論的でもあるだろうが、しかし多様な可能世界のいずれかを選択する行為に過ぎず、いつまでも決定的なものとはなりえないだろう。またそもそも、〈回答〉が出ているか否かの議論とは関わりなく、このような仕組みじたいが、『こゝろ』というテクストの性質なのだと言わなければならない。

『こゝろ』を読む行為とは、いったい何だろうか。それはほぼ純粋に物語享受の行為であり、それ以外の要素は、ほぼ教養趣味的な夾雑物に近いと言うべきだろう。だが、純粋な物語享受の行為なるものは、コミュニケーションの総体を孕み込んでしまうことを急いで言い添えなければならない。端的に言って、〈疑問—回答〉構造そのものへの問い掛け、すなわち、人はなぜ他者を神／鏡として必要とし、他者を理解しまた欺こうとし、言葉によってそれを物語として構築するのだろうかという、コミュニケーション全般の根拠こそが、『こゝろ』によって〈疑問〉として問われている課題ではないのか。従って、そのようなことは必要もないし、それ以外にも生の方途はありうるのだという〈回答〉、小説は単に楽しんで読めばよいし、人生もっと遊びながらいい加減に暮らした方がむしろ生産的だよという〈回答〉は、初めから『こゝろ』というテクストにおいては無効なのである。

従って、この小説が学校教育の教材として長年にわたって用いられていることは、ほんとうは極めて貴重なことなのだと言わなければならない。虚構の手記と手紙というドキュメント形式、男女間の三角関係のもつれ、愛と死、そして父から子へ、先達から後進へ、という『こゝろ』の物語内容や表意形態、またそのような表意機構（「仕掛け」）がいかに脱色され、生き方・倫理の回路へと引きずり込まれてきたかの受容史は、小説というジャンル、物語というシステムの持つ、あざとさ、魅力、しぶとさ、陳腐さ、その他の制度を、これでもかと言わんばかりに提供してくれる。それは、私たちの属してきた言語環境と、そこにおける小説（文学・物語・芸術……）というジャンルの位置づけを、余すところなく代弁する豊かな小説であったはずである。今後とも『こゝろ』を活用し、この読書を経験の糧とした上で、教師も生徒も、お望みならば、好みの他の多様なテクストへと赴けばそれでよい。

Ⅱ 〝反小説〟としての『彼岸過迄』

はじめに

『彼岸過迄』というテクストが、小説というジャンルを逸脱したものであることが、複数の論者によって指摘されている。柄谷行人は漱石のスタイル全般を、小説ジャンルを殊更に「解剖《アナトミー》」した「写生文」または「文」と見なし、その特徴として語り手の露出、ヒューモアの存在、筋がないことなどを挙げた。[*1] また佐藤泉は、特に須永が母の思惑である千代子の結婚を忌避することから、「物語の目的論に対する疑いを抱く主人公を含む物語」としてとらえ、物語の統一的全体性を否定する積極的な意義をそこに見出している。[*2] 短編集積形式であり、かつ各短編間に物語の時間的継起性や語りの審級の点から水準の差異が認められ、また両氏が認める自己言及的な発話を含むこのテクストの性質について、これらの言説群は一定の説明を行うことに成功したと言える。

ただし、それでは、従って『彼岸過迄』は小説ではなく、またそれは物語でもない、ということになるかというと、恐らく決してそう言うことはできまい。柄谷が参照するミハイル・バフチンの言うように、小説は端から発展途上の未完成のジャンルであり、またノースロップ・フライの分類のように、「解剖《アナトミー》」もまた小説でありうる。[*3] 反小説は小説であり、反物語もまた物語なのである。そして、佐藤の見るように人物の行為が小説構造論と並行するものであるならば、このウロボロス的事情もまた、恋愛や結婚やジェンダーなどと緊密に連動するのではないだろうか。そしてそのことは、小説論・物語論一般の目録に対して、何を付け加えるのだろうか。

1 現実的、虚構的

敬太郎は「遺伝的に平凡を忌む浪漫趣味《ロマンチック》の青年」とされるが、「遺伝的」の内実についての詳しい叙述はない。この小説では、敬太郎がそのような青年として物語の証人となることが必要なのであり、彼の人格はテクスト的な要請の帰結にほかならない。さて、「所が彼の生活は〔…〕何といつて取り立てゝ云ふべき程の小説は一つもなかつた」という一節における「小説」の語には、些か比喩の匂いも感じられる。だが初心に返るなら、このテクストにおける、「小説」が「実地」に等しいとする発想には驚きを覚えなければなるまい。その「実地」とは、「たとひ自分の推測通りと迄行かなくつても、何処か尋常と変つた新らしい調子を、彼の神経にはつと響かせ得るやうな事件」と等価だろう。つまり、「小説」(novel, narrative, fiction) が「実地」(the real, reality, fact) であるとすれば、端的に虚構とは現実であり、しかもそれは、特別に奇異な現実ということになる。その際の現実は、結果的に言語秩序や想像力の被覆を剥がされたラカン的な現実界に接近する。

他方、この「小説」は、字義通りの小説、または物語としての側面をも実際に具備している。それは夙に指摘されるごとく、『彼岸過迄』の各短編が、いずれも敬太郎が聴き手となり、また観察者(「探偵」）として聞き取り、また観察した内容を物語として呈示するテクストだからである。彼の浪漫的好奇心が、森本の話、田口の依頼、須永と千代子の関係、幼児の死、そして松本の物語を呼び寄せる。ただし、その好奇心には特定の偏向が認められ、しかもそれは必ずしも人物・敬太郎のみに局限できるものではない。

　其時敬太郎の頭に、此女は処女だらうか細君だらうかといふ疑ひが起つた。女は現代多数の日本婦人にあまねく行はれる廂髪《ひさしがみ》に結《い》つてゐるので、其辺の区別は始めから不分明《ふぶんみやう》だつたのである。が、愈《いよく》物陰に来て、半後《なかばうしろ》になつた其姿を眺めた時は、第一番に何方《どつち》の階級に属する人だらうといふ問題が、新たに彼を襲つて来た。

この文章の語りは間接話法であるが、語り手およびテクストの主体と、主語の主体との間の境界線は曖昧であり、一種の自由間接文体となっている。停留所で千代子を観察する敬太郎にとって、「処女」と「細君」の「区別」は「階級」に等しく、その「区別」は、なぜか分からぬが「問題」なのだという思想である。勿論、誇張・滑稽化の要素が多分にある漱石の修辞法と叙述法を斟酌しなければならず、またそのために、敬太郎と語り手を全くの同列に置くこともできない。だが、語り手が敬太郎との間に有意な程度の距離を取って対象化していると言えるほどには、境界線は判然としていない。

いずれにしても、敬太郎がその女の「見懸《みかけ》」によって、この「階級」の判別を行う様子を、テクストは同様の自由間接文体によって長々と展開する。まず、「身体の発育」と「地味な服装《つくり》」との観察とが対立し、一度は年齢不詳とするが、後者の証拠を優先させて「何うしても既に男を知つた結果だ」と判定する。それに「大人びた落付」と、鋭敏な目を動かすまいとする抑制力の観察が付け加えられ、その判定を補強する。ところが、その後体勢を変えて横顔がより若く見え、「華やかな気色《きしょく》」から「処女の無邪気ささへ認めた」と締めくくられる。このテクストにおける「処女」の意味は、「既に男を知つた結果」という表現に注目すれば、この語彙の近代史を参照するまでもなく明白だろう。その判別の過程には、次のような「観察」も差し挟まれている。

　敬太郎は婦人の着る着物の色や縞柄に就て、何をいふ権利も有《も》たない男だが、若い女なら此陰鬱な師走《しはす》の空気を跳返す様に、派手《はで》な色を肉の上に重ねるものだ位の漠《ばつ》とした観察はあつたのである。

「派手な色を肉の上に重ねる」はもとより比喩（提喩）だろう。だがこの表現は、衣服が肉体（「肉」）を隠していて、その肉体はあの「階級」の区別を隠しているという観念に彩られた比喩である。衣服・肉体は、「階級」の区別に対して隠蔽効果を持つが、同時にそれを表現もする。そのように両義的であるために解釈が必要とされ、その解釈が探偵行為や観察を伴うことになる。「実地」（現実）は物事の表面ではなく、その背後・深層にあるのだ。この二重構造とその解釈が存在するために、『彼岸過迄』は全体として「精神分析的」（柄谷）なのだが、フロイト、ラカンの論述がそうであったように、「精神分析的」とは小説的・物語的と置き換えてもよい。小説性・物語性は、精神分析の本質であったと述べても過言ではない（「ドストエフスキーと父親殺し」一九二八、「《盗まれた手紙》についてのゼミナール」一九五七……）。だからこそ、「小説」が小説であり、同時に「実地」（現実）でもあることは、このテクストでは何らパラドックスを構成しない。

このように考えるならば、『彼岸過迄』の構造は、直線的物語構造論の否定ではあっても、あらゆる物語構造の否定とまでは言えない。筒井康隆の『驚愕の曠野』（一九八八・二、河出書房新社）や、八〇年代高橋源一郎の一連のテクストであっても、それは小説ではなく、物語ではない、とまで言うことはできまい。況や、漱石をやである。佐藤泉による反物語としての『彼岸過迄』構造論は完成度が高い。特に、恋愛や結婚という目的論を内破する反構造としてこのテクストをとらえるのは、特異な短編連鎖形式という外観にはふさわしい。しかし、「実地」表現の希求を確実に含む『彼岸過迄』にとって、物語は、単純なロマンスではない「実地」的ロマンスとして、すなわち物語の定型を逸脱し、物語の定型を打破し、格別に高次元の出来事性を帯びる点において通常の物語とは異なるところの、もう一つの物語として呈示されたと言うべきではないか。

2　迎合にして、批判

統一的全体性を持たないテクストととらえ、そのことが既成の慣習を著しく相対化すると見なすことは、このテクストにも適用されるべき方法論を無効化してしまう弊がある。ところが、敬太郎、田口、松本ら男性人物群には、共通にある種の性向が存在し、それはほとんど典型的にジェンダー批評を受け入れる。それは男女関係、もしくは男女の肉体関係を人間にとって一つの大問題であると考える傾向である。『彼岸過迄』が男女関係に重心を置いて構成されていることは、言うまでもないのかも知れないが、初めに確認してよいだろう。右のような敬太郎の「観察」の根底には、「男女《なんによ》の間《あひだ》」に関する彼の次のような関係論が横たわっている。

　肉と肉の間に起る此関係を外にして、研究に価する交渉は男女《なんによ》の間《あひだ》に起り得るものでないと主張する程彼は理論家ではなかつたが、暖かい血を有《も》つた青年の常として、此観察点から男女を眺めるときに、始めて男女《なんによ》らしい心持が湧いて来るとは思つてゐたので、成るべく其所を離れずに世の中を見渡したかつたのである。

初めて湧くというその「男女《なんによ》らしい心持」とは具体的に何なのか、ここには明記されていない。しかし、〈男らしさ〉〈女らしさ〉という符丁が、教科書的なジェンダーの指標であることを思えば、「男《なん》女《によ》らしい心持」は、これらを一言の下に表現する真に便利な語彙である。ましてや、内実が不明であるならば尚更のこと。ただし、これを若輩者・敬太郎の浮薄な精神の表現として批評するわけにはいかない。なぜなら、こうした「問題」意識は敬太郎だけのものではないからである。

　田口は悪戯好きの男とされるが、その悪戯は多くの場合男女に関わっていて、探偵を依頼した敬太郎への質問でも、「素人《しろうと》だか黒人《くろうと》だか、大体の区別さへ付きませんか」「夫婦でないにしてもですね。肉体上の関係があるものと思ひますか」と問うている。勿論、松本・千代子が叔父と姪であることを分かっていてのこれらの質問が、たちの悪い悪戯に過ぎないのは確かだが、それにしても、ここには探偵行為の実質を男女関係、殊に肉体関係と結びつけようとする傾向がありありと認められる。また松本も、「けれども幾何《いくら》一人だつて、広い意味での男対女の問題は考へるでせう」と敬太郎に尋ねている。

つまり、この男たちは男女の肉体関係を重視し、それを物語の水準で「問題」として展開しようとする性向において、よく似ているのである。さらに、「二人は人間として誰しも利害を感ずる此問題に就いて暫時《しばらく》話した」という文もある。「人間として誰しも利害を感ずる」は、ここでも不分明であるものの、「二人」に由来する以上に、修飾句として語り手あるいはテクストそのものに由来する発話だろう。このように探偵行為（＝精神分析＝物語）と「男女の世界」とは密接に関係し、全体を覆うように作られている。構成から浮くとも言われる「雨の降る日」の章にしても、須永に対して千代子が「貴方の様な不人情な人は斯んな時には一層来ない方が可いわ」などと難詰する一節によって、「男女の世界」と密接に繋げられている。

当初敬太郎は、自分は「浪漫趣味《ロマンチツク》」だが探偵はできないと考えていた。その理由は探偵が「如何《いかん》せん其目的が既に罪悪の暴露にあるのだから、予《あらかじ》め人を陥《おとし》いれようとする成心の上に打ち立てられた職業である」ためである。結局、「たゞ興味といふ一点から」「経験の第一着手として」、田口の求めに応じて探偵行為を働くのだが、あの「階級」（処女・非処女）の判定や、須永の出生、千代子との関係を物語として開封することは、それらの担い手の「罪悪」ではないにせよ、少なくとも秘密の「暴露」であろう。後には松本に詰め寄られて「少し懲りました」と恐縮するものの、敬太郎はいつ、なにゆえに転向したのか。それは求職という「験《げん》の見えない［…］運動と奔走」がもたらした幻だったのか。

しかし、登場人物を責めても無意味である。当然ながら、テクストは人物の思想だけでは完結しない。もし敬太郎が当初の潔癖を守っていたら、端的にこのテクストがこのテクストとして存在しえずに終わっただけである。すなわちこの経緯もまたテクスト的要請であり、さらに遡れば、小説が小説である限り、あるいはそれが小説であろうとなかろうと、読者に愉楽を提供する言語形態である限りにおいて、それは純粋な論理ではありえないということに過ぎない。読者を参与させるために、程度の差はあれ、それは大衆に迎合しつつ批判し、性的誘惑を散りばめつつ対象化するほかにない。

そしてそのことを考慮に入れるなら、『彼岸過迄』の「暴露」や告白の語りが、日本自然主義小説の「現実暴露」や告白と、全然違うものだとまでは言い切れまい。なるほど、「実地」（現実にして虚構）の内実、思想性の問題、文体・語り・修辞法など、差異は非常に大きい。しかし、『彼岸過迄』がそれらの、いわゆる小説らしい小説と、完全に異なるスタイルを持つとは考えづらい。だが他方では、それにもかかわらず前節で述べたように、このテクストはその要素をも包括して、確かに反小説・反物語の局面を備えている。そしてこの基本設計は、千代子・須永の関係にも深く強く響いてゆく。

3　恋愛コミュニケーションの基礎

須永も例外ではない。船縁に千代子の「黒い髪と白い頸筋」を美しく眺める彼もまた、男たちの傾向を分有している。小森陽一は「須永の話」の末尾で、千代子が須永の「侮辱」をなじるのは、「一般的な男性的価値のレヴェルで高木と自分を比較し（健康な身体と言葉のたくみさなど）」、「千代子の男性観を一般的で通俗的なもの」に貶め、「千代子に自分の思いを告白し彼女の価値判断をあおぐことを避けているから」であると見なす。[*4] 工藤京子はこれを受けて、須永は「権力」「財力」などのジェンダー的な「家族責任」の価値基準を一方的に千代子に想定したに過ぎず、実際は多くの徴表から千代子は須永を愛していたが、須永を選ばない理由は「雨の降る日」の章における「不人情」、つまり「他者への思いやりや愛情の欠如」のためと解釈する。[*5] なるほど、これらは確かに正論である。

「唯何故愛してもゐず、細君にもしようと思つてゐない妾《あたし》に対して……」彼女は此所へ来て急に口籠つた。不敏な僕は其後へ何が出て来るのか、まだ覚《さと》れなかつた。「御前に対して」と半《なか》ば彼女を促す様に問を掛けた。彼女は突然物を衝き破つた風に、「何故嫉妬なさるんです」と云ひ切つて、前よりは劇しく泣き出した。〔…〕「貴方は卑怯です。徳義的に卑怯です。〔…〕妾は貴方を招待した為に恥を掻いたも同じ事です。貴方は妾の宅の客に侮辱を与へた結果、妾にも侮辱を与へてゐます」

しかし、この最後の抗議には、ジェンダー的「男性観」などよりも「宅《うち》」という領域が要点をなし、他者の面前における、つまり社会的な「侮辱」を詰るというニュアンスがある。『こゝろ』の静がそうであるのと同じく、千代子を真実の中心と考えるのには無理がある。千代子の劇的な反応から見て、須永の憶測通り、彼女は高木の話を殊更に控え、須永に対して構えていたのではないか。否むしろそれは、戦略的な沈黙でさえあったかも知れない。しかも、「高木さんは紳士だから貴方を容れる雅量が幾何《いくら》でもあるのに」と直言することから、「家族責任」は要らないにせよ、少なくとも紳士の「雅量」は要るのだ。とすれば、自分を「極めて因循な男」と呼ぶように、何にせよ「雅量」において劣ると自覚する須永には、この場合逆効果でしかない。「雅量」がないとコンプレックスを抱いている者に「雅量」がないと指弾しても、にわかに「雅量」が身に付くわけではない。むしろ火に油を注ぐようなものである。

　コミュニケーション、特に広い意味での性的コミュニケーションは、ある種〝暗闇での跳躍〟的に、遂行することも解釈することも難しい。前にも触れた「雨の降る日」の「不人情」論議は、確かに須永の性格を映し出しており、字義的にはそれに対する千代子の厳しい追及である。しかし、従兄妹同士の親愛の情が根底になければ、面と向かって相手を「不人情」と糾問することはできまい。「宅《うち》」を枠とした高木との比較はそれよりも峻烈である。ただ右の詰問にしても、全体として見れば、表面的には「侮辱」に対する抗議であるが、それは須永に対する絶交の宣言ではない。角度を変えて見れば、逆に極めて熱烈な恋愛告白、求愛の場面とも言えるだろう。勿論それは少なくとも表面上は無効であった反面、もはや可能性は消え去ったと確言することもできない。「二人の関係は昔から今日に至る迄全く変らない様だ」という松本の観察は、文字通りに尊重できるだろう。

　真情を隠し屈折した須永に対して、千代子もまた、明確に相手に判断を求めたり、明瞭に自分の意思を伝えはしない。須永の描いた絵を「妾《あたし》お嫁に行く時も持つてく積よ」とは、須永を愛しつつ他の男と結婚するということか、婚姻関係とは異なる何らかの関係として須永との関係を持続しようというのか、あるいは深い意味のないコケットリーなのか、両義的な発話である。「自分の思いを告白し彼女の価値判断をあおぐ」（小森）べきというのは、確かに一つの信条だろう。だが、恋愛は大衆団交や公聴会ではなく、恋愛コミュニケーションは水道管ではない。直接聞けず、直接話せない場合があり、聞いても分からず、話しても伝わらず、抑圧と幻想の比重が大きいからこそ、恋愛は他のコミュニケーションとは異なるカテゴリーとしてある。誰も愛するまでは愛が何であるか分からず、その後でさえ、真の愛がこれだとは決して言えない。

私は須永の弁護をしているわけではない。このような条件は、千代子側としても似たようなものであったと推認でき、またそこにはさらにジェンダー的な不均衡も加わっていただろう。いかに利発な千代子といえども、ストレートに「自分の思いを告白し彼の価値判断をあおぐ」こともまたできなかったに相違ない。確かに千代子の須永評は、それじたい男女の社会的性差に即したジェンダー批評であり、須永はそれを的確で鋭いものとして受け取っているようである。しかし、だからといって、須永的人格を否定あるいは批判する方向性が、明確に示されているわけではない。須永に語り手を割当てたテクストは、千代子の須永に対する長年の態度、高木への須永のしつこい嫉妬、そしてこの千代子による究極の追及に至るまで、すべて須永自身による回想の物語として語らせている。人物として須永が完璧に「不人情」であったとしたら、彼はこのように語っただろうか。そして、そのような須永を、このテクストは一方的にネガティヴな存在として処遇しようとしているだろうか。

再び、佐藤泉を参照して、千代子・須永関係を小説構造論に節合しよう。佐藤はこのテクストに、「物語がいつでも他者の物語だということ」への批評を認め、「終わり＝目的に向かって統一される言葉の秩序を否認することは、他者の意図の円満な完結に向かう機能を失調させる意志と考えることができる」とする。すなわち、実母でない母が血縁を求めた思惑としての千代子との結婚を忌避することが、非統一的形態を最終的に保証するのである。これは秀抜な見解であり、同時に、須永の恋愛におけるディスコミュニケーションの契機としての抑圧の存在をも説明しえている。ただし、忌避が完了したとは言えない。また、たとえその事情が障害となったとしても、愛の力でそれを克服して千代子に求婚する類の選択肢もなくはない（！）。勿論、抑圧は克服できないからこそ抑圧なのであり、須永はそれを容易に克服しえないが、「松本の話」末尾の「僅の旅行で、僕の神経だか性癖だかゞ直ったと云つたら、直り方があまり安つぽくて耻しい位です」とは、少なくとも何らかの変化の契機として受け取ることもできる。

　しかも、こうした「実地」（無意識）を暴き出す〝探偵言説〟は、本来、ラカン的なディスクール、すなわち非人称的で超個人的な他者の言語（「他者の意図」）、主体と客体との間を泳ぐ自由間接文体的な言語でしかない。無意識が抑圧・検閲の結果であるとすれば、無意識の完結なるものは語義の矛盾であるから、他者の言語もまた完結させることはできない。どこまで言っても、「円満な完結」はない。だが、このタイプの物語の場合、むしろ未完結であることが物語の存在理由を担保する。敬太郎がそうであったように、テクストにおいて読者は、「探偵」に失敗することによってのみ、「実地」の他者性に直面しうる。言い換えれば、恋愛コミュニケーションを不可能性に彩られたものとする限り、それを表象するテクストもまた、断片の集積体《キマイラ》となることが似つかわしい。ここには、損傷を被り、断片化された時代にふさわしい表意形態としての、アドルノ的なモンタージュの機能がある。[*6] そして、そうであるにしても、それは不可能性を語る散乱したテクストという資格において、その資格においてのみ、やはり小説であり、物語として存在するのである。恐らく、物語は形を変え、機能を変えながらも、いつまでも終わりはしないだろう。真の課題は、物語に対する私たちのスタンスを、自在に変革することではないか。

フラグメント

太宰　治

I　アンドレ・ジイドと太宰治の〝純粋小説〟

1　ジイド到来小史

フランス二十世紀前半を代表する作家の一人、アンドレ・ジイド（André Gide, 1869-1951）は、自らの小説作品を〈物語〉（récit）、〈茶番〉（sotie）、〈小説〉（roman）の三種類に区別している。『背徳者』（一九〇二）、『狭き門』（一九〇九）、『田園交響楽』（一九一九）の、三部作とも呼ばれるテクスト群は、いずれも生命を賭した自己犠牲の精神に関わる人間の倫理を厳しく追求した作品で、これらは〈物語〉に類別され、また『パリュード』（一八九五）、『法王庁の抜穴』（一九一四）は同じく倫理的局面も兼ね備えるが、中心的課題は人間と社会に対する諧謔を含んだ批評であり、これらは〈茶番〉に分類される。それに対して、『贋金つかい』（一九二六、当初の邦訳名は『贋金つくり』）は〈小説〉に属し、ジイドにとってこれは唯一の〈ロマン〉であった。その理由をジイドは「『イザベル』への序文草案」（一九一〇）で次のように述べている（私訳）。

なぜ私はこの小さな本に《物語》（récit）と名付けるよう気を使ったのか？　それは単に、私が小説（roman）として思い描く理念に、この本が対応していないからである。『狭き門』や『背徳者』もそうである。そのことを間違わないでほしい。小説とは、私が認識し想像するところによれば、登場させる人物群の多様さに従った、多様な視点を含むものである。これは本質的に意表を突く（déconcertée）作品である。[*1]

ここからも分かるように、ジイドにとって『贋金つかい』は特殊なテクストであり、そのことから、人物・視点において多様で、それによって読者の度肝を抜くようなジャンルとしての〈ロマン〉に賭ける彼の意気込みが窺われるのである。ジイドは小説のほか、『ドストエフスキー』（一九二三）などの文芸評論や、フランス植民地の過酷な現状を暴いた『コンゴ紀行』（一九二七）、共産主義国家の文化的閉塞性を告発する『ソビエト紀行』（一九三六）などの旅行記でも有名である。その他、二十歳から死の前々年までの六十年間にも及ぶ自己省察の記録である『日記』（一九三九〜五〇）も、文芸作品の一つとして重視されている。

ジイドの業績が日本に紹介されたのは、明治四十年代にまでさかのぼる。これについて、大場恒明が周到な調査を施している。[*2]それによれば、広瀬哲士「最近仏蘭西小説の傾向」（『帝国文学』明42・2、3）にジイドの名前が現れたのが最初で、以後、武者小路実篤・三富朽葉らがジイドの作品を読み進めた。特に三富「仏蘭西文壇の現在」（『早稲田文学』付録、大2・1）は、象徴主義とジイドとの関係に触れ、また『狭き門』を初めて紹介した点などから、最初の本格的ジイド論であった。その後、上田敏「独語と対話・人生派」（『太陽』大3・2）が、数行ながら『背徳者』に言及し、「この上田敏の紹介によってジッドの名はかなり多くの人の記憶に残った」（大場）。さらにそれに触発されたと思われる永井荷風が「小説作法」（『新小説』大9・4）において、小説家志望者にジイドの小説を読むことを慫慂している。荷風はジイドへの傾倒を強めたが、これは大正十年、駐日フランス大使ポール・クローデルから『パリュード』を贈られたことが契機となったと推定され、さらに『パリュード』と『贋金つかい』が『濹東綺譚』（『東京（大阪）朝日新聞』夕刊、昭12・4・16〜6・15）に影響を与えたとされる。そして、大場によれば、山内義雄訳『狭き門』（大12・6、新潮社）の翻訳出版が日本のジイド熱と受容の方向性を決定し、これ以後、石川淳訳『背徳者』（大13・6、同）、井上勇訳『田園交響楽』（大14・1、同）などが続々と刊行されることになる。

これに引き続き、別に大場が作成している綿密な文献目録[*3]などを参考にして、昭和初年代におけるジイド受容を追ってみよう。右記の〈レシ〉三部作を中心とした当初のジイド観の基調は、自己犠牲の精神をめぐる倫理的人間分析に重点をおいたモラリスト・ジイドというものだった。この見方は、以後、小林秀雄訳『パリュード』（『大調和』昭3・3〜6、未完）や、石川淳訳『法王庁の抜穴』（岩波文庫、昭和3・10）などの〈ソティ〉、その他旅行記や文芸評論などの翻訳紹介によって次第に総合的に拡張されて行った。特に、唯一の〈ロマン〉『贋金つかい』が受け入れられるに及び、『詩と詩論』等の〝レスプリ・ヌーヴォー〟ブームを背景として、一躍、革新的小説技術の前衛として注目されることになる。『贋金つかい』に先行して、『贋金つかいの日記』（一九二七）を初めて翻訳したのは大野俊一「貨幣贋造者の日記」（『文学』第2冊、昭4・11）で、大野は続稿を『作品』（昭5・5、6）に掲載した（未完）。続いて武者小路実光訳「『貨幣贋造者達』の中のエドアールの小説論」（『新文学研究』第2輯、昭6・4)、同「貨幣贋造者」(『星雲』昭6・5〜8、未完)が発表され、以後、山内義雄・鈴木健郎らが本格的な訳を公表してゆく。昭和九年、ジイド全集が相次いで金星堂と建設社から発刊され、堀口大学訳『贋金つくりの日記』(『ジイド全集』第8巻、昭9・8、金星堂)及び山内義雄訳『贋金つくり』(『アンドレ・ジイド全集』第4巻、同・9、建設社)がさっそく収められた。太宰治が本格的な創作活動を開始した昭和八年から十年までの期間は、二つの全集の刊行を中心として、日本におけるジイド熱が画期的に高まった時期でもあったのである。

2 太宰におけるジイド

これまで多々論じられてきたように、太宰は小説「道化の華」(『日本浪曼派』昭10・5)にジイドの『ドストエフスキー』からの引用文を挿入し、これが芥川賞の候補に挙がりながら落選したことに対する抗議文「川端康成へ」(『文芸通信』昭10・10)において、同書を読んでこれを改稿した経緯について触れている。「道化の華」への挿入句は、「美しい感情を以て、人は、悪い文学を作る」であり、長部日出雄はこの文が当時刊行されていた『ドストエフスキー』の翻訳書のうち、武者小路実光・小西茂也訳『ドストエフスキー』(昭5・10、日向堂、後に金星堂版『ジイド全集』第9巻に収録、昭9・4)の本文と合致することを特定した上で、『ドストエフスキー』の内容と「道化の華」とに対照検討を加えた。[*4]

また「川端康成へ」の方の言及は、次の通りである。

① 「道化の華」は、三年前、私、二十四歳の夏に書いたものである。「海」といふ題であつた。

友人の今官一、伊馬鵜平に読んでもらつたが、それは、現在のものにくらべて、たいへん素朴な形式で、作中の「僕」といふ男の独白なぞは全くなかつたのである。物語だけをきちんとまとめあげたものであつた。そのとしの秋、ジツドのドストエフスキイ論を御近所の赤松月船氏より借りて読んで考へさせられ、私のその原始的で端正でさへあつた「海」といふ作品をずたずたに切りきざんで、「僕」といふ男の顔を作中の随所に出没させ、日本にまだない小説だと友人間に威張つてまはつた。友人の中村地平、久保隆一郎、それから御近所の井伏さんにも読んでもらつて、評判がよい。元気を得て、さらに手を入れ、消し去り書き加へ、五回ほど清書し直して、それから大事に押入れの中にしまつて置いた。

文中の「海」は未だ不詳ながら、太宰が黒木舜平のペンネームで発表した「断崖の錯覚」（『文化公論』昭9・4）がその関連作品であることを、曾根博義が推定している。[*5] ところで、同文中には、もう一箇所、右引用文と呼応する記述が見られる。

② 小鳥を飼ひ、舞踏を見るのがそんなに立派な生活なのか。刺す、さうも思つた。大悪党だと思つた。そのうちに、ふとあなたの私に対するネルリのやうな、ひねこびた熱い強烈な愛情をずつと奥底に感じた。ちがふ。ちがふと首をふつたが、その、冷たく装うてはゐるが、ドストエフスキイふうのはげしく錯乱したあなたの愛情が私のからだをかつかつとほてらせた。さうして、それはあなたにはなんにも気づかぬことだ。（傍点引用者）

これは文脈から推して、ジイドの『ドストエフスキー』からの示唆として見てよいだろう。例えば、ジイドは『悪霊』に触れて次のように述べている（寺田透訳）[*6]。

③　もう一回申しますが、ドストエフスキーはその観念をけして純粋な状態で表現することはなく、つねに話す人間たちの、彼がそれらの観念を託す人間たち、それらの観念の通訳である人間たちの函数として表現するのです。キリーロフは、ある一つのきはめて異様な病的状態にありますす。彼は数分後には自殺しようとしてゐて、彼のいふ言葉は唐突で、支離滅裂です。ドストエフスキーの思考そのものを、これを通して、見分けるのはわれわれの仕事です。（傍点引用者）

観念を「人間たちの函数として表現する」というのは、一見「唐突で、支離滅裂」な人物の言葉を解析し、そこから思考を「見分ける」態度を言う。これは②で、川端の発言に「ドストエフスキイふうの」錯乱した愛情を「ずつと奥底に感じた」とする言葉と通じていて、太宰はすなわち、『ドストエフスキー』の理論を川端の発言にも適用して見せたのである。そしてこれらの意味は、いずれもあの「美しい感情を以て、人は、悪い文学を作る」という命題と合致する。創造者の観念・思考・感情は、少なからず文芸テクストの記号学的表意作用とは背馳し、テクストの表面は想定される統一された観念・思考・感情とは似つかずに撹乱されている。これこそ、①の「原始的で端正でさへあつた『海』といふ作品をずたずたに切りきざんで、『僕』といふ男の顔を作中の随所に出没させ」たことの根拠なのだろう。そして、ジイドの作品系列で、『ドストエフスキー』が一著として刊行された時期に執筆されていた『贋金つかい』こそ、この理論の実践編と見ることができる。事実、その創作記録である『贋金つかいの日記』には、次のような文が認められる（私訳）。「気質や性格との関連［函数］（fonction）においてしか、〈観念〉を表に出さないこと」（Ne jamais exposer d'*idées* qu'en fonction des tempéraments et caractères.）。[*7]

山内祥史は複数の根拠から、「道化の華」初稿執筆を昭和八年頃と推定している。[*8] 仮に『ドストエフスキー』を読んだのが「そのとしの秋」であるとすると、「葉」（『鷭』昭9・4）、「猿面冠者」（同誌、昭9・7）、あるいは「彼は昔の彼ならず」（『世紀』昭9・10）なども、右の理論を掠めたものなのかも知れない。また、『贋金つかい』も上述の通り、昭和九年には全集に収められていたから、「道化の華」成稿までに太宰の目に触れる機会はあったはずである。太宰は「鬱屈禍」（『帝国大学新聞』昭15・2・12）に、「ジイドの芸術評論は、い、のだよ。やはり世界有数であると私は思つてゐる。小説は、少し下手だね。意あまつて、絃響かずだ」と評し、「芸術は常に一の拘束の結果であります。芸術が自由であれば、それだけ高く昇騰すると信ずることは、凧のあがるのを阻むのは、その糸だと信ずることでありますす」云々の文章を引用し、それに反発を試みている。これは山内によれば、ジイド『続プレテクスト』（佐藤正彰訳、『ジイド全集』第7巻、昭和10・2、建設社）からの引用とされる。[*9] このように太宰がジイドにかなり造詣が深かったことは明らかなのだが、テクスト間の類似性を取り沙汰する声にもかかわらず、太宰が『贋金つかい』を実際に読んで方法論的に咀嚼したか否かは定かではない。

3 太宰的〝純粋小説〟

『贋金つかい』の紹介や全集の刊行などジイド熱の高まった昭和初年代は、また純粋文芸に関する理論追究が諸方面で強力に推進された時期でもあった。第6冊（昭4・12）でジイド特集を組んだ『詩と詩論』は、第1冊（昭3・9）からアンリ・ブレモン著、中村喜久夫訳「純粋詩論」の翻訳掲載を開始、以後題名・訳者を変えながら第13冊（昭6・9）まで続いたほか、続々と純粋文芸関係の論文を掲載した。中でも河上徹太郎「アンドレ・ジッドと純粋小説」（第13冊、『白痴群』第5号、昭5・1の再録）が『贋金つかい』『贋金つかいの日記』の手法を、「手法が理念と合体する」ような理想的小説として解析してみせた。商業文芸誌では、特に『新潮』が純文学の危機説を先導し、度々の特集を組んで論陣を張った。すなわち『純文学は何処へ行くか』（昭7・7）、「小説の問題に就いて——理想を指して語る——」（同・11）、「『純文芸の更正』に就いて」（昭8・7）などである。時代小説や探偵小説など、いわゆる大衆文学の人気は円本ブーム以来の出版界の活性化と読者層の趣味の拡大に支えられて沸騰しつつあった。『詩と詩論』の純粋文芸理論は〝レスプリ・ヌーヴォー〟の重要な支柱の一つであったわけだが、それは日本文壇の事情からすると、恐らく純文学衰退という現状を打破するための跳躍板とも見なされたのだろう。その証拠と言うべきか、ジイドの理論からの示唆を受け、なおかつ純文学の危機脱却の急先鋒として、横光利一「純粋小説論」（『改造』昭10・4）が登場することになる。

「純粋小説論」には、「私に今一番外国の文人の中で興味深く思ふのは、ヴァレリイとヂイドであるが」という言及はあるものの、純粋小説という名称を除けば、その理論そのものには、ジイドの純粋小説（roman pur）の理念はほとんど響いていない。「小説から、特に小説に属していないあらゆる要素を除き去ること」（山内義雄訳）[*10]という、ジイドの純粋小説とは異なり、横光のそれは、通俗小説と純文学との合体、長編主義、「第四人称」の設定などによって定義されるものであった。これらは、少なくとも直接的にはジイドのテクストとは無関係なものばかりである。勿論、「作者の言葉——『盛装』」（『婦人公論』昭9・12）において、「小説といふのは、読者と共同製作しなければ、良いものは出来ないとジイドは云つてゐる」として、『贋金つかいの日記』の一節（私訳）「物語は、巧みに描かれるためには、読者の合作を要求する」（L'histoire requiert sa collaboration pour se bien dessiner.）[*11]を引用する横光の、読者に開かれた多義的テクスト構築のスタイル、あるいはその徹底した反リアリズムには、紛うことなくジイド的スタンスが投影していると言ってよい[*12]。

しかしむしろ、太宰の小説形態こそ、ジイド的純粋小説に近いものであったと言うべきはないか。なるほど、「登場させる人物群の多様さに従った、多様な視点を含む」という〈ロマン〉の定義に合致するほど、多様な人物を登場させる小説を太宰は書かず、高々「一人二役の掛け合ひまんざい」（「二十世紀旗手」）の水準にとどまった。だが、「道化の華」前後の時期に書かれた小説群には、「小説から、特に小説に属していないあらゆる要素を除き去ること」という純粋小説の定義にも似て、小説を書くことじたいが核心をなすメタフィクション的テクストが多く含まれる。「道化の華」や「猿面冠者」はもとより、本書で論じる「創生記」（『新潮』昭11・10）、「二十世紀旗手」（『改造』昭12・1）、「懶惰の歌留多」（『文芸』昭14・4）などはいずれもそうである。これらはすべて、小説創作の困難性についての叙述を他のストーリーと織り合わせて構成されたテクストであり、『贋金つかい』のメタフィクション性に通じるだけでなく、それがほかならぬ小説についての小説であるからこそ、そこから「小説に属していないあらゆる要素」は排除されているとも言えるのである。従ってこれらを、太宰の書いた、いわば太宰的〝純粋小説〟と称してもよいだろう。

　太宰治こそ、いわゆる純文学の危機を乗り越えて、文芸の純粋さ、つまりは読むことじたいの素晴らしさを読者に教えることのできる作家の代表だった。「芸術の美は所詮、市民への奉仕の美である」（「葉」）、「僕は市場の芸術家である。芸術品ではない」（「道化の華」）、「いま日本では、文芸復興とかいふ訳のわからぬ言葉が声高く叫ばれてゐて、いちまい五十銭の稿料でもつて新作家を捜してゐるさうである」（「猿面冠者」）。これらのフレーズは、いずれも純文学の危機時代において、横光の「純粋小説論」がそうであったのと同じく、読者市民の意向を考慮に入れなくては傑作の見込みのなくなった、作家の境囲を指示する批評以外ではない。それは自嘲ではなく、積極的主張であっただろう。根本的観念の表出を多様化し、屈折させるために、「ずたずたに切りきざんで」テクストを多面体的に複数化してゆく太宰の小説作法は、むしろ読みの愉しさの豊かな変奏を、読者に提供するものであったはずである。ジイドと太宰との繋がりは、影響を与えそれを受容したというようなおざなりなアプローチを受けつけない、このように時代的な場を介した合奏のようなものであった。今や読者は、これらの多数性への意志を減殺せぬよう、テクストのより大胆な演奏を心掛けなければなるまい。

Ⅱ　語り論的世界の破壊――「二十世紀旗手」のフレーム構造――

はじめに

日本的テクスト論は、語り論（narratology）、あるいは物語理論（theory of narrative）に傾斜して展開された。どのような理論にも、固有の有効性と並んで特定の限界が存在する。と同時に、理論が自らの枠組（frame）に対して自覚的となる場合にのみ、その理論は新たな発展の可能性の契機を有すると言わなければならない。太宰の逸脱的テクストの一つ「二十世紀旗手」は、そのような限界点に立って照射される語り論の有効利用によって、その特異性を明らかにできるものである。語り論の歴史と体系を概括して、「二十世紀旗手」のスタイルを解明してみよう。

1　語り論というフレーム

アメリカの語り論の泰斗、ジェラルド・プリンスの辞典[*1]によれば、「物語＝ナラティヴ」とは「語り手」から「聴き手」へと「伝達される出来事」を「語ること」であり、「ナラトロジー」はこの「ナラティヴ」の理論にほかならない。語りを本質とするテクストに「ナラティヴ」の語を初めて本格的に適用したのはロバート・スコールズとロバート・ケロッグである。すなわち、「ナラティヴの語を用いて私たちは二つの特徴によって規定されるそれらすべての文芸作品を意味している。その特徴とは、物語と語り手の存在である」[*2]。彼らは西洋におけるナラティヴの伝統を重視し、小説(novel)を、古典古代の叙事詩という同一の起源に由来しながらも歴史的・模倣的・ロマンス的・教訓的の四傾向に分化したナラティヴの系譜が、現代において再統合された形態と見なす。小説が厳密なジャンル的規定を許さない、鵺的対象である所以の一端がここに示される。これらは、叙事詩の朗唱から文字による叙述への変化に伴う修辞法や媒介性などの相違を含むものの、物語・語り手という条件においては一貫するものとされるのである。

アリストテレスは『詩学』において、詩的表現をミメーシス(形象的呈示)一元論として提起した。これは詩に、生起する必然性のある出来事を語る点において、既に生起した偶然的事実を扱う歴史よりも、高度に哲学的な性質を認めたことと関連する。それは、『国家』の中で詩人を国家を惑わす者として理想国家から追放しようとした、師・プラトンの文芸観を乗り越えようとするものであった。プラトンはアリストテレスと違って、ミメーシス(真似)とディエゲーシス(単純な叙述)とを区別する。ジュネットは、この区別を復活させたヘンリー・ジェイムズやウェイン・C・ブースの理論を受け継いでいる[*3]。ジュネットによれば、ミメーシスは直接話法、ディエゲーシスは間接話法に対応し、ミメーシスはジェイムズのいう'showing'、ディエゲーシスは同じく'telling'に相当する。

ジュネットは「ミメーシスの錯覚」の実質をなす表意内容を物語内容(histoire)、ディエゲーシスを構成するテクストの表意体を物語言説(récit)と呼び、それらを包括する状況全体を語り(narration)

として規定した。ミーク・バルはこの語りという曖昧な用語に代えて語り的テクストと命名する。[*4]内容と媒体の二項対立概念、叙法（mode）や態（voix）などの言語学概念の導入からも示唆されるように、ジュネットの語り論は物語言説の記号学的構文論である。これを基点として、例えばバルは語り手／語り内容や焦点化者／焦点化内容の格子を、またプリンスは特に聴き手や読者の機能を提起し、各々独自の展開を試みている。さらに、ジュネットとイーザーを基盤として、いわゆる「虚構の伝達《コミュニケーション》回路」の図式を整備した小森陽一の語り論[*5]は、これらに勝るとも劣らない強度を備えた高度の達成であったと言えるだろう。

しかし定義上、語り論は対象となるテクストを語り及び物語の局面から認知する以外にない。語りの前景化は、記号論・構造主義における主体性回復の要求に発している。語り手のイデオロギー性を抽出するバフチンの理論や、それを受け継いだクリステヴァによる原記号態（le sémiotique）における主体生成の仮説は語り論に不可欠の要素である。[*6]構文論的な分布と意味論的な組み込みによって構造化された、自立した言語的構築物としてテクストを復元する初期バルト風の静態的構造主義に、[*7]語り手や物語言説の語用論的なメカニズムを加味することは、作者とは異なる主体性をテクストに付与する方策ともなりえた。この場合主体性とはイデオロギーの物象化であり、いずれも自立した領域＝テクストでは充足されえず、常に歴史的コンテクストへの遡行を要求する。

批評史における脱構築からニュー・ヒストリシズム、ポスト・コロニアリズム、フェミニズム、そしてカルチュラル・スタディーズへの交替は、語り論の趨勢と足並みを等しくする。太宰研究においても同様の動向が見られた。「春の枯葉」を論じて登場人物の「発想の基底にある多様なイデオロギー素の争闘」に着目し、最終的に太宰の「天皇への愛」を「自分の言述《ディスクール》が生み出してしまった〈主体〉に唯一責任をとりうる、言葉の使用者への思い」を剔抉する小森の論などが、研究方法史における転機を示した。[8]

このように、語り論は主体性とイデオロギーに裏打ちされた何らかの物語、及びその伝達を自らの価値観として共示すると言える。そのように見る限り、語り論から文化研究への方向性は意外ではない。プリンスが定義に「伝達される出来事」を盛り込み、より典型的にはシュタンツェルが語りを「媒介性」(Mittelbarkeit)の尺度によって把握したように、[9]語りは第一にテクスト内的な伝達もしくは媒介であり、伝達するに足る(完結した、あるいは散乱した)物語が必然的に求められる。それら伝達と物語の強度は、小森の「伝達《コミュニケーション》図式」や、それと似たバルの「物語言説における伝達機能」モデル図に見る通り、[10]語り的テクストが作者から読者へと間接的にではあるが伝達される構図へと変換されて行く。その際、抽出された主体性とイデオロギーは複雑な媒介変換を経つつも、最終的には読者への効果を発揮するものとして位置づけられる。

しかし、言葉の機能は、いずれにせよ一つには決まらない。これらの術語系は、語り論がテクスト解析のための先行了解として用意したフレームにほかならない。素粒子や時空間が自然的対象として存在するのではなく、ある概念図式によって制作される文化的生成物であるのと全く同様に、語りや伝達も、それらに予め価値を付与するフレームによって、またその時にのみ作成される。すなわち、テクストに自明な対象として語りや伝達が存在するのではない。それを可能にするのは、観察者＝読者以外ではない。従って語り論が自らのフレームに自覚的となる際には、必ずや読者という要素を斟酌せざるを得ない。実際、後述のように、プリンスの功績はナラトロジーにおいて読者を大きく取り上げたことにある。また、受容者層をオーディエンスとしてとらえ、テクスト受容の社会的位相を探るカルチュラル・スタディーズまでも、もう一歩である。

いずれにせよ、語り論の有効性は強力であって、それは既にテクスト解析の基本的で必要不可欠な手続きとして定着したと言えるだろう。だが、それは他の方法論と同様に、テクスト操作の前提情報となるフレームであって、もはや、それにどれだけ意識的でありうるかによって研究・批評の現場における実効性（説得力）が左右される段階に立ち至っている。語りもまた、没歴史的なものではありようがない。語り構造の骨格に自己言及性を置くメタフィクションに対応する水準の論述装置として、それを措定するフレームに自覚的な、文芸学の認知論的段階が構想されるのはこの地点においてである。その水準の対象としては、他の何よりも、太宰のテクストを挙げなければなるまい。

2　〈始まり《ナチャーロ》〉の策略

小説「二十世紀旗手」は、『改造』（昭12・1）に掲載され、『二十世紀旗手』（版画荘文庫4、昭12・7、版画荘）に収録された。「『思ひ出』序」（『思ひ出』、昭15・6、人文書院）には、「苦しまぎれに書いた。むきなものも、こもつて在ると思ふ」とある。また井伏鱒二宛書簡（昭11・9、日付不詳）では、「『二十世紀旗手』といふかなしいロマンス書き了へて、昨日、文藝春秋へ持ち込み」とあり、また「自信ある作品ゆゑ、井伏さんの顔汚すこと全くございませぬ」とも書かれている。「二十世紀旗手」は、ロマンスのパロディであり、それは太宰的テクストの本領でもあって、「自信ある作品」と自賛するのにはそのような理由があったのである。

さて、読者の受容水準の枠組みを規定する芸術テクストの二大要素として、ロトマンは〈始まり《ナチャーロ》〉と〈終わり《カニエーツ》〉を挙げている。[*11] 読者は〈始まり〉において「テクストの知覚のために自分の意識のなかで活性化しておかねばならないある類型的な芸術的コード」の情報を求めるが、〈終わり《カニエーツ》〉もまた〈反《アンチ》・始まり《ナチャーロ》〉としてそのコードを再び意味づけすることがある。この「コード」は、情報を解読するための情報としての、文字通りのフレーム（枠組み、額縁）である。十個の「唱」（章）を「序唱」と「終唱」が額縁的に挟む構成を採る「二十世紀旗手」もまたその例外ではない。ただし、このテクストはそれがいかなる「類型的な芸術的コード」であるのかの情報を一義的に伝達することを最初から拒絶している。言い換えれば、テクストの受容水準を規定する語りの水準を、読者が規定する操作を迷宮に導くような語りが使用されているのである。何にせよ確固とした語り論的な世界の審級（instance）は、ここにおいて破壊されてしまう。「序唱」は次のように開幕する。

苦悩たかきが故に尊からず。これでもか、これでもか、生垣へだてたる立葵の二株、おたがひ、高い、高い、ときそつて伸びて、伸びて、ひよろひよろ、いぢけた花の二、三輪、あかき色の華美を誇りし昔わすれ顔、黒くしなびた花弁の皺もかなしく、「九天たかき神の園生《そのふ》、われは草鞋のままにてあがりこみ、たしかに神域犯したてまつりて、けれども恐れず、この手でただいま、御園の花を手折つて来ました。

この冒頭部分では、物語世界とは異質な顕示されない語り手が「かたち老いたる童子」に焦点化している。「童子」あるいは「立葵の精」という隠喩で指示されているのは、作家である。この作家が、最初は好評を博したのに、その後冷遇されたことを呈示する物語内容が、彼による壇上の奇行暴言と「見物人」による非難というアレゴリー（寓意）によって語られる。これがアレゴリーであることを読み解けなければ、このテクストは全く理解不能になるだろう。のみならず、太宰的なアレゴリーは、複合するのである。

①そのとき、そもそも、かれの不幸のはじめ、おのれの花の高さ誇らむプライドのみにて仕事するから、このやうな、痛い目に逢ふのだ。②芸術は、旗取り競争ぢやないよ。それ。汚い。鼻血。③見るがいい、君の一点の非なき短篇集「晩年」とやらの、冷酷、見るがいい。④傑作のお手本、あかはだか苦しく、どうか蒲の穂敷きつめた暖かき寝所つくつて下さいね、と眠られぬ夜、蚊帳のそとに立つて君へお願ひして、寒いのであらう、二つ三つ大きいくしやみ残して消え去つた、とか、いふぢやないか。（番号は引用者）

この引用の直前で、語り手が想定する聴き手（narratee）は「見物人」たちである。ところが、引用したその直後の①②において、語り手は明らかに自己顕示して世界内に介入する。そこで初め「かれ」と呼ばれた作家に③では「君」と呼び掛け、被焦点化者であった「かれ」には、突如、聴き手の位置が与えられる。その代わりに④で被焦点化者となるのは、③で「冷酷」と評された「一点の非なき短篇集『晩年』」である。『晩年』氏が作家に対して、「傑作のお手本」たる自分が一作のみの「あかはだか」では苦しいので、『晩年』以外の「蒲の穂」（傑作群）も「敷きつめ」るほど量産して「暖かき寝所」を設《しつら》えてほしいと願望を語ったのである。

これは、『晩年』という非人格的対象を擬人化し、それが主役となるエピソードであり、先述のアレゴリーと複合的に展開される、もう一つのアレゴリーにほかならない。「創生記」において見られる「豚と真珠」、「マダムと情夫」の重奏アレゴリーと同様の巧みなレトリックである（後述）。「童子」のアレゴリーに、『晩年』のアレゴリーが畳みかけられ、二つのアレゴリーが交錯して複雑な表意作用を生み出す。ここでは、作家が自分の産んだ第一作の水準に逆に拘束され、それを維持することの苦慮を、『晩年』が「くしゃみ」をする擬人法を駆使した寓意によって叙述している。ちなみに、文末の「とか、いふぢやないか」は、その情報源と語り手との間に距離を設定し、伝聞形式による真実らしさの仮構にも寄与する。しかも文体は、近世戯作風の語り口に加え、文節ごとにぶつぶつ切れたフラグメントの連鎖によるモンタージュ文体である。そして、引用の後、この語り手は今度は「君」の側へと憑依し、「われより若き素直の友に」などと、「われ」を獲得して明示的に物語世界内に参入してしまう。

この経緯の読解は読者にとって容易ではあるまい。このテクストの近世戯作的で皮肉な口誦風文体、基調である常体文にしばしば混入する告白風の敬体文、長い長いセンテンスと警句的短文の配合、論理の水準をめまぐるしく変換する比喩（隠喩・寓意・擬人法）の多用、文単位の語り論的な主客構造の頻繁な転換、特に代名詞の転換子（shifter ＝文脈によって指示対象が異なる語）的性質を利用した指示対象の移動、などに彩られたディスクールの様式は、一定の審級＝主体の保持を要求する語りという概念図式から見れば、支離滅裂以外の何物でもない。だがこれは、フラグメントの作家・太宰にとっては、真骨頂と言うべきテクストなのだ。このディスクールは語り内部での分裂的関係生成であり、その時、語りは統一体としては理解されない。ただし、続く「壹唱」における「一人二役の掛け合ひまんざい」という明記の通り、それは明瞭に意識的な配合にほかならない。「ここには、私すべてを出し切つては居ませんよ、といふ」「陳腐の言葉」もまた、言表行為の主体として感受される最終的審級の後退現象を命じ、言葉の主体やイデオロギーなどの責任を問う読者の語り論的なフレームそのものに対して、決定的な無効が宣告されるのである。

その時、当然ながら物語内容も偽装として、すなわち「むづかしき一篇のロマンスの周囲」なる幻影として、呈示（present）ではなく言及（mention）されるのみとなるだろう。プリンスの用語を借りれば、「序唱」は自恃と冷笑との挟撃という語り手の性質に関するメタナラティヴ（metanarrative）、「壹唱」は破壊的語り構造、最終的審級の不在、幻影の「ロマンス」というこのテクストじたいについてのメタナラティヴである。以後のテクスト全体は語りじたい、または作家の（非）倫理と、その所産である物語＝疑似「ロマンス」という相関的な二つのトピックが綱引きを演じつつ、表意体・表意内容の両局面において展開されてゆく。「貳唱」が概ね「序唱」における冷遇の要約的反復であり、「参唱」が疑似「ロマンス」の序章をなす、などのように。ちなみに、「唱」という声高に語り、声を挙げて歌う設定の表明と、逆に、発話することが「一、二、三千の言葉を逃がす冷酷むざんの損失」にしかならないという矛盾した含意は、表現と言葉との、もしくは真実と発語との間の乗り越え不能の距離を

ならない。

暗示している。そこに掘り当てられるのは、言葉の起源としての絶対的・根元的虚構の地層にほかな

3 「ロマンス」の消長

このような根元的虚構の露呈によって行われようとすることは何か。それは、「ロマンス」と名づけられた物語的定型の転覆にほかならない。「参唱　同行二人」の章に、「巡礼しようと、なんど真剣に考へたか知れぬ。ひとり旅して、菅笠には、同行二人と細くしたためて」云々と続くこの巡礼の有様は、すべてこの発話主体による架空の物語である。「なんど真剣に考へたか知れぬ」というからには、「考へた」けれども結局、巡礼はしていないのである。実は、この架空原理のスコープ（適用範囲）がどこまでを覆うかは定かではない。「さうして、そのうちに、私は、どうやら、おぼつかなき恋をした。名は言はれぬ」というのは、本当のことなのだろうか。これも架空ではないか。「五唱　嘘つきと言はれるほどの律儀者」という章があるくらいで、この語り手は、自分が嘘つきであることを再三再四語っているではないか。これによって、まことしやかな男女の不義の悲恋物語という定型は内部から破壊され、実体の伴わない物語を、物語と思わせることができてしまう言葉の機構そのものへと、語りの重点は移されてゆく。それは、何ものの表象＝代行（representation）ともならずに、物語の言葉遣いじたいを前景化する物語にほかならない。

ところで、プリンスによるナラティヴ読解の理論は些かユニークである。[*12] 彼は「結局、テクストを読むことは問われた疑問が適切であることを意味する」とする。読者によって発せられる〈疑問〉が

適切なのは、そのテクストが発展せしめる話題に属するような、新旧の情報を与える〈回答〉が可能となる場合である。また特定の〈回答〉に達するためにどれだけの数の、どれほどの複雑さの、またどのくらい多様な〈疑問〉を読者が問わねばならないか、そもそも回答が可能か否かの程度によって、テクストの読解容易度（legibility）が決まる。プリンスは、これは読者個人の事情に左右される読解能力度（readability）とは異なる情報論的尺度であるという。「テクストがより均質であればそれだけ、テクストはより読解容易（legible）となる」。残念ながら「二十世紀旗手」は冒頭二章に代表される通り、相当に読解容易でないテクストである。

〈疑問〉も〈回答〉も、読者のフレームと相互的に見出される認知論的対象である。固定した審級構造を撹乱する断章集積形式は、読者が各章間の要素の一貫性を〈疑問〉とする時に最大限の効力を発揮する。「参唱」に始まる疑似「ロマンス」の物語内容は「四唱」から「九唱」へ飛び、「五唱」から「十唱」までを占める堕落作家の実態という物語内容と関連しつつ並行し、「終唱」で合流する。この堕落作家は、人からは嘘つきと呼ばれ、雑誌『秘中の秘』編集部と手紙のやり取りで原稿料を吊り上げようとして失敗し、書いた原稿「東京帝国大学内部、秘中の秘」は、ひどすぎて使えないと突っ返され、編集部に乗り込んで談判したが駄目で、あまつさえ電車賃を借りようとして断られ、電報を打とうとして金が足りずに帰る、という為体《ていたらく》である。これを語るテクストは、物語的過去の文を基盤とし、そこに聴き手を顕示する告白風敬体文を時折混在する文体（三〜五・八後半・九・十）、往復書簡体（六・八前半）、黙説法《パラリプシー》（paralipse）すなわち章題・副題以外の「全文省略《カット》」（七）、対話体（八半ば）、などのフラグメントを縫い取ったモンタージュであり、その強度は安直な主体の探索者を困惑せしめるのに十分である。また「晩年」「福田蘭童」「太宰治」「菊地寛」「東京帝国大学」「帝国ホテル」「資生堂」「荻窪」「赤羽」「市川」など実在の書物・人物・建築・都市の固有名を散り嵌め、いかにも虚構的な語り論的布置と非虚構的な現実らしさとが縫合され、テクストを切り取るメタ・コミュニケーションは限りなく朧化し、虚構の深度は不確定となる。だが物語を求める場合、物語は統合されなければならず、またそれは何らかの真実性（伝達性・主体性）の水準において統合されなければならない。そこで「二十世紀旗手」よりもさらにフラグメンタルな「HUMAN LOST」を論じた田口律男による、「物語のコードに従わない述語的統合」が「横糸のつながり」を与える「物語言説の密度」への注視を誘うという、巧みな読みも現れることになる。[*13] しかし、統合もまたそれを求める読者側のフレームの帰結に過ぎない。そもそも、なぜ、何のために統合しなければならないのか？　そして、それは常に可能なのか？

このテクストで唯一可能な「ロマンス」として言及されるのは、幼なじみの浅田夫人（萱野アキ）との幼少時から帝国ホテルでの逢瀬（？）までの成り行きである。「四唱」で幼い頃の思い出が語られ、「九唱」では、彼女から二百円借りて翌日返すが、ただしそのうち三十円はもらってしまう、という話が語られる。[*14] さてこの「ロマンス」は次第に、物語内容から物語言説へと重点がずらされて行く。「巡礼」はいつまでも思いつきの次元に止まり、実際の物語内容としては行われない。「巡礼」の域に達する理想的「ロマンス」は夢想の領域に封鎖され、その代わり語り手は「どのやうなロマンスにも、神を恐れぬ低劣の結末が、宿命的に要求される」という理由から、「悪かしこい読者」の退屈に挑戦するために、「しんじつ未曾有、雲散霧消の結末」を語り出す。ここで「おまへ」とは、聴き手として想定された低俗な読者である。「終唱」の「さうして、それから」以降、浅田夫人が野放図にも妻へと代入され、情熱的結婚の経緯が捏造された疑似「ロマンス」の「結末」が披露されるが、それを読んだ妻はそれが捏造であることを見抜き、仮構の人物と自らとの同定を拒否してしまう。

「これが、おまへとの結婚ロマンス。すこし色艶つけて書いてみたが、もし不服あつたら、その個所だけ特別に訂正してあげてもいい。」

かの白衣の妻が答へた。

「これは、私ではございませぬ。」にこりともせず、きつぱり頭を横に振つた。「こんなひと、ゐないわ。こんな、ありもしない影武者つかつて、なんとかして、ごまかさうとしてゐるのね。どうしても、あのおかたのことは、お書きになれないお苦しさ、判るけれど、他にも苦しい女、ございます。」

だから、はじめから、ことわつてある。名は言はれぬ、恋をした素ぶりさへ見せられぬ、くるしく、――口くさつても言はれぬ、――不義、と。

《疑問》……「影武者」/「あのおかた」、すなわち虚構/真実の対立としてこのテクストで指示されているのは誰か?

《回答》①……妻/浅田夫人。――変形された妻との「結婚ロマンス」の虚構性が露見し、妻は夫の意中を見抜いている。「名は言はれぬ」とは妻に対してであり、読者はその名を知悉している。

《回答》②……浅田夫人／某。——浅田夫人そのものが「影武者」で、「あのおかた」の情報はテクスト内に一切存在しない。ただ妻だけは彼女の存在を知り、夫に同情しつつ「苦しい」思いをする。

①の場合、「口くさつても言はれぬ」という宣言とは矛盾するが、その矛盾は自堕落な作家像の強化には資するだろう。②の場合、強化されるのは惑乱的な語り構造の惑乱度であり、言及されるのみで呈示されない「ロマンス」無化の仕組みは最終的に完成される。「ロマンス」に定型的な「低劣の結末」を求める読者「おまへ」を立腹させるに足るこれらの選択肢こそ、「しんじつ未曾有」の「雲散霧消」構造にほかならない。①はまだしも定型的な「ロマンス」好みの読者向け、②はより巧妙だが、むしろ謎が解決しないだけにテクスト外に脱出し、津島修治の当時の「不義」の相手は誰ぞや、などという発想を導く余地もなくはない。[*15] しかし、①②いずれも特定の虚構の深度を確定した結果の統合であり、定型的な「ロマンス」から逸脱するロマンスとして、このテクストを認知するシナリオ（フレーム）であることに変わりはない。

ああ、あざむけ、あざむけ。ひとたびあざむけば、君、死ぬるとも告白、ざんげしてはいけない。［…］

もののみごとにだまされ給へ。人、七度の七十倍ほどだまされてからでなければ、まことの愛の微光をさぐり当て得ぬ。［…］だまつて受けとり、たのしみ給へ。世の中、すこしでも賑やかなはうがいいのだ。［…］はからずも、わが国古来の文学精神、ここにゐた。

《回答》③……テクスト／?。――「ああ、あざむけ、あざむけ」「もののみごとにだまされ給へ」という勧誘は、それらのシナリオそのものの虚構性を示唆する。「影武者」とはこのテクスト及びその諸要素の謂であり、呈示すべき誰もいず何もない空間に出現した純然たる空中楼閣に過ぎない。このフレームによれば、あらゆる（理想の、あるいは疑似的な）「ロマンス」は廃棄され、「誰か?」の謎もまた解決すべき目標ではない。伝達に値する何物も存在しない。なぜか? このテクストは虚構だからである。「だまつて受けとり、たのしみ給へ。世の中、すこしでも賑やかなはうがいいのだ」。合目的的な語り論フレームはこれ以後特権を剥奪され、アリストテレス『形而上学』にいう「たのしみ」のための技術、つまり芸術に資する意匠としてのみ存続する。ここから読解の線はテクストの全要素へと逆行し、一度解釈されたそれらを永遠に再規定せずには置かないだろう。真面目な責任を免れる「たのしみ」の言語活動において、語り論的な主体・客体構造の同定や統合は意味をなさない。無から有を作り出し「賑やかな」意味を生成するところのこの「嘘」、すなわち根元的虚構こそ「わが国古来の文学精神」であり、すべての文化の母胎である。このような根元的虚構のマニフェストは、あらゆる語り論的術語系が破壊される瞬間においてのみ見出される《回答》にほかならない。

結論に代えて、別の《疑問》を挙げよう。結末の一節である。

きらきら光る真鍮の、南京錠ぴちつとあけて、さて皆様の目のまへに飛び出したものは、おや、おや、これは慮外、百千の思念の小蟹、あるじあわてふためき、あれを追ひ、これを追ひ、一行書いては破り、一語書きかけては破り、しだいに悲しく、たそがれの部屋の隅にてペン握りしめたまんま、めそめそ泣いてゐたといふ。

ここで「みんな君への楽しきお土産」の「君」とは誰か？　「ペン握りしめたまんま、めそめそ泣いてゐたといふ」の「といふ」は、誰が誰に伝えた伝聞（伝達）か？　それとも伝聞ではないのか？とすれば何か？

Ⅲ　小説のオートポイエーシス——self-referential「創生記」——

はじめに

太宰治のテクストは、小説なるものが何によって作られ、どのように機能し、そしていかにして受容されるかという、小説のジャンル性にまつわる問いかけそのものを、主たる問題系として所有している。それは、小説ジャンルがその個体と環境との間に取り結ぶ相互関連の経路じたいが、小説として織り上げられたテクスト、すなわち、マトゥラーナとヴァレラの言葉を借りれば、小説のオートポイエーシス（autopoiesis）に捧げられたテクストである。[*1] ここでは、つとに難解な小説として知られる「創生記」を標的として、太宰的テクストにおけるオートポイエーシス的な自己生成のメカニズムを説き明かしてみよう。

1　引用と再配置

「創生記」は、『新潮』（昭11・10）に掲載された後、長く単行本には収録されなかった。初収単行本としては、昭和十七年になってから、『信天翁』（昭17・11、昭南書房）に収録され、結末の「山上通信」、いわゆる芥川賞楽屋噺のセクションは、そのときにカットされた。第一作品集『晩年』（昭11・6、砂子屋書房）が、この年の第三回芥川賞候補に上りながら落選と決まったことについて、太宰は悲憤著しかったらしい。実際「山上通信」が選考委員であった佐藤春夫への非難とも取れるために、佐藤が「芥川賞」（『改造』昭11・11）という小説を書いて、いわば太宰への反論を行った経緯もある。[*2] これまでこの小説は、専らそのような作家太宰治の行状の表現としてとらえられてきた。だが太宰は八月十二日付けの小館善四郎宛書簡において、「『創生記』愛は惜しみなく奪ふ。世界文学に不抜孤高の古典ひとつ加へ得る信念ございます」と書いた。この時期、太宰は一作一作が貴重な成果であって、多くの小説に関して同じような自信のほどを披露している。むしろ、このメッセージを正面から受け止めて、「世界文学」的なアヴァンギャルドとして太宰文芸を見直す見方があってもよいのではないか。そのためには、細部から始める方法が必要となるだろう。

「創生記」には、エピグラフとして「愛ハ惜シミナク奪フ」という一文が付せられている。エピグラフ（epigraph）は、「上」「追加」「付帯」「外側」「後」「間」などの意味を持つギリシャ語源の前置詞'epi' + 'graph'（書くこと）であり、銘文・題辞などを意味する。ちなみに、混同しがちだが、エピグラム（epigram）の方は寸鉄詩・寸鉄的表現・警句、つまりアフォリズム（aphorism）のことである。エピグラフとしてエピグラムつまりアフォリズムが用いられることも多い。逆に、エピグラフは常にアフォリズムの一種であるとも言える。アフォリズム、ひいてはエピグラフは、他のテクストからの引用である場合も多い。引用に彩られた太宰文体はまたアフォリズムの宝庫であり、エピグラフも好んで用いられた。「喝采」の「手招きを受けたる童子／いそいそと壇にのぼりつ」、「二十世紀旗手」の「（生れて、すみません。)」、「HUMAN LOST」の「思ひは、ひとつ、窓前花」、「花燭」の「燭をともして画を継がむ」、「八十八夜」の「諦めよ、わが心、獣の眠りを眠れかし(C・B)」など、一九三〇年代のテクストだけをとっても多数のエピグラフが見られる。「生れて、すみません」などは、本文とは別に、太宰の人生態度を示す言葉として一人歩きしている。太宰的テクストの特徴として、このようなエピグラフにも示された、アフォリスティック・スタイルを挙げなければならない。太宰のテクストに頻出する効果的なエピグラフは、そのアフォリスティックな様式の一端と言えるのである。

「創生記」のエピグラフは、有島武郎の長編評論『惜みなく愛は奪ふ』(叢文閣、大9・6)の題名を「もじっている」(渡部芳紀)ものとされる。[*3] 引用のエピグラフは、引用一般の機能として、複数のテクストの言葉を相互の関連づけの場へと引き出し、受容者による読解を誘発することにより、引用元の原典への解釈としての表意作用を発揮する。引用(quotation)は函数(function)であり、引用文はその函数に渡される引数(argument)である。このエピグラフも、引用文を何らかの仕方で変換して、その函数の出力を表現しているはずである。一見、通俗化された名文句の気ままな配置としか受け取れないこのエピグラフを、有島のテクストとの本質的な相互関連性の系列に投入するとき、その操作は「創生記」のテクスト的な意味生成性(signifiance)の原理にまで、深く探針を差し込むものとなるだろう。

有島の「愛」とは、彼の用語系によれば、「個性」「魂」あるいは「本能」などと同義であり、自然的生命力に由来する人間の根源的な志向性の謂である。ホイットマンとベルクソンとに多くを学んだ有島の生命力論は、能産的自然(nature naturant)の持続的な向上性・発展性に全幅の信頼を置き、それによって人間のあり方をも根拠づけようとした。それは、芸術と社会に関する生命力論的無政府主義とも言うべき、有島のいわば自然法的思想の核心を成すものであった。『惜みなく愛は奪ふ』には、「私の経験が私に告げる所によれば、愛は与へる本能である代りに奪ふ本能であり、放射するエネルギーである代りに吸引するエネルギーである」という有名なテーゼがあり、これが論題の所以とされている。ここにいう「愛」や「本能」あるいは「エネルギー」などは、当然、全人類に共通の属性とされている。一部の人にしか成立しない本能は、本能ではないからである。つまり、この段階での有島の人間観は、明らかに全体論的発想に基づいていたと言えるだろう。

この場合、「愛」は自己と同型でありながらも、自己とは異質であるような他者の属性を前提とし、その属性を「吸引する」作用にほかならない。自己は独善的に自閉することはできず、常に既に他者との相互連絡においてのみ、真に能産的となりうる。これは、創作理念としても、題材として他階級人民の実情を借りつつ、そこに自己表現として成長欲求の解放という思想を盛り込む「同情」の原理として定式化され、それを原動力として彼の数々の作品は生み出されたのである。しかし、実にこの「愛」の機構は、閉鎖的な「自己一元」の「本能的生活」を理想とするところの、『惜みなく愛は奪ふ』の表向きの論理を裏切るものでしかない。その結果として、晩年に至り、有島はむしろその裏切りの方向を徹底し、同じく全体論的・自然法的な思想の枠内にありながらも、より開かれた永久革命的実践を旨とする、いわゆる「芸術的衝動」論へと展開することになるだろう。*4

「太初に道があつたか行があつたか、私はそれを知らない」という「ヨハネによる福音書」の引用変形から、『惜みなく愛は奪ふ』は始動していた。同じく『聖書』からの引用を豊富に持つ「創生記」では、けれども「愛は、言葉だ」と断言されている。そこには「おれたち、弱く無能なのだから、言葉だけでもよくして見せよう」とか、「言葉で表現できぬ愛情は、まことに深い愛でない」とする言明、あるいは「巧言令色の徳」への信奉が表明される。この断言を裏打ちするのは、もはや「愛」が「本能」に根拠を持つ自明で生得的な精神活動ではなく、ひとが言葉によって構築する拵え物、発語のテクニック以外ではないという認識だろう。ここに、自然法的思想からいわば人為的な実定法的思想への発想の転換が見出されなければなるまい。このような有島から太宰への認識論上の変化は、単なる変化ではなく切断を伴っている。その背景を成すのは、人間の営為の重心を観念や意味から、言葉へと置き換えるパラダイム転換、すなわち、哲学思想史におけるいわゆる言語論的転回というグローバルな地滑りにほかならない。太宰のテクストは、横光利一・稲垣足穂・立原道造らのそれと並び、文芸史における言語論的転回をこのうえなく体現したテクストとして、再評価されなければならないだろう。[*5]

このように太宰のディスクールは、まずエピグラフと本文との間の相互関連から立ちのぼる表意作用によって、有島的な「愛」の問題系を一挙に転倒せしめた。さらに、その転倒はまた、有島的創作理念を差異化する新たなテクスト生成の原理をも共示するものだろう。「愛ハ惜シミナク奪フ」という函数に、「愛は、言葉だ」という引数を代入すれば、「《言葉》ハ惜シミナク奪フ」とする式が得られる。ここで「吸引」されるのは、もはや有島段階におけるような他者の属性（観念、意味）ではない。他者の言葉を奪うこと。他者の言葉を次々と拝借し、自分の言葉として改めて配列し直すこと。このような言語レヴェルにおける引用と再配置の連続こそ、「創生記」という奇妙なテクストの意味生成の原理なのである。このテクストはそれを、メイン・タイトルの次にくるエピグラフという場所において、開幕早々から暗示的に表明しているのである。

2　フレームの多重化

他者の言葉の引用・再配置という虚構こそ、「創生記」における第一のテクスト生成の原理であった。その好例を、冒頭の一節において検証してみよう。

太宰イツマデモ病人ノ感覚ダケニ興ジテ、高邁ノ精神ワスレテハヰナイカ、コンナ水族館ノめだかミタイナ、片仮名、読ミニククテカナハヌ、ナドト佐藤ヂイサン、言葉ハ怒リ、内心ウレシク、ドレドレ、ト眼鏡カケナホシテ、エエト、ナニナニ?――［…］

「ナドト佐藤ヂイサン」の「ナドト」は、引用符の一種として読み解ける。なお、この「佐藤ヂイサン」というのは、佐藤春夫らしいことが、結末のあたりで明らかにされる。これは明示的な引用であるが、このテクストを構成する数多くの断章や警句は、基本的に暗黙の引用としても理解できるだろう。しかし、それが本当に原典を持つ引用であるか否か、つまり、「佐藤ヂイサン」なる佐藤春夫が本当にこのようなことをしたのかは、その他のあらゆる言葉の真偽と同じく、このテクストじたいからは了解不能である。なぜなら、虚構・非虚構の区別は言葉のみによっては不可能であり、引用は紛れもなくその一例であるからである。完全な虚構の引用をまことしやかに引用として提出することもできる。この場合は、まさにその実例だろう。「スベテノ言、正シク、スベテノ言、嘘デアル」。たとえ純然たる拵え物の言葉であっても、十分に引用の趣向を凝らせば、それは真の引用としてしか受け取れない。従ってテクストにおける他者の言葉の引用・再配置は、差し当たり、それらしく見える虚構に過ぎない。問題は引用内容の真偽そのものではなく、真偽の決定不能性であり、また引用作業の様式論的な意味に絞られるのである。

この一節は、「太宰」の書いた「海ノ底デネ」以降に引用される文章を、「佐藤ヂイサン」がまさに読もうとする瞬間の状況である。他者の言葉を予見するかのような趣向を凝らして生成し、付加すること。「佐藤ヂイサン」に、現実の文壇の先輩作家である佐藤春夫が充当され、真実化を装うディスクールの真偽を決定不能に陥れること。これらは、他者の言葉を奪う引用＝虚構の基本的機能であるが、さらに「海ノ底」物語の後には、「ココマデ書イテ、書ケナクナッタ。コンドハ、私ガ考ヘタ」という、執筆時の現在を仮構する発話が挿入される。従って最初の断章に限っても、少なくとも三つの発話主体（すなわち「佐藤ヂイサン」、「海ノ底」物語の語り手、書く「私」）が想定できることになり、それらの関係は甚だ複雑となる。また、この断章の後にも、「もういい。太宰、いい加減にしたら、どうか」などの、発話主体のありかの不明な短文が羅列される。勿論、この冒頭はごく一例に過ぎず、「創生記」には全編を通じて同様の現象が認められるのだ。表意レヴェルの錯綜。これこそ、このテクストが、例えば「錯乱した作品」（奥野健男）[*6]の一つなどという評言を被ってきた最大の理由だろう。だが、それを「錯乱」と見なすとき、このような種類のテクストから、その文芸的衝撃力を汲むことは決してできまい。

いかなる言葉も、その意味を理解するためには何らかの基準、すなわちメタ・コミュニケーション、もしくはフレームを必要とするのだが、「創生記」は一貫したフレームの獲得が著しく困難であるように、言葉遣いの調整されたテクストである。その調整としては、引用や発話主体の操作、そして警句的短文の配合とともに、小説・物語・手紙・新聞・誓約書など、各種のディスクール形態を借りて織り成された、一見乱雑とも読める断章集積形式を挙げなければなるまい。また、カタカナによる表記も、これに寄与しているだろう。断章から断章へ、行から行へと言葉のレヴェルは目まぐるしく転換せしめられ、表意作用を引き出すフレームは多重化し、受容者は一貫した解釈の線を維持することが困難となる。これは物語の内破（implosion）であり、フレームの多重化の技術的様態そのものへと、テクストの重心を移動する仕組みである。その際、読者は呈示される物語内容から、それを呈示する言葉の仕組みそのものへと、読解の焦点を遡行させなければならない。そのような多重化を「錯乱」と称するならば、むしろ「錯乱」こそが、この小説の眼目なのである。この小説は、フラグメンタルであることにおいてアヴァンギャルドなテクストなのである。

3　自己言及構造

フレームの多重化は、一般に多くの場合、自己言及的・再帰的な表意作用を伴うものである。「創生記」の場合には、微視的なレトリックから巨視的な構成方法に至るまで、自己言及のトリックが横溢しており、それが類のない表意レヴェルの錯綜を帰結している。この小説は概略、次のような四部構成として理解できる。すなわち、（ⅰ）冒頭から「石坂氏」批判までの部分（大半はカタカナ表記）、（ⅱ）

「山上の私語」以後の五章段、(iii)「家人」(妻)とのやり取りをめぐる段章群、それに(iv)「山上通信」以後の結末部である。「錯乱」の印象にもかかわらず、テクストの細部と全体、及び各部相互が、自己言及の関連づけによって回路を結ぶ有様を記述することが、「創生記」論の適切な筋道となるだろう。

(i)まず、冒頭の断章における「ココマデ書イテ、書ケナクナツタ」の段落は、「何ヲ書イテモ、[…]ヒトトホリ、マトマリ、ドウニカ小説、佳品トシテノ体ヲ為シテヰル様、コレハ危イ」という現象を「スランプ」と称している。このディスクールは、その直前の「佐藤ヂイサン」挿話から「海ノ底」物語までの全体へと適用される自己言及部分として読み解ける。ここには、「小説、佳品」を書けることを「スランプ」と見なし、「パッシヨン消エタル」「倦怠」に侵された言葉であっても、それなりの意味を持ってしまうことへの嫌悪感が表明される。物語への反発と言い換えてもよい。続く「林房雄氏ノ一文」に触発された断章で、「石坂氏」ほかの作家たちの「ケチナ仇討チ精進」を罵倒し、「断食《ダンジキ》ノ苦《クル》シキトキニハ、カノ偽善者《ギゼンシャ》ノ如《ゴト》ク悲《カナ》シキ面容《オモモチ》ヲスナ」という「マタイによる福音書」の引用を置くのも、単なる「ダンディズムの精神」(渡部)ではあるまい。これは作家の陰惨悲壮な実生活の噂によって粉飾され、その深刻の程度を増すような、物語なるものを主軸とした小説の否定であり、その意味で「スランプ」論と通底するのである。

ちなみに神田重幸がこの段落に即し、「創生記」を、文壇に蔓延する「私小説的方法に対する批判」を狙いとした作品であり、「虚構化の方法的な模索や実験が自己の文学的確立の重要な課題ではなかったか」という観点から読解したのは、その他の魅力的な分析も併せて、本書の趣旨からも傾聴に値する見解である。[*7] だが、神田が「海ノ底」物語について、「この海底描写は、ほぼ作者の心理的風景ないしは心象的風景と言ってよい」とする解釈は、その真偽は別として——つまり、前述の論理によりその真偽は不可知であるから——神田自身の「虚構化」説の完成度を減殺してはいまいか。「スランプ」論の自己言及を援用すれば、この挿話程度ならば、「ドンナニ甘ツタレテ書イテモ」、「作者の心理的風景」の象徴たる深切らしい物語、つまり「佳品」として書けてしまう。「打チサヘスレバ、カナラズ安打」なのだから。それを「スランプ」と称して批判的態度を取るとき、「パッション」(＝「心理的風景」)は、何にせよ物語以外の機構から滲出しなければならない。つまり、「海ノ底」物語は、多重化した自己言及的なフレーム構造のなかで、その物語性を相対化される成分でしかない。テクストの言葉が他の言葉と、パラグラフが他のパラグラフと、常にフィードバック(出力の情報を入力に送る制御)、フィードフォワード(入力の情報を出力に送る制御)の糸によって関連づけされ、初めて表意作用を充実するようなこのテクストにおいては、ある成分を他の成分以上に特権化することは決してできないのである。

(ii) 続く「山上の私語」の断章は、編集者と作家との対話形式を用いた(i)全体への再帰的論評である。(i)の部分をまとめて原稿として読んだ編集者と、それを書いた作家との対話は、小説作法についてのコメントが主軸をなしている。例えば、わざとフリガナをつけて、文章を殊更に傷つけた、など。また、次の「われとわが作品へ」以後四つの章段は、「山上の私語」断章に対して、その真意を解き明かした詳しい注解としても、また後続する(iii)への導入部としても受け取れる。従って、(i)から(ii)そして(iii)への展開はすべて、幾重にも畳みかける自己言及的なフィードバック・

ループの錯綜と見なければならない。従って、「自註」を問題にする(ii)は、それじたい、一種の「自註」にほかならない。否、むしろこう言うべきだろう。他者の言葉を先取りし、創作方法論議に終始するメタフィクションであるところの「創生記」とは、実際のところ、全編これ「自註」だけで構築されたテクストなのだ。勿論、それは「自註」という名の虚構なのであり、その複雑化された表意作用の機構は、通俗化された「自註」の制度そのものを脅かしてしまう。メタフィクション(**metafiction**)、それは、小説の言説と、その小説創造に関する言説とが、一つのテクストにおいて同居した形式の小説を指す。太宰の小説の多くがメタフィクションであることは、もはや言うまでもない。それは、小説理論を開陳する小説にほかならない。

　われとわが作品へ、一言の説明、半句の弁解、作家にとつては致命の恥辱、[…]これわが作家行動十年来の金科玉条、[…]けれども、一夜、転輾、わが胸の奥底ふかく秘め置きし、かの、それでもやつと一つ残し得たかなしい自矜、[…]いま豁然《くわつ》一笑、投げ捨てた。

　本当だろうか。確かに、このほかにも「啓蒙、指導の態度」に「ここにこそ見るべき発芽、創生うごめく気配のあること、確信、ゆるがず」とか、「けふよりのちは堂々と自註その一」などの記述があり、その後も作家の家庭の有様が延々と続くから、「説明」「弁解」の禁止は放棄されたのだと言えないこともない。また、渡部は同様の条りのある「虚構の春」(『文学界』昭11・7)を参照し、「これらの言葉から、当時、太宰の心の隅に自分の今までの表現・方法への懐疑が生まれ、〈説明〉や〈弁解〉をやむなしとする気持があったとみてよいであろう」と述べる。だが（その真偽は再び不明としても）、例えば「虚構の春」や「創生記」によって、いかなる「説明」、いかなる「弁解」が得られたのだろうか。「喝采」（『若草』昭11・10）、「二十世紀旗手」（『改造』昭12・1）、あるいは「HUMAN LOST」（『新潮』昭12・4）などを加えてもよい。それらは、一般に決定的な解釈を提起しえない太宰のテクスト群のうちでも、その代表格である。そして「創生記」の（ii）と（iii）は、このテクストにおいて最も難解、すなわちフレームの多重化の最も甚だしい部分である。そのことはむしろ、一般に「自註」なるものが、注されるテクストを透明化する言説であるとする通念への、殊更の挑戦としてとらえなければなるまい。とすれば、「豁《くわっ》然一笑、投げ捨てた」以下の叙述は、甚だ単純な帰結ながら、皮肉、あるいはより端的に、嘘と評すべきなのである。

禁止の放棄を嘘とする前提を採用するか否かは、以後の読解を左右する分岐点となるだろう。（ii）の「自註」四章段では、「豚に真珠」の諺と、「マダム」と「情夫」の寓話という、二種類の言説ジャンルが交錯している。さらに「安（とだけ書いて、〔…〕）」云々の書き手を仮構するレヴェルが介入し、主体のありかは謎と化す。「（〔…〕真実ならば浮いて来い！　だめだ。）」。これは、「ココマデ書イテ、書ケナクナクナツタ」や「急ニ書キタクナクナツタ」などと同じく、統合され一貫した物語を拒絶する姿勢である。ところで諺というものは、アフォリズムではあっても、本来辞書に一義的な意味が記載されているところの、シンボル的なアフォリズムである。それがここでは、「豚に真珠」の諺の「豚」と「真珠」各々に具体的指示対象があてはめられることによって、シンボル的な諺がアレゴリーとして開かれてしまっている。このアレゴリーが、もう一つのアレゴリーである「マダム」と「情夫」の寓話と交錯することによって、このセクションは極めて複雑なアレゴリー的散種を実現している。つまり、種をまき散らし、その種がいかなる枝葉をつけるのかは、読解との相互関係の中で、一義的には決まらない仕組みに調整されているのである。これは、このうえなくテクスト的な文体、つまり読者がテクストの解きほぐしと織り直しをしなければならないような文体にほかならない。

差し当たり、「豚」＝読者、「真珠」＝作品、「マダム」＝作者、「情夫」＝読者、「金銀かなめのもの」＝「自註」が、この寓話の基本的配役である。作品の価値を分からぬ読者が作者の「自註」を欲しがり、作者も読者に「自註」を節操なく与えようとする。「少年、わあっと歓声、やあ、マダムの鼻は豚のちんちん」。これは、作者の実生活を見聞して喜ぶ、読者側のスキャンダリズムの寓意だろう。読者の貪欲と作者の無節操の結果は、「主客てんたう」した両者の馴れ合いでしかない、というのである。しかし、ほかの組み合わせも考えられるかも知れない。もしこの読解を取るならば、これは、私小説的な文芸環境に対する、かなり明白な風刺、というよりも痛烈な批判である。

「これからは、〈説明〉〈弁解〉を付することにより、わかってもらえる作品を書こう、そこにこそ、再生の道があるのだと宣言しているのである」（渡部）という解釈は、通例の「説明」「弁解」と、ここでのそれとの相違を斟酌していない。醜聞的「自註」そのものと、それを引用・再配置、フレームの多重化、あるいは自己言及構造によって相対化することを主眼としてテクスト化された「自註」（＝メタ自註）とでは、様相が全く異なるのだ。この場合の「自註」とは、個体と環境との相互の関連づけを、複数の自己言及的なループを介して織り合わせた、小説のオートポイエーシス（自己生成活動）の謂にほかならない。小説の個体と環境、内部と外部とは、ここでは区別ができない。しかもそのようなオートポイエーシスが、社会的に開かれるのではなく、一貫してフィクションの領域に閉じるような仕方で実現されている。端的に言って、それは自らの存在理由を問い詰める類の小説、つまり小説論を内在した小説、一つのユニークなメタフィクションである。繰り返せば、「創生記」は、難なく「わかってもらえる作品」などではない。「創生うごめく気配」は、オートポイエーシス的な小説の創出にこそ掛かっていたのである。

4　テクストの自己生成

(iii)「自註」だけから成るテクスト。その「自註」のなかでも、(iii) の章段群は、薬物に犯され、妻との痴話喧嘩に明け暮れる堕落した作家の家庭生活を暴露するという、本来は「金銀かなめ」の骨頂である。だが、このディスクールは、告白という制度に期待される透明度とは程遠いものと言わなければなるまい。最初の章段では、「これは、あかい血、これは、くろい血」と皮肉る妻に対して、当初「夕刊売り」とか「風鈴声」などと「あざ笑ひの言葉」を投げつけていた「私」が、中毒が進行し、それすらせずに薬物を求めに出る零落した姿が、さりげなく点描される過去の『晩年』の実績と対照される。続く「起誓」書でも、薬物中毒と金策の醜態が、ドキュメント形式を仮構して語られる。これら拵え物の告白は、徹頭徹尾、「きみ」「これ、わかるか」などの交話的（phatic）語法により、文壇人を含む読者という虚構の聴き手（narratee）への方向性を付与されている。すなわち、堕落作家の実生活の暴露は、単なる暴露ではなく、他者の言葉を奪い、内部に巻き込むかのような様式として調整されているのである。次の叙述は、その典型例だろう。なお、原文に《》【】の括弧を補った。

家人は、薬品に嫉妬《しつと》してゐた。［…］婆さん、しだいに欲が出て来て、《あの薬さへなければ》、とつくづく思ひ、一夜、あるじへ、わが下ごころ看破されぬやうしみじみ相談持ち掛けたところ、あるじ、はね起きて、病床端坐、【知らぬは彼のみ、《太宰ならばこの辺で、襟搔きなほして両眼とぢ、おもむろに津軽なまり発したいところさ》、など無礼の雑言、かの虚栄の巷の数百の喫茶店、酒の店、おでん支那そば、下つては、やきとり、うなぎの頭、焼ちう、泡盛、どこかで誰か一人は必ず笑つて居る。これは十目の見るところ、百聞、万犬《ばんけん》の実《じつ》、その夜も、かれは、きゆつと口一文字かたく結んで、腕組みのまま長考一番《ちやうかういちばん》、やをら御異見開陳、】言はれるには、［…］

括弧のない原文のままであれば、速読では、まず意味不明であろう。括弧を補っても理解容易ではないが、語りの水準の変化は明らかである。すなわち、「婆さん」（妻）と「あるじ」（太宰）との対座の描写中に、およそ【】でくくった挿入部が挟まれているのである。この括弧の閉じは便宜的に付したが判然とせず、挿入部は地の文へと渾融する形で復帰している。「太宰」自身は知らないが、「太宰」の行動や言動の悪癖は巷間、読者や文壇人たちに周知の事柄として酒の肴にされており、その夜の彼の行動・言動は、まさにそれを地で行っていた、というのだ。その癖は、「――おい！聞いて居るのか。はい、私、急にあらたまるあなたの口調をかしくて、ふとんかぶつてこらへてばかりゐました」と、妻によっても滑稽な態度とされる。この退避／復帰のネストは、一般には語りの入れ子構造と呼ばれるが、代表的なフレーム多重化の操作であり、例えば泉鏡花のテクストにしばしば現れる。このディスクールの不透明性は、何らかの目的に奉仕するための手段ではなく、不透明であることじたいが表意的である。それは、告白への読者の期待における、作者から読者への一義的メッセージ伝達を幻想として葬り去るのである。そして、このような語りのネスト構造が、文を細かい語句に区切り、読点を多用し、それぞれの語句の水準関係の理解を困難にするような、フラグメント化の原理に従っていることに注目しよう。これは一種のモンタージュ文体であり、文体レヴェルのフラグメンタル・スタイルなのである。

〝このシークェンスでは、作者・津島修治の主体が「太宰」と語り手とに二重化している〟などという、ありがちな探索は恐らく無意味だろう。言葉が現実そのものでない限り、言葉は人間と切り離された純然たる虚構となりうる。ここから何らかの主体性を引き出そうとするならば、それは「太宰」や語り手などの虚構の要素を実在と結び付けるのではなく、このような物語言説を可能にする意味生成性そのものを注視すべきなのである。ここではそれを、引用・再配置、フレームの多重化、それに自己言及構造の各項に亙って既に検証してきた。すべてこれらは、フラグメンタルなもののアヴァンギャルディスムを志向している。もっとも、その結果得られた主体なるものが、本当に津島修治の主体と一致するか否かは、何度も言うように決して分からない。文芸テクストから執筆者の主体性を割り出そうとする読み方は、もはや可能であっても魅力的とは言えない。そして何よりも、このテクストはそうした読者側の態度そのものに対する、皮肉な痛打を内に秘めていたのではなかったか。

「御異見開陳」はここでは「巧い結末を告げる」のだが、次の断章には、妻に「散々の殴打」を加える巧くない結末が描かれ、告白ならぬ告白は終わりを告げる。(iii) の断章群は、いかにも最低な作家の、房事のほのめかし（「二十年くらゐまへに愛撫されたことございます」）さえ含む俗悪な記事を、あの貪欲な読者連への撒き餌とし、実際はそれを語る語りのテクニック（例えば「金と銀と、両面の楯」や「底のない墜落、無間奈落」などの比喩・引喩を駆使した説得のレトリックなど）じたいを顕示する。それは、その語りによって呈示されるメッセージ内容としての、「愛は、言葉だ」命題の外延を満たす行為にほかならない。物語内容と物語言説とは、循環的・相互指示的となっている。「いまの世の人、やさしき一語に飢えて居る。［…］明朗完璧の虚言に、いちど素直にだまされて了ひたいものさね」は、物語内容レヴェルにおいて、妻・文壇人・読者への自説の主張であるとともに、物語言説レヴェルでは、このテクストの総体が、「いまの世の人」に贈る「明朗完璧の虚言」であることをも共示する。これは〈嘘つきのパラドックス〉（「私の言うことは嘘である」）の一変奏である。太宰の様式特徴の一つとされる、いわゆる「道化」は、言葉のレヴェル侵犯を核心とした、引用・再配置を含む自己言及的なフレーム多重化という意味生成性の、芸術論的ひいては人生観的な標語として再規定されなければなるまい。

（iv）　脱領域的なサイバネティックスの思想家であったベイトソンは、芸術受容を世界内における情報循環ループの一種と見なし、従来において一般的であった「芸術作品は、それを作った人間のパーソナリティーについて何を語っているか」という問いから、「この芸術作品を創る、あるいは見ることで、叡知に向けてのいかなる心の修正がもたらされるのか？」という問いへと変更されねばならないと主張する。「それはスタティック［静的］な問いからダイナミック［動力学的］な問いへの移行である」[*8]。多岐に亙るベイトソンの研究が、常にメッセージを可能とするメタ・コミュニケーションの解析に力を傾注していたように、この「移行」もまた、これまでの通念のような物語内容論ではなく、その裏側で捨象されてきたメタ・コミュニケーションの運動に着目し、その結果としてテクストの諸要素がいかに複雑なフィードバック、フィードフォワードを実践しているかを追究するものとなるだろう。

ここまでの読解から、「山上通信」の意味が理解できる。まず、「太宰治」の署名を持ち、「この四枚の拙稿」とか「右の感想」と呼ばれる「山上通信」は、単なる手紙や断章ではなく、テクストに引用・再配置された書簡体のテクストとして生成されている。その書簡としての主たるメッセージ内容は、「誰でもよい、ここへお金を送つて下さい」という金の無心であるが、「肺病をなほしたい」とする無心の動機、またそれに先立つ「芥川賞楽屋噺」の記述から見て、紛れもなくあの「自註」(「説明」「弁解」)にほかならない。さらに、この「自註」の後に、この原稿が「御返送」されたこと、「中外公論」からの執筆依頼、そして「山上通信」による「佐藤先生」への迷惑に関する「井伏さん」宅での対話の有様など、後続する事情についての「自註」が語られる。「自註」の自己増殖。他者(文壇人・読者・編集者)の視線を過度に意識し、他者の言葉を奪取し、享受のプロセスを予見し巻き込み、無限循環的な関連づけによってのみ成立しうる創造の様態。すなわち(iv)は、このテクストの自己生成のメカニズムが、(iii)とは別の題材によって決定的に呈示された部分なのである。

「山上通信は、私の狂躁、凡夫尊属の様などを表現しよう、他にこんたんございません」とは、確かに「山上通信」に関してはその通りかも知れない。だが、殊更にこの「自註」が置かれることによって、それら断章群の全体は、通俗的な創造と受容の様式を厳しく対象化し、自省を迫る挑発となるのだ。あなたは、あの「マダム」や「情夫」と同じ顔をしてはいないか、と。人間・津島修治が、実際に芥川賞を懇望していたという事実と、それを題材の一つとして引用・再配置して構築された「創生記」の様式とは、厳密に区別して考えなければならない。このテクストに現れた「芥川賞」とは、文壇人・読者・編集者などの他者から被る、「情夫」的な視線の象徴にほかならない。ここでは、作品なるものが、他者の視線の支配下にあって初めて自己生成する実態が構造的に呈示されている。

「創生記」は、発表以来、読者の無理解によって迎えられ続けてきた傑作であった。読者がそのテクストに正当な評価を与えるには、それなりの時間経過が必要だったのである。ただしその意味生成性の機構に、その巧みさ・複雑さにおいて情報論的尺度から好評を与えるか、それを屈従的な態度と見なし、「徒弟気質」（中条百合子）[*9]として難詰するか、それは評価の分かれる受容者側の問題だろう。だが、恐らくこのテクストが自己生成的に解明して見せた実情は、近代資本制下においては、実際のところ、太宰以外の文芸作品においてもそれほど変わりはあるまい。

「わがまことの創生記」とは、真実であり、虚偽でもある。それは、宣言であり、また皮肉でもある。

Ⅳ　ランダム・カルタ――「懶惰の歌留多」とアフォリスティック・スタイル――

はじめに

比類のないデカダンスと表裏して、言葉についての既成の概念枠を総動員せしめ、読者の読解能力と言語環境とに対して真向からの挑戦を試みる。太宰のテクストは、その意味でアヴァンギャルドなテクストであったし、現在でもなおそうだろう。ミハイル・バフチンが述べたように、小説は既成の言説ジャンルをジャンルとして取り込み、パロディ化し、批評する。カルタ形式の断章群を含む「懶惰の歌留多」(『文藝』昭14・4、『女生徒』所収、昭14・7、砂子屋書房)もまた、そのような反美学の表現にほかならない。それはいかなる挑戦であったのか。

1　アフォリズム、脱線、告白

「私の数ある悪徳の中で、最も顕著の悪徳は、怠惰である」という一文により、テクストは始動する。これは「怠惰」の内実に関する叙述の開始の告知であり、自らの「悪徳」の〈告白〉というこのテクストの発話の動機もしくは方向性の規定である。冒頭からカルタ形式の断章群に至るまでの部分は、テクストのいわば〈はしがき〉にあたり、カルタ形式部分が書かれるに至った事情の〈告白〉によって、読者にテクスト読解のコードを与える額縁として設定されている。太宰のテクストは、すべて〈告白〉のパロディにほかならず、〈告白〉の様相を身にまとっているはいるものの、その〈告白〉なるものは、「内面」を全然透明に見せてくれはしない。太宰は柄谷行人のいう「『告白』という制度」[*1]と戯れた作家なのである。初めに、ディスクールの属性として、この〈はしがき〉は次の事項に亙り、後続のカルタ形式を先取＝予告していることに留意しよう。

まず、文体におけるアフォリズムの多用、あるいは語り手のアフォリズム趣味である。

> 怠惰ほど、いろいろ言ひ抜けのできる悪徳も、少い。臥龍。おれは、考へることをしてゐる。ひるあんどん。面壁九年。さらに想を練り、案を構へ。雌伏。賢者のまさに動かんとするや、必ず愚色あり。熟慮。潔癖。凝り性。おれの苦しさ、わからんかね。仙脱。無欲。世が世なら、なあ。沈黙は金。塵事うるさく。隅の親石《おやいし》。機未だ熟さず。出る杭《くひ》うたれる。寝てゐて転ぶうれひなし。無縫天衣。桃李言はざれども。絶望。豚に真珠。一朝、事あらば。ことあげせぬ国。ばかばかしくつて。大器晩成。自矜、自愛。のこりものには、福が来る。なんぞ彼等の思ひ無げなる。死後の名声。つまり、高級なんだね。千両役者だからね。晴耕雨読。三度固辞して動かず。鷗は、あれは唖《おし》の鳥です。天を相手にせよ。ジッドは、お金持なんだらう？

アフォリズム（aphorism）は警句・格言・箴言の類であり、人生知を含む気の利いた短い語句のことをいう。この第二のパラグラフにおいて、「臥龍」「面壁九年」「賢者のまさに動かんとするや、必ず愚色あり」から始めて、諺・故事成語・四文字熟語などを含むアフォリズムが満載される。しかもそのアフォリズムは紋切型あるいは体言終止の形で無造作に放置され、さらにそれらの中には巷間に流布している一般的形態でないものもある。九里順子の注によれば、[*2] 例えば「賢者のまさに動かんとするや、必ず愚色あり」は “The wise and does not all the foolish tongue speaks.”（賢者は愚舌のために動かず）に、また「なんぞ彼等の思い無げなる」は「汝らの中たれかを思い煩いて身の長一尺を加え得んや」（「マタイ伝」第六章二十七節）などとの関連が推定されるが、なお決定的ではない。というよりも、そもそもアフォリズムは新規に創作することもできるのだ。辞書に搭載され意味のほぼ確定したアフォリズム（諺）に対して、それらは意味の未確定なアフォリズムである。元来、アフォリズムは一つの極めて短い物語であり、凝縮された言葉遣いを触媒として読者に解釈を要請するのだが、ことに創作されたアフォリズムの場合には、その都度、読者が全く新たに解釈を施さねばならない。アフォリズムの多用は読書の速度を停滞せしめ、前後のコンテクストを形成する作業に荷重を課す効果をもたらすのである。

　従って、アフォリズム趣味は実際のところ、メッセージ内容の透明化の宣言である〈告白〉スタイルの初期設定と矛盾する。もっともこの第二パラグラフのアフォリズムの羅列は、第三パラグラフの冒頭で「すべて、のらくら者の言い抜けである」として否定されるものの、一度そこに置かれた以上、無意味なものとはなりえない。アフォリズムは〈はしがき〉の後の〈本文〉にあたるカルタ形式部分において重要な役割を担うことになり、第二パラグラフはそのはるかな先取りとしてテクストを染色する。そしてアフォリスティック・スタイルと〈告白〉スタイルとの同居は、太宰的テクストにおいては通有のものである。

次に、以後の〈はしがき〉部分のディスクールは、いずれも「私」「この男」の「怠惰」を物語るもの以外ではない。「何もしない」「頬杖ついて、ぼんやりしてゐる」のパラグラフは言うまでもなく、続く「或る日本の作家」「巨匠」の短編集に触れたシークェンスも、短編集の記述に対して「ああ、たまらない」と言う割には、結局「これでは、何も、[…] 異るところがない。もっと悪い」自身の現状を明らかにしてしまう。「書け」という自己命令に応えて「やけくそになつて書き出した」結果が、それ以後のカルタ形式部分だというのである。ちなみに「或る日本の作家」について、鶴谷憲三[*3]・九里[*4]は志賀直哉をあてはめ、短編集の作品を「雪の日―安孫子日誌」(『読売新聞』大9・2・23~26)と見るが、畑有三[*5]は否定的である。九里の指摘通り、「いそいそ町へ、ねぎ買ひに出かける」云々の場面は「雪の日」にはない。しかし、もしこれが引用であるとしても、それは引用元の原典を意図的に改変したというよりも、引用元を保存することに、つまり引用であることに重きを置かないためと思われる。いずれにせよ、〈はしがき〉部分の物語は、「怠惰」を否定するそばから、自分の「怠惰」を実証するものでしかない。

〈はしがき〉部分では、発話主体は人物に対して、「この男は、いま、旅行に就いて考へてゐる」のように外部から焦点化したり、「私」として内的に焦点化したりする。〈告白〉スタイルが「私」ではなく「この男」を主語としても問題はないが、この二つの主語の交替は、交替現象そのものに読者の注意を喚起し、それによって発話行為主体と発話主体との無前提な一致という〈告白〉のフレームを揺るがすことになる。言い換えれば、それは安易な主体の定着を妨げ、個々の文を自立させようとする。加えて、作家の「とりとめがない」生活の有様をだらだらと綴るパラグラフも、「巨匠」の文章に対して文句をつけるパラグラフも、そのディスクールは連鎖的な脱線を旨とし、「悪徳」の〈告白〉という求心的なテーマ設定から逐次に遠ざかる。この脱線的ディスクールは、アフォリスティック・スタイルと同じく、〈告白〉というジャンルに期待されるところの、透明なメッセージ伝達とは全く逆行する文体にほかならない。

従って、〈はしがき〉部分は、その動機・方向性の初期設定と齟齬する形での文の自立によって彩られており、結局のところ〈告白〉とはなっておらず、「怠惰」という語句をめぐる一つの寓話（allegory）と化している。〈告白〉が記号と意味内容との直線的通路を確保するシンボル的な言語、つまり言文一致体の所産であったとするなら、太宰的〈告白〉なるものは、記号と意味内容とをその都度切り離すアレゴリー的な言語、いわば言文不一致体にほかならないのだ。それは後述のように、後続のカルタ形式部分に現れるアフォリズムの展開・敷衍と本質的には同一の構造化作用によるのである。それは、「書け。落語でも、一口噺でもいい」という自己命令の通り、まさしく「落語」や「一口噺」に類するテクストである。いずれにせよ〈はしがき〉部分とカルタ形式部分との間には、序と本文、あるいは由来書と本体などに比せられる虚構の水準の差異が推定されることになるだろう。それは本体を由来書という枠組みによって規定する額縁構造の一種と見なしうるのである。

2　カルタ形式、フラグメント、物語

カルタ（歌留多・加留多・骨牌）の語源はポルトガル語の'carta'とされるが、中国原産の博奕「樗浦」（かりうら＝かりた・ちょぼ）に由来するという説もある。[*6] カルタは十六世紀後半に、ポルトガルから伝来した。日本における先駆的形態は、平安時代の貝合わせと貝覆いである。貝合わせは貝の美しさを競うゲームで、『堤中納言物語』の「貝合」が有名である。貝覆いは二枚貝の左右のぴったり一致するものは一対しかないことから、多くの貝から対の片貝を探す遊びである。両者は本来、別の遊びであるが、西行の歌「今ぞ知る二見の浦のはまぐりを貝合せとて覆ふなりけり」（『山家集』下雑）のように、早い時期から混同されていた。

貝覆いのルールは、百八十対の蛤を左右別々にし、一方を地貝、他方を出し貝と呼び、地貝を同心円状に並べ、出し貝を円の中心に置いて合う地貝を探す。次第に貝に装飾を施し、裏側に金箔を貼り蒔絵を施すなど華美なものも現れ、上流社会の子女の嫁入り道具とされ、また歌を書いたものもあった。この歌貝がポルトガル伝来のカルタの影響を受け、貝から長方形の厚紙・獣骨・獣角などに変わったものが歌カルタである。従って二枚一組によって行われるカルタのゲーム形態は、和洋折衷の結果成立したユニークな方式である。歌は百人一首が好まれ、カルタの一方に上の句、他方に下の句を書いて合わせるという独特のルールが十七世紀初め頃には成立し、以後、競技としての発達を遂げ、現在に至ることになる。またこれとは別の系統として、西洋流のカルタ（カード、トランプ）も流入して日本風にアレンジされた。それは博奕にも盛んに用いられたため度々禁令が出されたが、うんすんかるた、天正骨牌、花骨牌（花札）などと名と形を変えて生き延びてきた。

いろはかるた（以呂波歌留多）は歌カルタの系統を引き、教育目的で子ども向けに考案されたものである。先駆形態として譬えカルタ・諺カルタがあり、明和年間（一七六四〜七二）頃には、諺の句を上下に分けて書いたり、取り札に絵入りのもの、あるいは絵だけのものが登場した。他方、江戸中期から、いろは＋「京」の四十八文字を文頭に置いたいろは譬えが流行し、譬えカルタといろは譬えとが合流して、江戸後期頃には、いろはかるたが成立したと推定される。

いろはかるたは通例、字札と絵札に分かれ、字札に譬え・諺が、絵札には語句の文頭文字とその語句の絵解きとが描き込まれている。天明年間（一七八一〜八九）の関西が起源で、文化年間（一八〇四〜一八）頃に江戸に伝えられて流行したものと言われ、上方いろはと江戸いろはとでは用いられる譬えはすべて異なる。「い」の語句は江戸では「犬も歩けば棒にあたる」で、この種類のカルタは「いぬ棒かるた」とも呼ばれた。それに対して上方かるたでは「一寸先は闇」で、この対比は東西の精神性を物語るかのようである。

「懶惰の歌留多」というテクストは、いろはかるたの四十八文字のうち、「い」から「よ」までの十五文字分によって構成されている。太宰のカルタ形式への思い入れは、その執筆以前から顕著であった。[*7] まず「『晩年』に就いて」（「もの思ふ葦（その三）」、『文藝雑誌』昭11・1）では、『晩年』刊行後の自分は「余生」を送る身であり、「私がこののち永く生きながらへ、再度、短編集を出さなければならぬことがあるとしても、私はそれに、『歌留多』と名づけてやらうと思つて居る。歌留多、もとより遊戯である。しかも、金銭を賭ける遊戯である」と述べる。短編集の題名としてのカルタについては、小館善四郎宛葉書（昭11・9・8付）にも、「十月ごろ三部曲『虚構の彷徨』、それから短編集『浪曼歌留多』と、二冊出版することほぼ定つた」と書かれるが、これは実現していない。

一方、佐藤春夫宛書簡（昭和11・7・8付）には、「デカダン　イロハ　ノ小説、題ヲ　イマ考ヘテヰマス。イ、ロ、ハ、ニ、順々　短キ　ウタ　ヲシタタメ、ソレニツカズ　ハナレズ　ノ　物語　シタタメマス。四十枚、前人未踏ノ作品デキル筈、」云々とある。さらに「HUMAN LOST」（『新潮』昭12・4）には、「一、『朝の歌留多。』／（昭和いろは歌留多。『日本イソップ集』の様な小説。）」の「プラン」「試案下書」があり、「ゆっくり書いてゆくつもりです」と記される。「短キ　ウタ」と「ソレニツカズ　ハナレズ　ノ　物語」との組み合わせは、「懶惰の歌留多」のカルタ形式部分の一セクションごとの構成を、また「『日本イソップ集』の様な小説」とはその内容を示唆するものである。太宰的スタイルにおけるフラグメント、ドキュメント形式、アフォリズムなどの要素が同時存在するジャンルとして、カルタ形式と太宰との出会いは、必然的なものであったというほかにあるまい。

「懶惰の歌留多」にカルタ形式を採用した効果について明快に記述したのは九里順子である。[*8] 九里は次のように述べる。「そもそもいろは歌留多は、いろは四十七文字の配列と警句という性質において成立しているのであり、各歌留多の内容間に因果関係はない。つまり各歌留多の内容はそれ自体で完結（独立）しながらも、文字の配列と言説の種類（警句）において一つのテクストにもなり得るという、断片の集成である。太宰はそこに、各歌留多にまつわる物語という違った種類の言説と書き手である『私』を挿入して断片の独立性を壊しながら、各部分がより多様に関わり合うテキストの形式を試みている」。断章集積形式の一種としてのカルタ形式の機構について、この九里の解明に付け加える事柄はほとんどない。断章集積形式がテクストの構成において関与的となるのはコンテクスト形成の水準においてであり、一般にそれはコンテクストの構築を容易にしない。こうした断章集積形式の様式論的な意義として、モダニズム芸術の革新性を断片性とモンタージュに求めたアドルノの理論や、断片のもつアレゴリーとしての性質に注目したビュルガーの理論については周知のことである。[*9]

「懶惰の歌留多」のカルタ形式部分の基本原理は、通例のいろはかるたとは異なるものである。いろはかるたは読み札に譬え・諺の字句を、取り札に語句の頭文字と絵を配したものであるが、本来のカルタではない「懶惰の歌留多」の場合は、末尾の「わ」「か」「よ」断章を例外として、基本的に〈頭文字＋アフォリズム＋コメント・物語〉で一つのセクションが構成される。用いられるアフォリズムには、既成のものと新規に創作されたものとの両者がある。〈頭文字＋アフォリズム〉のみならばいろはかるたの字札に相当するが、ここではさらにコメント・物語の要素が付加され、この要素に重点が置かれる。コメント・物語の要素が、アフォリズムの説明として、いろはかるたの絵札に描かれた絵解きにあたるとすれば、「懶惰の歌留多」のカルタ形式とは一対の字札と絵札とを合わせた形態と言うこともできる。ただし、貝覆いの照合が難しいのにも似て、このカルタ形式の字札と絵札とは、容易に合致しないもののようである。

試みに最初の「い」のセクションを読もう。アフォリズム「生くることにも心せき、感ずることも急がるる」は、プーシキン『オネーギン』の一節である。[*10]これは〝人生・感覚における性急さ〟というほどの意味だろうか。しかし、その後の「ヴィナスは海の泡から生れて」云々の物語・コメントは、性急さとはほとんどか全く無関係である。「与へられた運命の風のまにまに身を任せ、さうして大事の一点で、ひらつと身をかはして、より高い運命を創る」というのは、変わり身の速さや臨機応変による成功であって、性急さではない。

次の「**ろ**」のセクションでは、アフォリズムは「牢屋は暗い」であり、「**は**、母よ、子のために怒れ」や、「**へ**、兵を送りてかなしかり」などと並んで、その構文から見てほとんどアフォリズムというカテゴリーの限界に位置する語句というほかにない。儒教の教えを逆転し、「平天下」を「修身」などより先に置く「**ろ**」断章のコメントは、端的に言って〝社会運動の肯定〟である。この思想は、アフォリズム（?）の「牢屋は暗い」を受けた「牢屋は、之は避けなければいけない」の直後に「けれども」の逆接に続いて語られる。すなわち「**ろ**」のセクションでも「**い**」と同じく、アフォリズムの要素とコメント・物語の要素とは掛け離れているのである。

すべての断章がそうだというわけではない。「**は**」「**ほ**」「**へ**」の各セクションでは、取り敢えずコメント・物語はアフォリズムの展開・敷衍であり、「**と**」「**り**」「**ぬ**」は辛うじてアフォリズムと緩やかに関連する、あるいは大きく飛躍した物語である。後者は牽強付会の域にさえ達している。また「**わ**」「**か**」「**よ**」断章はコメント・物語を欠いており、特に「**わ**」「**か**」は既成のアフォリズムであって、本来のいろはかるたに接近する。「**に**」その他のセクションについては後に詳述する。このカルタ形式の仕掛けとは何か。

すなわち、コメント・物語の要素は、それじたい短い物語であるアフォリズムを契機としたありうべき読解の一つの方式を、コメントや物語の形で明示し、テクストに組み込んだものにほかならない。またアフォリズムとコメント・物語との間に読解上の齟齬が認められる場合、読解の線はそのセクションを超え出て他のセクションやテクスト全体へと向かい、コンテクストを求めようとする。しかし、断章集積形式の一種としてのこのカルタ形式においては、あるセクションの意味を確定しうるようなコンテクストは、いかなるレヴェルにおいても飽和しない。約言すれば、アフォリズムの解明に負荷をかけるコメント・物語の配置とコンテクストの不確定性によって、「懶惰の歌留多」のカルタ形式は、読者の読解という作業そのものに挑戦すると言うべきだろう。

3　自己言及、フレーミング、パラドックス

残りの「**に**」「**ち**」「**る**」「**を**」の断章群は他とは異なる問題をはらみ、特に「**に**」は重要である。「**に**」断章のアフォリズムとコメント・物語との関係は大きな飛躍を伴う敷衍であるが、コメント・物語の要素がかなり長く、前後二つの部分に分けて考えられる。前半は小説創作に関する「私」の態度表明と、この小説の方法に対する自己言及的説明を含む小説論である。この回路が備わっていることにより、「懶惰の歌留多」をメタフィクションと呼びうることは言うまでもない。いわく、大作は今の自分には力量がなくまだ書けないが、現在出来る限りの工夫を凝らして書いたものには「自信を持たなければいけない」。このカルタ形式は「ややこしい」が、「既成の小説の作法」も併用されており、今後は「所謂、おとなしい小説」も書く。「この作品が、健康か不健康か、それは読者がきめてくれるだらうと思ふが、この作品は、決して、ぐうたらでは無い。ぐうたら、どころか、私は一生懸命である」。

これは本来〈はしがき〉部分にあるべきテクスト生成のプロセスに関わる記事であり、フレーム的な要素がメッセージ中に配置されたことになる。ここに至って序・本文的な区別を行う虚構の水準の差異化は意味を失い、各断章そのもの、個々のディスクールそのものにもフレーミング（枠付け）の機

能が新たに発見されると同時に、逆に〈はしがき〉からは特権的なコード化の機能が剥奪され、それもまた一つの断章に過ぎないという読みが導入される。結局、このテクストにおいては、カルタ形式を採用したことによるフレーミング、つまり虚構の水準の差異化による読解の方向づけは、「**に**」断章というカルタ形式の叙述じたいによって、自ら無効を宣告されるのである。

「さて、むかしの話を一つしよう」以降の後半は、創作アフォリズム「憎まれて憎まれて強くなる」の物語的実現であると同時に、小説論に対する実感的裏付けともなっている。道化的振る舞いによって「にくしみの対象」と化した「私」は、「魔窟の一室」で「月から手紙を」受け取り、その「酷冷、厳徹」に触れて「自然の中に、小さく生きて行くことの、孤独、峻厳を」知った。ここで月は孤高の存在者の代表であり、月からの手紙は、例え卑小なものであっても（「はきだめの瓜の花一輪」）他に依存しない独立した生の価値を持つということを感覚的に知る契機となった。それは小説論における現状への取り敢えずの自信を裏打ちする人生論である。ところで、このテクストの文体は、より真剣なテーマについて語るときほど、よりアフォリスティックになることに注目しよう。「一線、やぶれて、決河の勢」「かみなりに家を焼かれて瓜の花」。その結果としてアフォリズムの荷重原理が働き、実感の実感度に対して、不断に相対化のマークが付されることになる。

その意味で、「**ち**」断章の内容は、これに劣らず重要であると言うべきだろう。表向き、コメント・物語は、創作アフォリズム「畜生のかなしさ」を「畜生」たる信田狐の挿話などによって敷衍し実現するものとして読める。だが、それらに「なに、みな、でたらめなのだ」「さうして白状すれば、みんな私のフイクシヨンである」という虚構性暴露の刻印がつけられることによって、メッセージ解読のコードが破壊される。これは、「嘘つきのパラドックス」の一変種にほかならない。

その事態は「**を**」断章の、「文字どおり、これは懶惰の歌留多になつてしまつた。はじめから、そのつもりでは、なかつたのか？　いいえ、もう、そんな嘘は吐きません」というディスクールによってさらに強化される。「私を信じなさい」(「**い**」断章)と言われても、信ずることはできない。何を信じ、何を信じないのか、虚構であるのか、ないのかという判断は、その基準となるフレームが解体したために、すべて中止されなければならなくなる。座標軸のない空間では位置を決めることができない。そのとき、あの真剣な小説論や人生的実感が、いかなる水準で受容されるべきなのかは不確定なままに残されるしかない。すると、「畜生のかなしさ」とは、純然たる作り物語を真実として鵜呑みにする「家の者たち」、ひいてはテクストを人間の〈告白〉として読もうとする読者に対して、さらにはそのような物語の提供を業とする作家自身に対しても向けられた、暗黙の、同情を込めた皮肉なのではないか？

「**に**」断章の「たまには、まともな小説を書けよ」という友人の言葉、「負けたくない」という矜持、「**る**」断章の「ぎりぎりの締切日」への言及、また家人や編集者に対する感覚、これらは皆、小説家の執筆環境や小説の受容環境とこのテクスト個体との間の、切り離し不可能なカップリングを示している。それはテクストの意味やテクストの虚構性の深度が、それらすべてを包む言語環境との相互的関係によってのみ決定される状況を示唆する。各種のフレーム構造を一旦は設定し、次いでそれを棄却する運動によって行われるのは、このような相対主義的システムにおいて立ち現れるところの、言葉の根元的虚構性なのである。

さらに、このいろはかるたの形式が完成された場合、テクストは真実の〈告白〉という直線的合目的性を旨とする物語性を否定し、事態を対等に配列する円環的様式ともなりえただろう。その円環性はまた、いろはを見出し文字とする百科全書的な構成を実現し、このテクストをいずれにせよ〈知〉の集合体と化す結果をもたらしたことだろう。事項がABC順に配置されたロラン・バルトのテクスト、例えば『彼自身によるロラン・バルト』（一九七五）や『恋愛のディスクール・断章』（一九七七）などを想起しよう。だが、いろはは十五文字分のセクションまでで突然中断されることによって、テクストは円環を示唆しながらも、その円環性さえ宙づりにしてしまう。しかも、自らの記述が虚構であることを自認する百科全書などありはしない。フラグメント性と自己言及性は、このテクストの円環性・百科全書性を否定し、ひいてはいかなる調和主義的帰結をも排除しているのである。これは、あらゆる物語に安住することを許さない、反物語の書というほかにない。

「懶惰の歌留多」というテクストは、カルタ形式の部分と、その採用の経緯を説明する〈はしがき〉との二重構造という確固としたフレームを設定し、小説のメッセージ内容を的確に伝達する構築を身に装っている。ところが、アフォリスティック・スタイルや発話主体の交替、脱線的ディスクールなどの語り・文体的布置、あるいはカルタ形式によるコンテクストの希薄化、また序・本文の区別を無化し、享受のレベルを不確定なままに置くところの、虚構性を自己暴露する自己言及的な回路を敷設したことによって、そのようなフレーム構造は読書のプロセスにおいて次第に否定される。それはまた、ひとたびは提起した人生的実感の〈告白〉という虚構性の水準を自ら撤回し、あらゆる読解のコードを取り去って、すべての言葉を一様均質なフィクションの地平に再配置する根元的虚構の作業でもある。

最も秩序づけられた構造であるはずの枠組みが解体され、後に残るものが最も雑音度の高い言葉の配列でしかないという転倒の事態。これに読者は立ち合わされることになる。これが太宰的なテクストの様式論に通ずる事柄であることは言うまでもない。断章集積形式は「葉」「虚構の春」「二十世紀旗手」「HUMAN LOST」など、またカルタ形式は他のドキュメント形式、例えば書簡体（「猿面冠者」「虚構の春」）、日記体（「HUMAN LOST」）、手記体（『人間失格』）と同じ機能を持つ。さらにそこに含まれる自己言及性の回路は、「道化の華」「玩具」「創生記」「二十世紀旗手」「春の盗賊」などとも共通する。これらは皆、太宰のテクストのうちでも最もアヴァンギャルドなものばかりである。

その帰結として、一貫して表明されているはずの表意内容としての、「怠惰」を「悪徳」として否定し、「働かないものには、権利がない。人間失格、あたりまへのことである」とすら断定する〝主題〟そのものが、疑問符を以て対処することを余儀なくされるだろう。根元的虚構に留意せず、まことしやかな物語を鵜呑みにする「畜生のかなしさ」、それはいわば市民文化的規範の産物であり、「怠惰」を一例とする「悪徳」というカテゴリーと軌を一にする。もはやそのような規範は廃棄されたのではなかったか？　「ぽつり、ぽつり、考へ、考へしながら書いてゆく」態度、「大きな男が、ふんべつ顔して、いろは歌留多などを作つてゐる図」は、もはや「怠惰」なのか勤勉なのか判断がつかない。「る」断章のように、締切に追われて「苦しい思ひ」をするのは「日常の怠惰の故である」かも知れないが、それはこのテクストがこのテクストであることと少なくとも並行する事情であることは疑いがない。「落語でも、一口噺でも」、締切ぎりぎりでも、書いてしまえば、それで良いのだ。むしろ逆に、「落語」「一口噺」的なアレゴリー、締切ぎりぎり的な急迫感、それこそが様式の実現と根を等しくする。従って、次のようにさえ言えるのではないか。怠惰は、美徳である、と。これは、美的局面におけるデカダンスの表明なのである。

こうして、デカダンスの持つアヴァンギャルド的意義が明らかとなる。太宰のテクストは、常識的価値の上下逆転（さかしま）を含意する点においてデカダンスであり、そのデカダンスがジャンル的慣習を明るみに出し、しかる後にそれを破壊して見せることにおいてアヴァンギャルドである。マテイ・カリネスクは次のように述べる。「デカダンスのスタイルとは要するに、美的個人主義のあらゆる形態を助長するスタイルであり、統一性、階層秩序、客観性といった伝統的かつ権威主義的な要請と手を切ったスタイルなのだ。このように理解されたデカダンスとモダンとは、伝統の圧制を拒否する点で一致する」[*11]。太宰のテクストは、可能な限りのパラドックスを動員することによって、伝統的要請に追従しつつ反逆し、権威主義的倫理を肯定しながら否定する。それは、巧みというには余りにも異形な、言葉遣いの錯綜によってのみ成就された事業であった。

V The Fragmental Literature──「HUMAN LOST」のメタフィクション性──

はじめに

太宰的テクストのアヴァンギャルド性については、これまでも論じられていなかったわけではない。たとえば渡部芳紀は芥川・ボードレール的なダンディスムの方法を用いた「人工の極致」としての「実験的な、前衛的な作品」の実践の例として、「『創生記』から、間に入院を挟んで、『二十世紀旗手』と『HUMAN LOST』とがある」と述べる。[*1] しかし、「HUMAN LOST」（『新潮』昭12・4、『東京八景』所収、昭和16・5、実業之日本社）の何が前衛的なのか、現在までそれほど明らかにされてきたとは言えない。僅かな論者を除けば、結局のところ、基本的には、盲腸の手術のため入院した際に麻薬中毒となった太宰が、友人家族らに強制的に精神病院に入院させられた体験を基にした物語として読まれてきた。ところがこのテクスト、あるいはアヴァンギャルドな太宰のテクスト一般は、むしろそのような物語の成立を不可能とし、のみならず、それを読む行為が常に当のテクストの問題を超えて、言葉の受容一般のフレームへと読者を導くような仕掛けに満ちている。書くことと読むことの根幹に関わるこのような「HUMAN LOST」のテクスト的様式を、特にそのフラグメント性の多様な変奏に着目しつつ論じてみよう。

1　フラグメントとドキュメント形式

「HUMAN LOST」の冒頭は、印象深い次のようなディスクールの配列によって開幕する。

十三日。なし。

十四日。なし。

十五日。かくまで深き、

十六日。なし。

十七日。なし。

十八日。

　ものかいて扇ひき裂くなごり哉

実に奇妙な叙述である。「なし」とは何か。それは勿論、恐らく〝無〟の意味であると推定される。だが、まず、いったい何が〝無〟なのか。記載するほどのことがなかったのか、記載すべきことはあったが記載しないのか、あるいはまた、何かの理由で記載できなかったのか。また、この「なし」、及びその前の「十三日。」と書いた発話主体、つまり日記の書き手は時間的にどこにいるのか。発話主体は十三日にそれを書いたのか、十四日になってからか、あるいはその後か。続いて十九日分から本格的な記述が始まり、その発話主体の現状が明らかにされる。しかし、「なし」の内実は相変わらず明確ではない。「十九日。／十月十三日より、板橋区のとある病院にゐる。来て、三日間、歯ぎしりして泣いてばかりゐた」とあるから、その三日分に明示的な情報が存在しないのはそのためかも知れない。ただし、次のパラグラフで「四日目、私は遊説に出た」という日の記載も、「なし」の一言である。端的に言って、「十三日。なし」の情報内容を一義的に確定するようなコンテクストは、どれほど先まで行っても決して飽和しない。その理由は、このテクストが個々に断絶したフラグメントを寄せ集めた断章集積形式（fragmental style）になっているために、コンテクストへの要求が十分に満たされることがないためである。

フラグメンタルなものは、読者のコンテクスト形成に対して著しい負荷をかけ、極端な場合、それは不可能となる。読者は「なし」の指示内容を十分に充足することができず、「なし」という表意体（siginifiant）の表面にいつまでもとどまり続けることを余儀なくされる。次いでその停滞は、次のような問い掛けに取って代わられるだろう。それは、なぜ、このような言葉が置かれているのかという疑問である。それは、小説とは、また小説を読む行為とは何かというジャンル論の問いである。そしてそのような事情は、必ずしも冒頭の一行に限らず、このテクストのいずれのセクションについても妥当することとなろう。あるテクストを読む行為が、そのテクストそのものを読む行為から離れて、そのテクストの属するジャンルの仕組みへと遡行的に回付される場合、そのようなテクストはアヴァンギャルドなテクストであると言える。「HUMAN LOST」は、フラグメンタルである点においてアヴァンギャルドであるようなテクストにほかならない。その意味で、田口律男が「HUMAN LOST」のフラグメント性を斟酌し、「このテクストは、安定した時間の流れに身を委ね、日々の想念・心境を調和的な場所に立って対象化し、表象する制度的な文学スタイルを根底的に相対化し、物語のコードに従わない述語的統合による連鎖・引用・メタファーからなる螺旋構造の物語言説を獲得したということができよう」[*2]と述べる「述語的統合」の理論は、貴重な発言ではあるが、「HUMAN LOST」の持つアヴァンギャルド性を、十二分に説明しているとはいえない憾みも残るだろう。これはいかなる回路を用いても、決して統合しえないテクストにほかならない。

さて、「HUMAN LOST」の読解コードは多様であるが、重要なものとして挙げるべきは、一つにはこのフラグメント形式、もう一つはドキュメント形式としての日記形式だろう。「HUMAN LOST」が日記形式（日記体）の小説であり、それが受容の枠組みを形作っていることに疑問の余地はない。太宰の多くのテクストは現実の記録文書を模したドキュメント形式によっており、日記形式の「HUMAN LOST」もその例外ではない。ドキュメント形式は、テクスト内部に発話の水準の落差をもうける設定としての、額縁小説の一種であるということができる。ドキュメントそのものとドキュメント形式との相違が、畢竟、非虚構と虚構との間の区別に帰着することについては既に見たところである[*3]。では、日記形式のテクストであることは、読解にいかなる寄与を行うのか。

（1）まず、日記形式の各々の日の記述は各日の特記事項によって断絶し、逆に、仮定された主体と時間の一貫性によって相互に連続する。日次《ひなみ》の記の場合にこの連続性はより鮮明となる。日記形式のテクストは前者の性質を利用した断章集積形式として、強度の断片性を帯びる。反面、それは後者の性質を利用して、一般にはストーリーラインを確保する。

（2）さらに、交換日記や集団的日録を除けば日記は一人の主体によって書かれるから、日記形式は主体の一貫性を仮定する制度を受け継いでいる。

（3）そして、日記は他者に読まれることを前提とすることもしないこともあるが、公的日記を除けば、通常、私的な性質を持つ内密性の発話である。それゆえに虚構の日記体は私的秘密を暴露するドキュメント形式となり、その身振りはいわば告白に近くなる。

従って、「HUMAN LOST」をパビナール中毒で入院した自堕落な作家の、虚構または非虚構のドキュメントとして読もうとする旧弊な読解のコードには、確かにそれなりの根拠もあると言えるだろう。だが、このような素朴な日記体理解は、太宰のテクスト様式にあっては相対化されねばやまない。なぜならば太宰のドキュメント形式とは、物語内容を真実の告白として呈示するフレームと、そのフレームを断章集積形式によるコンテクストの不飽和と、表意レヴェルの無化による表意体への停留によって自己破壊するフレームとが表裏一体となったものだからである。それは矛盾の同時存在する形式であり、それゆえに自己言及性のパラドックスへと読者を容易に導く性質のものである。

明示的な自己言及がテクスト内部に用意された「道化の華」（『日本浪曼派』昭10・5）や「玩具」（『作品』昭10・7）、あるいは「ダス・ゲマイネ」だけではない。例えば歌仙形式の「葉」（『鷭』昭9・4）、来簡集形式の「虚構の春」（『文学界』昭11・7）、カルタ形式の「懶惰の歌留多」（『文藝』昭14・4）など、フラグメンタル、あるいは特にドキュメント形式をとる太宰のテクストは、いずれも自己言及的なテクストとならざるを得ない。その理由は、太宰のテクストが、ドキュメント形式という最も一般的な日常言語らしさを用いながら、その日常性のパラダイムを徹底的に疑問視せしめ、メッセージ伝達の不全性を顕示するような言葉遣いに調整されているからである。各々の断片の特記事項間には微かな一貫性しかなく、それらを完全に統合する読者においては通常の物語として読むことができ、またその物語内容に権威的制度に対する反措定をことさら読み取れば反物語ともなりうる。しかし、表意体への注視はその最終局面において、あらゆる物語の撤収した記号の揺らぎをのみ、読者に呈示するものとなるだろう。このような観点から、「HUMAN LOST」を読み直してみよう。

2　物書き＝書き物の回路

先の引用箇所において、ことさら意図的に意味不明の片言節句だけが置かれていることは、まさにこのテクストが基本的に片言節句ばかりの断片の集合であることを、テクストの冒頭において明確に呈示するものである。断章集積形式であることのこの先取的告知は、それが表意体の水準において行われていることから、このテクストの再帰的自己呈示として理解できる。さて、「十五日。かくまで深き、」を渡部芳紀[*4]は、「〈かくまで深き、〉が読点で結んであるのが暗示的。『怒り』と『悲しみ』の情が形容されているのであろう」と評する。しかし、この「かくまで深き、」を、なんらかの「情」の表出と見なすだけのコンテクストは、ここまでには与えられていない。むしろ、次に論じる十八日の芭蕉の句と同じく、何か不完全な引用の断片ではないかという読み方ができる。それが真情の表出と見なされるか否かは、この断片からは判別できない。〝かくまで深きX〟のXが何であるかは、結局決定できないように仕組まれている。Xは、あきらめ、疲労、徒労、退屈、焦燥、など何でも入りうる変数なのであり、それはいわば、あの「なし」の機能とほぼ同じなのである。このようなコンテクストの不飽和による意味の決定不能性は、このテクストの基調にほかならない。

渡部評釈によれば、「十八日。／ものかいて扇ひき裂くなごり哉／／ふたみにわかれ」は『奥の細道』の終わり近くの句と、結びの句「蛤のふたみにわかれ行秋《ゆく》ぞ」の引用である。渡部によれば、「両句とも、惜別の情が込められたものだが、太宰の表現にはそれはないといってよい。［…］この十八日の二行に込められた思いは、怒りの激しさであり、身を引き裂かれるような悲しみの吐露であろう。［…］極めて効果ある表現と言える」[*5]。まず、これが『奥の細道』の終局の句であることを重視するならば、ここには一つの旅の終わりが含意される。それは、妻や友人たちと暮らした娑婆の世界の旅であり、またこれまでの創作活動の旅であることが、以下の叙述のコンテクストから推定できる。すると、「なごり」「ふたみ」とは、娑婆に残してきた思いと、隔離病棟に監禁された身体との間の分裂と口惜しさの表現ではないか。また、「ものかいて」が物書き＝書き物（écrivain, écriture）のパラディグムを喚起するとすれば、それが引き裂かれた状態とは、書き手の人格と書かれたもの各々及び相互の分裂をも共示する。ここでもまた、発話主体とテクストの表面の様相そのものが、自己宣言されているのである。

十九日付けでは、「ここに七夜あそんだならば、少しは人が変ります。豚箱などは、のどかであつた」という限界状況の演出の下に、「花」をめぐる寓意が展開される。この条りの言葉遣いは、極めてアフォリスティックである。「私は、部屋へかへつて、『花をかへせ。』といふ帝王の呟きに似た調子の張つた詩を書いて、廻診しに来た若い一医師にお見せして、しんみに話合つた」。渡部は「花」を、「幸福とか愛とか自由とかいったものを象徴している。そうした幸福や愛を求める姿勢が、人々の誤解を生じ、今、自分から失われてしまったことを思い、なおかつ、そうした〈花〉への憧れを語っているのである」[*6]と見た。ただし、その自由とは、プーシキンの事例を引き合いに出し、「けれども仕事は、神聖の机で行へ」というフレーズから見て、単なる娑婆の自由ではなく、芸術表現のための自由、書くことの自由という側面が強い。「花」は「権威の表現」に通じるものであり、その「権威」とは、創作活動の権威にほかならない。従って、表面上は強制入院直後の混乱と悔しさの表出としか読めない十九日のセクションは、「権威」を持つエクリチュール、すなわち芸術としての文芸と、その制作の仕事にかける矜持を、「花」の寓意によって呈示している。ここから、「HUMAN LOST」というテクストを、文芸創作理論の表明と、その具体例の実践としての自己言及を交錯させた、一種のメタフィクションとして読むコードが確保されることになる。

3　テクストのサンプリング

十九日のセクションは、前半、「花をかへせ。」と題する詩、「午睡」と題する詩の成立事情を語る自注の要素を帯びたフラグメントから始まる。それから、「HUMAN LOST」のテクスト全体に通ずるフラグメント構築の定型が現れる。すなわち、「日没の唄。」「一行あけて。」「花一輪。」などのタイトルを掲げ、その後に本文を配置するという手法である。これを、フラグメントの一種としてのショート・ストーリー（掌編）と名付けておこう。すると、例えば二十三日の「妻をののしる文。」、二十五日の「金魚も、ただ飼ひ放ち在るだけでは、月余の命、保たず。」（その一）、二十六日の同じく「（その二）」、二十七日の「（その三）」、二十八日の「現代の英雄について。」、四日の「梨花一枝」などは明らかに同断である。しかも、タイトルを特につけない他の断章群も、同じく、いわばショート・ストーリーとして生成されているとも見られるのではないか。つまり、「HUMAN LOST」は入院患者の日記というよりも、むしろ創作構想ノート、創作練習ノートというドキュメント形式に接近してくるのである。これは、幾つかの種類のテクストを自在にサンプルとして取り入れる、いわばテクストのサンプリングにほかならない。従って、日次の記としてのストーリーラインの確保という要素は希薄になり、各日の意味論的な隔絶は強化され、より一層コンテクスト形成は困難となる。同時に、これは単なる闘病日記などではなく、サンプリングの内容・仕方・文体などにおいて、発話主体の芸術観・文芸観・人間観などが披瀝された、創作理論の書であるということに注目しなければならない。

十九日から二十三日の叙述は、二十日付けのアフォリズム「この五、六年、きみたち千人、私は、ひとり。」に集約されると見てよい。「やつと咲かせた花一輪」は、端的に言って、作品集『晩年』のような過去の傑作の隠喩である。それを「ひとりじめは／ひどい」と言って周囲の人々がその成果を簒奪する有様が、「花一輪。」の詩では風刺的・自嘲的に描かれている。「きみたち」「死ねと教へし君」、つまり周囲の人々が、自分に対して全くの無理解であることが告発される。その帰結がこの強制入院という「罰」にほかならない、というわけである。「花」は、過去の傑作、及びそれを可能にした創作精神の自由であり、従って発話主体は、単に強制入院という措置に対して怒るのではない。それは、創作の自由の簒奪、前衛芸術に対する無理解と冷遇に向けられた怒りであり、結局、芸術観の表明の一環として理解できるのである。

二十三日の「妻をののしる文。」は、ヴェルレーヌの「医者をののしる歌」のパロディの形を借りての、強制入院の措置をとった妻への悪罵である。文中、「まことの愛の有様は、たとへば、みゆき、朝顔日記、めくらめつぽふ雨の中、ふしつ、まろびつ、あと追うてゆく狂乱の姿である」は、いわゆる「朝顔」ものの浄瑠璃・歌舞伎を踏まえている。[*7] この物語は、度重なるすれ違い、困難にもめげず恋人を一心に追い求める深雪のひたむきさ、などの点が受け、徳田武によれば、樋口一葉『闇桜』や徳富蘆花『不如帰』など近代の小説にまで、その物語的な趣向の影響が及んでいるという。[*8] この記述は、自分の妻と深雪とを対照している。つまり、妻たるものはただひたすら男の後を追い、男に付いてくればそれでよいというわけである。これは明らかに手前勝手な理屈というものであって、薬物中毒者を放っておくのと、強制的にでも入院加療するのと、どちらが適切な行動かは言うまでもない。しかし、殊更に勝手な理屈をヒステリックなまでの態度で並べるこのセクションは、むしろ錯乱の程度を甚だしく見せる演出ではないか。義太夫節から読本や歌舞伎、近代小説などにまで受け継がれた道行きと、現代の自分たちの夫婦関係を対照する引用は、大きな意味を持っている。定型的な物語を拒絶し、個々に断絶した物語以前の断片を散布すること、それが、このテクストの一貫した方向性だからである。

「二十四日。なし。」。これはこのテクストの地の部分、この物語内容において展開される世界の生地に書き込まれているのは〝無〟でしかない、とも読める。自己相対化のための句読法（punctuation）と見ることもできる。二十五日は、「『金魚も、ただ飼ひ放ち在るだけでは、月余の命、保たず。』（その一。）」のアフォリズムの表題を冒頭に置く。「われより若きものへ自信つけさせたく、走り書。断片の語なれども、私は、狂つてはゐません」とは、「走り書」「断片の語」によってフラグメント形式を宣言し、また若い者への自信つけとは、フラグメント形式のような実験的・前衛的テクストをアヴァンギャルドとして正当化する意志を表明している。二十六日付けをも含めて、病院の監禁体制と自己弁護に終始する。人権侵害、営利目的の病院からの脱走を語り、また「私は、享楽のために売春婦かつたこと一夜もなし。母を求めに行つたのだ。乳房を求めに行つたのだ」など、売春、薬物中毒、陰口、軽視などの悪徳を、否定したり正当化したりする。さらにまた教授やアカデミズムに対する批判、性愛の尊重、などの言いたい放題を書き連ねてゆく。しかし、売春を母や母の乳房に変えれば、売春が売春でなくなるというわけではない。重要なのはむしろ、ここに現れる創作理論と聖書に関する言及である。

4　リアリズムからアヴァンギャルドへ

「私は、『おめん！』のかけごゑのみ盛大の、里見、島崎などの姓名によりて代表せられる老作家たちの剣術先生的硬直を避けた。キリストの卑屈を得たく修業した」。いわゆる老大家のおおげさな振る舞い、つまり大きな物語としての文学は否定されている。「キリストの卑屈」とは、それに対する個々の小さな物語ということになるだろう。そして、自分は自分の作中人物たちよりもずっと高潔の士であり、「戒律」を守る生活をしている、と自己弁護しているわけである。しかし、「HUMAN LOST」における、強制入院に抗議するプロテストや自己弁護のフレーズは、そのような状況に陥れられた者が通例そうするだろう深刻悲惨な泣訴ではない。いずれも、言葉と主体との間に距離を置き、韜晦し、巧みに言葉を断片として配置することに意を用いているように見える。いずれにせよ、この箇所の文芸観は、リアリズムを批評する翌二十七日の文芸理論へと続く。

> リアルの最後のたのみの綱は、記録と、統計と、しかも、科学的なる臨床的、解剖学的、それ等である。けれども、いま、記録も統計も、すでに官僚的なる一技術に成り失せ、科学、医学は、すでに婦人雑誌ふうの常識に堕し、小市民《リアリスト》は、何々開業医のえらさを知つても、野口英世の苦労を知らぬ。いはんや、解剖学の不確実など、寝耳に水であらう。天然なる厳粛の現実《リアリティ》の認識は、二・二六事件の前夜にて終局、いまは、認識のいはば再認識、表現の時期である。叫びの朝である。開花の、その一瞬まへである。

真理と表現。この両頭食ひ合ひの相互関係、君は、たしかに学んだ筈だ。相克やめよ。いまこそ、アウフヘエベンの朝である。信ぜよ、花ひらく時には、たしかに明朗の音を発する。これを仮りに名づけて、われら、「ロマン派の勝利。」といふ。誇れよ！　わがリアリスト、これこそは、君が忍苦三十年の生んだ子、玉の子、光の子である。

韜晦によって語られているとしても、基本的にリアリズムの失墜についての理論であることは分かる。二・二六事件のような予測不能の事態の事実の重さの前には、自然科学的な真実らしさなど無意味である。つまり、リアリズムの科学性・客観性は否定されなければならない。これは春日直樹の言うような、二・二六事件への本気のリアクションとして、あるいは日本浪曼派との関係において考える必要はあるまい[*9]。二・二六事件のような時局問題が登場するのは全編を通じてここだけであり、所詮寸断された文脈であるとはいえ、前後の文脈から全く孤立している。この「ロマン派」が、特定のロマン派でなければならない理由はない。「誇れよ！　わがリアリスト」と言いながら、結局は「ロマン派の勝利」を語るのは、アイロニー以外の何物でもない。「忍苦三十年年」のリアリズムの追求は、結局反対勢力としての「ロマン派の勝利」にしか到達しなかった。その理由は、「真理と表現」との止揚において、リアリズムが無視してきた「表現」の要素が結晶されたからである。これは、リアリズムから表現主義への展開という、二〇世紀初頭のアヴァンギャルドの台頭を支持する言説にほかならない。そのようなアヴァンギャルドの典型こそ、このテクストそのもののスタイルなのだというのだろう。

この後、似たような自己弁護のフラグメントが綿々と続き、八日、九日、十日のあたりで、次第に気が弱くなり、十日付けでは、「私が悪いのです。私こそ、すみません、を言へぬ男、私のアクが、そのまま素直に私へ又はねかへつて来ただけのことです」などと書かれる。それまでの抵抗が、病状の回復とともに薄らいできたということなのだろうか。渡部評釈は、「HUMAN LOST」全体の流れについて「以上のように、『HUMAN LOST』は、一か月間の精神病院への入院記録の体裁をとって、自己の心の変遷を語った作品である。入院当初の激しい怒りと絶望の表白が、中間から、静かな弱々しい反省に変わり、後半は、燠火のように再燃する激しい思いと、静かな諦念とが交錯する」[*10]と述べている。この解釈は、恐らく「HUMAN LOST」理解においては一般的なものだろう。ただし、それは「入院記録の体裁」による「心の変遷」という仕方で、人物中心主義的に見られた帰結に過ぎない。

フラグメンタルなドキュメント形式であり、そのことじたいがアヴァンギャルドであるようなこのテクストにおいて、人物中心の物語そのものは、そのアヴァンギャルド性に対して副次的な位置を占めるに過ぎない。つまり、文芸的エクリチュールにおけるフラグメント、ドキュメント、アヴァンギャルドの関連という、創作理論の主張こそ、「HUMAN LOST」というテクストの隠された重要なトピックであったと考えられる。だからこそ、このテクストの結尾は、十二日付けの「試案下書」という執筆プランによって閉じられなければならない。

一、「朝の歌留多。」
（昭和いろは歌留多。「日本イソップ集」の様な小説。）

一、「猶《ゆ》太《だ》の王。」

（キリスト伝。）

右の二作、プランまとまつてゐますから、ゆつくり書いてゆくつもりです。他の雑文は、たいてい断るつもりです。

その他、来春、長編小説三部曲、「虚構の彷徨。」S氏の序文、I氏の装幀にて、出版。（試案は、所詮、笹の葉の霜。）

「朝の歌留多」に相当する太宰のテクストは、「懶惰の歌留多」だろう。「キリスト伝」としての「猶《ゆ》太《だ》の王」は書かれていない。けれども考えようによっては、「HUMAN LOST」も多分にカルタ的な形態を持ち、「キリスト伝」的な要素を内容として含んでいる。その場合のキリストは、「キリストの卑屈」にあこがれる語り手自身ということになる。従ってある意味では、これらの「プラン」は、既にこのテクスト中に散種されているとも言えるのである。

5 聖書──引用の不確定性

残された問題は、「HUMAN LOST」と聖書との関わりである。太宰は、昭和十年十月に発表した小説「ダス・ゲマイネ」およびエッセー「難解」のなかで、初めて聖書の句を引用した。マタイ書とヨハネ書からであり、以後、聖書からの引用は、マタイからのものがほとんどで、それについでヨハネ、マルコ、ルカの順に四福音書が大半を占める。*11 ところで、「HUMAN LOST」に現れた、「聖書一巻によりて、日本の文学史は、かつてなき程の鮮明さをもて、はつきりと二分されてゐる」というフレーズは、太宰文芸における聖書の重要性を示す言葉として一人歩きしている感がある。これはアフォリズムであって、正確な意味はたぶん不明なのだと言わなければならない。さらに、太宰と聖書との関わりは、観念や意味よりも、まず言葉遣いそのものから見直さなければならないだろう。

まず、私見によれば太宰は、恐らく信仰なるものとはまったく無縁であった。太宰のテクストには、超越的・絶対的存在者への帰依・畏れ・祈りなどの要素は全然見あたらない。イエスは、あくまでも人間としての作中人物と同列にある。一例のみを挙げれば、『斜陽』の第六章に「身を殺して霊魂《たましひ》をころし得ぬ者どもを懼るな、身と霊魂《たましひ》とをゲヘナにて滅し得《う》る者をおそれよ」の文を含む、マタイ書十章二十八節の一節が長々と引用されている。聖書の原文では、この「おそれ」とは至高の者への懼れ、つまり信仰の証である。ところが『斜陽』の書き手・かず子は、「ああ、私は自分こそ、それだと言ひ張りたいのだ」と書き、つまり身も心も投げ出して上原という堕落作家の許へ赴くための自己正当化の材料、あるいは勢いをつけるための発条《バネ》としてのみ、この一節を利用しているのである。[*12] 聖書の引用は、この場合に顕著なように、引用先のテクストのコンテクストにおいて最も有効な仕方で引用されており、引用元のコンテクストは希薄化または無化される。そしてまた聖書は、「HUMAN LOST」がそうであるように、言語としての引用の効果を最大限に引き出すために、つまり、表意作用の攪乱によるパラドックス化を来すような仕方で引用されていることが多い。それは、引用がフラグメントでありアフォリズムである点において、聖書の引用以外の太宰的テクストのディスクール一般の特性と合流するものである。太宰における聖書の意味は、このようなテクスト的な機能において、再考されなければならないだろう。
「HUMAN LOST」の末尾には、聖書からの比較的長い引用がある。

「なんぢの隣を愛し、なんぢの仇を憎むべし」と云へることあるを汝等きけり。されど我はなんぢらに告ぐ、汝らの仇を愛し、汝らを責むる者のために祈れ。これ天にいます汝らの父の子とならん為なり。天の父は、その日を悪しき者のうへにも善き者のうへにも昇らせ、雨を正しき者にも正からぬ者にも降らせ給ふなり。なんぢら己を愛する者を愛すとも何の報を得べき、取税人も然するにあらずや。兄弟にのみ挨拶すとも何の勝ることかある、異邦人も然するにあらずや。さらば汝らの天の父の全きが如く、汝らも全かれ。
（「マタイ伝福音書」、第5章43～48、日本聖書協会・文語訳）

傍線部分が、「HUMAN LOST」における引用箇所である。この聖書からの引用は、この小説の倫理的表意作用において最も重要な位置を占めるものだろう。テクストのディスクールの総体が、この引用の意味において定着せしめられると言っても過言ではない。だが、あるディスクールの意味とテクスト全体の意味とは、常に相関的でしかない。テクストの意味が未決定であるならば、この引用の意味もまた、まさにその倫理的方向性の未決定なままに置かれていると言わなければならない。「汝らの仇を愛し、汝らを責むる者のために祈れ」。この「汝ら」や「仇」とは誰で、これらの文は誰が誰に対して語っているのだろうか。これまでの研究において、例えば渡部芳紀は、「結びの聖書の言葉は、作者の自分自身にいい聞かす言葉であろう」[13]とし、塚越和夫は「『私』は、『仇』である世間の人々のために祈るのだ。完璧なトリックである」[14]と述べている（傍点引用者）。この両者の解釈は言葉の差し向けられ方について対立する。しかし、引用文のテクストの意味は、引用元のテクストと引用先のテクストを含めた三つのテクスト相互間の関係において、激しく左右される。従って、多義的な解釈が生み出されることを妨げることはできない。しかも、引用元が聖書のように、元来多義的な聖典の場合には尚更のことである。

マタイ書のこの箇所は、五章から七章まで続く、いわゆる「山上の説教」の部分で、神の国にふさわしい様々な教えが説かれ、有名なアフォリズムが満載されている箇所である。アフォリズム好きの太宰がこれを見逃すはずがなく、太宰の多くのテクストに、この「山上の説教」からの引用が見られる。もし「汝ら」を周囲の人々、「汝らの仇」を自分と解釈するなら、自分のことを祈ってくれと依頼していることになる。「汝らも全かれ」、つまり神のように完全であれとは、この場合、傲慢で不遜な要求ではあるが、そのような依頼心のあり方は、むしろ周囲の人々に対する融和の意思表示とも取れなくはない。逆に、もし「汝ら」を自分自身であると見るなら、自分にとって「仇」であった周囲の人々に和解を乞う手を差し出しているものと受け取れる。その場合、「汝らも全かれ」とは、自分も完全であるべきという自己命令の類となる。結局、どちらの解釈を取るにせよ、「天にいます父」の前では敵も味方もない、とする理論を受け継ぐことはできるだろう。従って、石田忠彦が「『HUMAN LOST』のモチーフの一つは、自分は騙されて入院したが、完治した今ではその騙した人々を許しているのだ、という形で和解を示す点にあった」[15]とするような和解の表意作用が汲み取れることに変わりはない。

ただし、これはイエスが山に登って行った説教なのだから、この引用元の語り手がイエスであることを忘れてはならない。イエスは神の代弁者（預言者）として、敵と味方を超越した高次の位置から、両者に対してメッセージを発しているのである。なるほど「HUMAN LOST」の語り手は、「キリストの卑屈を得たく修業した」と言うほどであるから、自分をイエスに準えたいらしい。引用行為によってテクストの語り手と聖書の語り手とが統合されるとすれば、それらを統合したテクストの発話行為の主体は、「HUMAN LOST」の主人公（語り手＝発話の主体）とその敵である周囲の人々とを、聖書＝イエスの威を借りた、自らの権威あるディスクールによって和解させようとしているということになる。またそれは、「ふたみにわかれ」から始まった自我と世界との間の分裂を、このような形で統一に向かわせる目論見であると考えることができる。しかし、それがいかなる統一であるのかは定かではない。あるとしたら、「試案下書」に見られるような創作活動への邁進こそが、自我と世界との間で折り合いをつける秘訣となるとする、サルトルの『嘔吐』（一九三六）や村上春樹の『風の歌を聴け』（『群像』一九七九・六）にも現れるような、書き物＝物書きによる救済が示されているのかも知れない。そして、その場合にも、あのフラグメンタル・アヴァンギャルドの理論は貫徹されるだろう。しかしそうである確証はない。いずれにしても、発話の方向の不確定性という、冒頭の「なし」と同じディスクールの（非）文法は、実にこの引用にまで及んでいるのである。

太宰のテクストの多くが、小説の言葉とその小説を創造するプロセスについての言葉とが同時に含まれたメタフィクションであることは、もはや言うまでもない。それは虚構の虚構性を自ら呈示しつつ連鎖する言葉の連なりである。その結果、テクストが小説についてのジャンル論的な問いを誘発することもすでに確認済みである。しかし、メタフィクションの照準の先に見えているものは、単に小説というジャンル内部の問題ではないだろう。むしろ、小説を読む行為は決してその行為の内部で終息することはなく、必ずや言葉及び記号の本質についての根底からの見直しにまで帰着すると言うべきだろう。言語記号が言語記号であることを呈示する記号の自己呈示は、自らのカテゴリー、もしくはジャンルについての呈示であるから、常に再帰的呈示にほかならない。しかしそれこそが、言語記号の最も原初的な機能である。太宰的テクストは、もはや単なるメタフィクションではない。それは、フィクションを起源とする言葉の認知そのものを問うメタフィクション、いわば純粋メタフィクションとでも呼ぶべき対象にほかならない。そしてここにこそ、太宰的テクストのアヴァンギャルド性の淵源がある。

勿論、太宰のテクスト様式が、殊更に過激なメタフィクションの装いを凝らしたことには、作家の人間内部にそれなりの理由を求めることもできるだろう。あるいは、彼がこのスタイルのテクストを量産した、いわゆる文芸復興期周辺の時代状況へのコンテクスト付けを試みることもできよう。しかし、これまでの太宰研究なるものは、余りにも作家内部におけるテクストとの対応物を探査することにのみ拘泥し過ぎては来なかっただろうか。メタフィクション形式だけではない。私たちは、太宰のテクスト群の持つ豊かさについて、改めて考え直すべき時期に差しかかっているはずである。

Ⅵ　捏造・収集・サンプリング――「玩具」――

はじめに

作家は書くことによって初めて作家であり、書くこと以前には決して作家ではありえない。なるほど、表象は一般に表象以前の根源に遡ろうとする志向を、その表象じたいの呈示と同時的に滲出させてしまう。だが、それにもかかわらず、テクストはいつでも不透明で混濁した森である。遠く望見される表象以前の根源は、決して表象を透明化しない。そしてこの森を通り抜ける道は、仮定された根源以外にも無数にある。ここでは「玩具」（『作品』昭10・7、『晩年』所収、昭11・6、砂子屋書房）の言葉の様相を書き留めて、太宰的テクスト全般の様式論への導入としたい。

1　根源回帰の両義性

「玩具」は、記憶＝思い出を物語内容とする点において「思ひ出」（『海豹』昭8・4～7）等に似ている。「私」は、「私の赤児のときの思ひ出だけでもよいのなら」という留保付きで書くことを開始する。東郷克美が「玩具」を「雀こ」その他と結びつけ、「それ自体、生の根源に向かっての遡行というモチーフをもっている」と述べた見方、[*1] あるいは山崎正純による「成長し作家となって、この原基としての言語形式を見失い忘却し、自我の操作的意志のために逆にアンニュイに陥った語り手の、いわば〝起源への遡行〟を自ら模索した一篇であった」とする評価[*2]は、いずれも「玩具」を根源への回帰として読む道である。

だが、万一、テクストが真に根源を根源として確証するならば、そのテクストは同時に根源と現在とが同一でないことの確証ともなり、実にそこには、そのような回帰の不可能性が共示されてしまうのである。その方向性に関しては、「思ひ出」の虚構性に着目し、「『思ひ出』は、何ごとか思い出されたくさぐさを書きとめた作品なのではない。想い出されたくさぐさを自身の思い出ではないと否認し、切り離し、埋葬する作品なのである」とする千石英世の論、[*3] また同じく「思ひ出」について、「『私』は物語を、『私』という存在を相対化する物語外的な視点を獲得するに到るのであり、ようやくにしてエディプス的マトリックスから抜け出すのだ」と述べる大國眞希の「思ひ出」論[*4]などが想起される。

エディプス・コンプレックス理論の構造は、両親と自己との関係という出自の物語を基礎とするから、その認識方法は、根源との一体化への志向とその切断である。太宰の多くのテクストと同様に、「これらはすべて嘘である」という虚構を自己宣言するラベリングを行う「玩具」は、まず、「思ひ出」よりも一層顕著に虚構的、もしくは虚構顕示的であると言ってよい。とはいえ、赤い馬と黒い馬とのアレゴリーによる、いわゆる〝原光景〟（フロイト）的なエピソードなどから、これをエディプス的構図として付会することもまた困難ではない。従って、「思ひ出」に関する千石・大國の説を、「玩具」論にスライドしてもほぼ同じ結果が得られるだろう。「嘘」としての小説論を前段に置く「玩具」において、「これらはすべて嘘である」という虚構の識別付与は、決して特定の言葉にとどまらず、このテクストの全要素に及ぶものとも読める。すなわち「玩具」が根源について語っているとしても、語れば語るほど、それは根源回帰の不可能性をも含意するのである。

しかし、回帰を確証するにせよ、回帰の不能を確証するにせよ、それは根源論の影響圏を脱するものではない。根源との関係から見る限り、テクストは根源への到達＝同一化の可能性、および・または不可能性によって計られるしかない。この事情は、西谷修が安吾の「文学のふるさと」(『現代文学』昭16・8)に触れて述べた、「要するに『ふるさと』とは、人がそこを離れるとき事後的に、それも二重のものとして生まれるのだ。言いかえれば『ふるさと』は、それが失われたとき初めて、二重の対象(内的、外的)をもって言葉となる」という説によって言い尽くされている。[*5] この説は、至高の対象との間の距離の短縮への憧れと、そのような至高の対象への接近によって、ますます距離が増大するという、いわゆるロマン的アイロニー論の変奏とも思われるが、それにしても、安吾を離れても通用する優れた根源論である。喪失によってこそ言葉として発生する「ふるさと」＝根源は、その由来からして、常にそれとの同一化の可能性と不可能性とを同時的に帯びている。「思ひ出」でも「玩具」でも、根源回帰に関してあい反する立場はいずれも真である。というよりもむしろ、それらは同じだけ、真であるに過ぎない。

ではその先にはどんな道があるのだろうか。西谷は安吾の「ふるさと」を、一切の言語秩序の外にある、主体の不在な、ラカン的な〈現実〉に虚構の言葉を与えるものとして評価している。安吾の「ふるさと」が、空虚＝ゼロ記号としてしか表象しえないような〈現実〉へ向かう求心的な理念であったとしても、太宰のテクストもそれと全く同じとは到底言うことはできまい。根源の（非）呈示によって、恐らくそれは独自の、離心的な運動を開始するのである。それはいかなる運動なのだろうか。

2　物語のサンプリング

「玩具」はまた、そのフラグメント性においては「葉」（『鷭』昭9・4）にも似ている。だが「葉」や「思ひ出」になく「玩具」にあるもの、それは、書くことについての自己言及にほかならない。この点において「玩具」は、今度は「道化の華」（『日本浪曼派』昭10・5）や「猿面冠者」（『鷭』昭9・7）に接近する。「玩具」は、「私は生れてはじめて地べたに立つたときのことを思ひ出す」以降のちょうど十個の断章群に対して、その断章群、あるいはこの「玩具」という小説じたいが書かれる経緯を語る前書き的な部分を先行させたテクストと見なすことができる。その意味で、これは一種の額縁小説、あるいはメタフィクションなのである。前書き＝額縁部分では、①「私」が帰郷し生家から四度の「盗み」を働いたことを物語内容とする「文章」と、②これから書こうとしている「おのれの三歳二歳一歳のときの記憶を蘇らす」小説の構想が語られ、それらについての「姿勢」、すなわち創作理論に関わる自己言及的なコメントが付与される。

それによれば、①と②は、「はじめに少し書きかけて置いたあのやうなひとりの男が、どうしておのれの三歳二歳一歳のときの記憶を取り戻そうと思ひたつたか」云々の仕方で結合されるはずであった。「姿勢の完璧」から離れたように見せかけつつ、それとなく実践に移すフェイクが、「これこそなかなかの手管」と自賛される。だが、それは構想されながらも、「私は書きたくないのである」と断念されてしまう。そしてただ単に「書かうか。私の赤児のときの思ひ出だけでもよいのなら」という留保を付して、以後の断章群が執筆されることになる。

このように周到な語法を用いて、「私」は断章群に綴られる「記憶」が、ロマネスクな、つまり深切な物語性を帯びることを回避しようとしている。「私は書きたくないのである」という断言は唐突で、その理由は定かではない。けれどもその未知の理由を、「姿勢の完璧と、情念の模範と、二つながら兼ね具へた物語」、すなわち殊更めいて物語々々した物語の拒否として敷衍することはできそうである。「私の赤児のときの思ひ出だけでも」の「だけ」は、強い限定を示す。とすれば、この断章群は思い出や記憶を語ってはいても、その思い出や記憶は何らかの人間の本質や、存在者の存在を開示するものとしての根源ではなく、〝思い出〟や〝記憶〟なる言語形態の、単なるサンプリングとして収集された、いわばコレクションとして呈示されているのではないか。書くことに関するポリシーの表明と、そのポリシーに沿った事例として、「生れてはじめて地べたに立ったときのこと」以下のフラグメントが配列されている。「これらはすべて嘘である」という虚構のマーク、あるいは、末尾の「(未完)」なるコメントは、そのようなサンプリングとしてのスタイルを示すものではないか。

物語のサンプリングとしてのテクストは、太宰的スタイルの大きな特徴である。『晩年』という作品集そのものを、創造的発話に類する文章のサンプリングとして理解することもできる。すなわち、ロマネスクな定型の追求とそこからの逸脱(「逆行」「ロマネスク」)、根源回帰の可能と不可能(「思ひ出」「玩具」)、再話＝Nachdichtungの手法(「地球図」)、そして小説創造についての小説＝メタフィクション(「道化の華」「猿面冠者」)等々の集積である。さらに、「虚構の春」(『文学界』昭11・7)の来簡集形式、

「HUMAN LOST」（『新潮』昭12・4）中のミニマル・ストーリー、「懶惰の歌留多」（『文芸』昭14・4）のカルタ部分、その他の、太宰的テクストに通有のフラグメント群は、いずれも何らかの属性において特徴的と見なされるような発話のサンプルにほかならない。そこでは、創作とは、書くことによって書かれたものを収集し、配列し、そして陳列することである。玩具とは、何よりもこうした流儀によって手に入れられた言葉のコレクションそのもののことをいうのである。

3　玩具——言葉のがらくた

「これらはすべて嘘である」という虚構の標識付与を行う、サンプル集・第一断章の衝撃は決定的なものであり、これがテクスト全体に波及効果を及ぼすことは既に述べた通りである。続く第二断章に示されるのは、名前を事物の言語への翻訳としての純粋言語と見た、初期ベンヤミンと類似の思考である。だが、物象とその名前との感覚的一体感の成立と不成立を語るこの断章では、それが成立しない名辞の例として「ヒト」が挙げられることが重要である。[*6] これは、自分には人間という観念が分からないという『人間失格』の大庭葉蔵と同じく、通念と自らとの間の差異化を図る言葉である。第三断章で、その差異化は「僕はたしかだ。誰も知らない」という「帝王のよろこび」、すなわち感覚における一種の選良意識として呈示される。第四、第五断章では、各々だるまとの会話、深夜の鼠・青大将の跳梁として、その例が綴られる。第六断章の「私は誰にも知られずに狂ひ、やがて誰にも知られずに直つてゐた」は、これら一連の差異化の再確認である。

以上、第二から第六までの断章は、記憶の内部において確認された自己差異化の要素という点において一貫している。そしてその差異化は、他者の知らない内密の感覚によって実現されるものとして呈示される。服部康喜が、〈放蕩息子〉あるいは〈堕天使〉であり、かつ〈選ばれた者〉でもあるという自己理解をここに認めた通りである。[*7] ただし、第一断章の虚構標識に従うならば、それらもすべて記憶の真実という意味では嘘と見なすべきだろう。しかもその感覚が、表現されることによって、つまり内密でなくなることによって、初めて内密なものとしても確証されるとすれば、ここには先の根源回帰の両義性と同じ原理が認められる。そして、何よりもそれらはメッセージというよりも、単にそのようなディスクールのサンプルの呈示でしかない。

以後の断章群は、そのような鋭敏な感覚を備えた「私」の、仮構された記憶断片である。第七、第八断章は、男（「黒い馬」）や女（「赤い馬」）、特に女の生態を描く。ここでは「私」が感じた力や痛みが、その記憶が残存したことの源泉となるらしい。知覚が記憶の核となるという意味では、先行する自己差異化の断章群と通底するが、直接の関連性は薄いだろう。第九断章で描かれた祖母の死の瞬間においても、祖母の皺や悪臭など死の感覚的印象に重点が置かれている。「玩具」に「存在自体の〈母胎〉についに帰りつきえぬ〈言葉〉の悲しみ」を看取する佐藤泰正は、「皺のいのち。それだけの文章」に触れて、「〈皺〉が生き始めるためには〈人〉は、存在そのものは死なねばならぬ。〈皺〉とは一切を読みとり、つかみとる表現者の宿命がしいられた、その意識の顫動そのものにほかなるまい」と述べる。[*8] これは「皺」を言葉の比喩とし、根源回帰の否定を言葉の位相と結びつけた鮮やかな推論である。

しかし、ここでもやはり、意味は多義的である。「それだけ」とは、「たったそれだけ」（卑下）なのか、「それだけの価値のある」（高評）なのか、それとも「まさにそれと同じ」（等価）なのか決定できない。「それだけ」の意味が確定できないとすれば、遡って「皺のいのち」の意味もまた確定しえない。文脈の意味とその要素の意味とは、認知論的に、一挙に与えられるほかにないのである。「皺のいのち」とは一体何だろうか。サンプルはそれじたい特定のメッセージを主張しないから、そのような多義性そのものが、サンプル的断片の表象の特徴でもある。「皺のいのち」はあくまでも「皺のいのち」でしかなく、ただ最低限認められるのは、誰も知らぬ死者の皮膚の微細な変化をその感覚によって記述するミニマリズムである。そのようなミニマリズムはフラグメンタリズムと根を等しくする。そして最後の第十断章では、「(未完)」という結句に彩られた、この断片性が強調されて終わる。

ベンヤミンはドイツのバロック悲劇に触れて、言葉があらゆる意味の連関から解放され、アレゴリー的にどのような活用をも受け入れる状態となることを指摘した。*9 物語のサンプリングとしての「玩具」は、まさしく、創造にまつわる捏造された原初的発話のアレゴリー集である。それは、何らかの根源との関係ではなく、それじたいとして出現した言葉のがらくたのコレクションにほかならない。そこでは、言葉だけが現実である。根源への回帰としての〈帰郷〉がいかなる意味でも断念された今、言葉はもはや、ハイデッガーがそう信じたような〈存在の家〉ではない。むしろ、存在こそが、言葉の家と呼ばれなければならない。

Ⅶ　太宰的アレゴリーの可能性――「女の決闘」から『惜別』まで――

はじめに

太宰は小説家として以外には思想家ではありえなかった。小説のテクスト性じたいこそ、太宰の思想であった。それは小説の言語が明示しない領域に属し、だからこそ太宰の思想なるものも、一般のいわゆる思想とは異なって、決して明示的には語ることができない。『惜別』やその他の戦中戦後期のテクストが、明示的な物語内容の点においてイデオロギー的に見えるとしても、それとは異なった水準において、その思想性を凌駕する別の思想が透かし彫りとなる。そのようなテクスチュアルな思想は、最初期から晩年に至るまで、表面上の変化には関わりなく一貫して持続したと思われるのである。まず、そのようなテクスト性を顕著に示す小説として「女の決闘」を、次いで件の『惜別』を取り上げて分析してみよう。

1　なぜオイレンベルクか？

太宰の「女の決闘」（『月刊文章』昭15・1〜6）[*1]は、ドイツの作家ヘルベルト・オイレンベルク作、森鷗外訳の小説「女の決闘」[*2]を引用し、それに注釈を付け加える形で縦横無尽に改作（nachdichten）したパロディの傑作である。ジュネットは、あるテクストが他のテクストとの関係の中にある状態、いわゆるアルシテクスト性の例として五つのタイプを挙げた。[*3]「女の決闘」は、他のテクストに対する注釈・批評を含むメタテクスト性と、テクストA（イポテクスト）からテクストB（イペルテクスト）への変形・模倣であるイペルテクスト性、つまりパロディやパスティッシュの性質との両方を含んでいる。「地球図」『右大臣実朝』『お伽草紙』『新釈諸国噺』「盲人独笑」「清貧譚」「竹青」「走れメロス」「男女同権」「新ハムレット」さらには『斜陽』なども含めて、太宰にはイペルテクストは非常に多い。特異な例として、過去に自分の書いた初期習作を切り貼りして作られた「葉」や「思ひ出」というテクストもある。ただし、「女の決闘」は単なるパロディではない。パロディを行っているプロセスそのものを語りに組み入れた、いわばメタパロディである。それはパロディ（イペルテクスト）であると同時にメタフィクション（メタテクスト）でもある。

オイレンベルクは当時も今も日本の読者には馴染みの薄い作家であり、鷗外がこの「女の決闘」と、もう一つ「塔の上の鶏」という短編を翻訳したことによって辛うじて知られる。しかも、鷗外の膨大な翻訳小説の中で、「女の決闘」は特に著名な作品ではなく、もしも太宰の「女の決闘」が書かれなければ、一般には知られることもなかったのではないだろうか。文中に「かへつて私が、埋もれた天才を掘り出したなどと、ほめられるかも知れないのだから」とあるのが、事実となったのである。オイレンベルクとその日本への紹介については、九頭見和夫により、この上なく詳らかにされている。[*4]だが、太宰の「女の決闘」では、作者については皆目分からないと明記される。「この作家だつて、当時本国に於いては、大いに流行した人にちがひない」と、あたかも過去の物故作家のように扱うが、実際にはオイレンベルクはこの時まだ生きていた。この叙述を真に受ければ、オイレンベルクについて語り手は本当に何も知らないことが分かる。これは、ポール・ヴァン・ティーゲムが定式化した比較文学の方法、つまり多国間にまたがる文学現象を、発動者・媒介者・受容者という波及の経路を実証主義的に記述するという方法の埒外にある。[*5]この理論的な枠組みは、影響という〈意味〉に取り憑かれ、〈意味〉に先行されてはいないだろうか。「不思議は、作品の中に在るのである」。つまり、言葉がすべてであって、言葉を素通りした人間や観念なるものについての議論は、ここでは無効なのである。比較文学という方法論は、未だに言語論的転回を体験していないのではないか。この場合、影響関係があるとすれば、それは二つの「女の決闘」というテクストの間にだけある。

しかし、なぜオイレンベルクなのか。最初の方では、ホフマンやクライストに比べれば有名でない作家であると言いながら、最後の方では、「一昔まへの、しかも外国の大作家であるからこそ」と、いつの間にかオイレンベルクは、「大作家」へと格上げされる。それはこのテクストによって改作の俎上にのぼった結果であり、真の功績は、むしろそれを見出して改作した自分自身の側にあるという論法とも読める。もっとも「創生記」「HUMAN LOST」「如是我聞」などで、太宰は繰り返し「大家」への反発を表明しており、「大作家」という言葉には皮肉の響きすら禁じえない。

太宰「女の決闘」は、改作を行う方針を、原作に対する批評に基づいて表明する。まず（1）「原作者が女房コンスタンチエを、このやうに無残に冷たく描写してゐる、その復讐として」、つまりコンスタンチエの救済として書くということ、次に（2）その方法として、「私は、その亭主を、［…］仮にこの小品の作者御自身と無理矢理きめてしまつて」書くということである。だがその結果として、語り手がコンスタンチエの味方か否かは定かでなく、むしろ、彼自身が作り出した亭主オイレンベルクの芸術精神の味方と言う方が確実だろう。遡って、原作がコンスタンチエを、果たして「無残に冷たく描写してゐる」か否かも単純には言えない。感情を省いた淡々とした描写そのものが、むしろコンスタンチエの精神を救済するとも考えられる。芥川龍之介の「手巾」（『中央公論』大5・10）を想起しよう。結局、語り手の改作が、コンスタンチエの「復讐」を成就したかどうかは、甚だおぼつかない。

鷗外訳の「女の決闘」と太宰の「女の決闘」とを虚心に比べてみた場合、オイレンベルクのテクストは極めて平明であるのに対して、太宰のテクストは実に複雑である。「これは非常に、こんぐらかつた小説であります。私が、わざとそのやうに努めたのであります」（「第六」）。原作は、コンスタンチエの記事にほぼ終始し、女学生の記事がわずかに入る程度である。その結果として、恋愛を犠牲にして名誉を守ったコンスタンチエの姿が徹底して描き出される。コンスタンチエだけに名前が与えられ、女学生にも夫にも名前が与えられないのはそのためである。単純明快な構成であるが、それは出来映えの善し悪しではなく、そのようなスタイル（様式）なのである。鷗外訳の、夾雑物を切り捨てた軽快な文体もそれと呼応する。ただし、それは端的に一つの物語だけを呈示したテクストであり、その物語も、不倫の三角関係において死と引き替えに名誉を守った女の物語という、いかにも物語々々した、物語的な物語、定型的な物語である。これは、小説ジャンルのカタログに搭載されるような典型的な物語を誇る小説にほかならない。語り手も指摘するような、感情を抑えた語りの技術などを差し引けば、このような定型性のゆえにこそ、それは「一流」なのであり、それを制作する作者は「大家」

と呼ばれるのである。

ここで「大家」とは、単に売れっ子ということではなく、メロドラマやロマンスとして読者に受け容れられる、定型的な物語を生産する定型的な作家の謂である。またこれが単にオイレンベルクの作品なのではなく、文豪森鷗外が選び、手ずから翻訳した小説ということも、その「大家」としての後光を増すだろう。そうでなければ、第一回の冒頭から、鷗外全集第十六巻翻訳編所収の小説群の冒頭部分だけを引用してみせる必要はなかったはずである。九頭見は太宰が鷗外に傾倒していたことをも検証しているが、ここでもまた人間太宰の読書嗜好は問題ではない。「めくらめつぽふ読んで行つても、みんなそれぞれ面白いのです。みんな、書き出しが、うまい」とか、「ずゐぶん読者に親切で、愛情持つてゐた人だと思ひます」などの「面白い」「うまい」「読者に親切」は、その中から「女の決闘」を取り出してくるための前口上でしかない。だからこそ、「私（DAZAI）」が挑戦する意味があるのだ。従って、物語的定型性のゆえに一流であるテクストをターゲットとしてパロディを行うことは、その対象の価値と、それをも超えるそのパロディじたいの価値とを一挙に措定する操作なのである。

2 メタパロディ

曾根博義の指摘によれば、太宰の「女の決闘」は、①オイレンベルク作・鷗外訳「女の決闘」というテクスト、②それを潤色・翻案した太宰改作「女の決闘」というテクスト、③その改作テクストを産出する「私（DAZAI）」についてのテクストとの、三層構造となっている。[*6] 全六章から主要なトピックを検討しよう。「第二」では、原テクストの描写についての分析と批判が加えられる。原作の描写の

「冷淡さ」の原因として、（i）作者が「たいへん疲れて居られたのではないかといふ憶測」を挙げ、（ii）先述のように作者オイレンベルク自身がコンスタンチエの亭主であり、事件の一部始終を見ていて、「私（DAZAI）」は彼女の見方になって彼女を救おうとする、というこのメタパロディの方針が表明される。

「女の決闘」の物語構造について、初めて明確な分析を行った亀井秀雄によれば、原作では顕示されない語り手の存在に、作家自身であるオイレンベルクの名を与えて物語世界に登場させる操作は、物語内容に対して暗黙に施された枠付けの原理を明るみに出す手法である。[*7] しかし、新たな語り手として設定された「私（DAZAI）」の思想と、亭主・オイレンベルクの思想とは接近している。なぜならば「作家が太宰の憑き物であった」ために、「私（DAZAI）」の立場そのものが、亭主・オイレンベルクの立場として呈示されたからである。この亀井の論は、メタフィクション論として高水準のものである。

ただし、亀井は、作者の〈書く意識〉をテクストに顕在化させる手法の始まりを「道化の華」に置くが、それはあたかも〈書く意識〉のように見える虚構の言説であり、生身の作者の〈書く意識〉そのものではない。亀井説では、「私（DAZAI）」と作者・太宰治とが弁別されていない。「太宰はここで物《もの》象化された視線への反撥をモチーフとしてもどきを試みた」という場合の「太宰」とは誰のことか。少なくともテクストのレヴェルでは、「もどき」を試みたのは「私（DAZAI）」であって作者・太宰治ではない。作者・太宰治が、本当に鷗外訳「女の決闘」の描写が冷淡だと考えたか否かは不明であり、むしろそれは、このテクストにパロディ化を施す必然性を付与するための、虚構の文体論であったと考える方が無難だろう。また、イペルテクストがイポテクストの枠付けの原理をあぶり出したとしても、今度はイペルテクストじたいの枠付けが発生することになる。その枠付け（ならぬ枠付け）の原理を、ここではアレゴリー概念から見直してみよう。

「第三」で、「私（DAZAI）」の改作した〝新「女の決闘」〟のディスクールが始まる。このセクションは、前の「第二」で宣言されたメタパロディの実践の開始であると同時に、その理論をさらに補強している。太宰の「女の決闘」とは、このように、物語の言説とその物語構築の言説とが常に同居するようなメタフィクションにほかならない。さらに、物語の言説は、原テクストと改作テクストとに二重化する。その二重化のメカニズムを説き明かすのが、メタ物語部分の言説なのである。

このような言説の肥大化傾向について、曾根は日本語の制度的な小説文体の特性に起因するものと指摘する。[*8] 曾根は原文と鷗外の訳文とを参照し、原文にはない「見える」「聞こえる」などの知覚動詞の鷗外による使用が、「写実の不徹底」と「作者の冷酷、非情に対する不信や疑惑の念」の印象をもたらしたという。これは正確な指摘だろう。ただし、もしも知覚動詞を用いない、純粋に客観的な文体であったならば、もっと「冷淡」と感じられたのではないかという疑問を容れる余地はある。「描写の背後にその主体を実体として想定」する操作は、鷗外訳文の帰結ではなく、むしろ当初からフレームとして存在したと想定できる「私（DAZAI）」のメタパロディ化の原理に基づくものではなかっただろうか。ある意味では、対象のテクストに関わらず同じ操作は常に可能であり、実際、『お伽草紙』などでは似たような実践も見られる。

むしろ、作者なる主観の肥大化は、あたかも日本における私小説の手法のようである。太宰の「女の決闘」とは、鷗外訳「女の決闘」の内容を一旦は私小説化するという、改作＝虚構（nachdichten）の構築法によって成立したのではないか。これは、私小説の方法に対する痛烈な皮肉である。書き手自身がフィクションと断言する主人公の私生活を、真実であるかのように書き込むことで原テクストを敷衍するのである。そして興味深いことには、「女の決闘」に限らず、太宰の他のテクストもまた、同じように〝私小説のパロディ〟と呼ばれることがある。

太宰的なテクストは、あたかも真実らしい〈太宰〉なる人物の実生活をテクスト中に盛り込むことにより、虚構と現実との境界線が曖昧化され、パラドックス状態が現出する。それによって通称〝破滅型・下降型〟作家の行状は、テクストに読者を誘惑するための触媒となり、しかしテクストに導入された読者は、めくるめく迷宮的な語りによって翻弄されるのである。「道化の華」「創生記」「HUMAN LOST」などは、いわば、〈太宰〉なる虚構をイポテクストとしたイペルテクストと見なせる。それらにおいて媒介とされた〈太宰〉の実生活の代わりに、今度は亭主・オイレンベルクの実生活が触媒として導入されたのではないか。従って、それらと「女の決闘」とは、全く異なった外観を呈してはいるものの、本質的に根幹を共有するテクストであり、それこそが太宰的テクストの様式なのである。太宰的テクスト、それはすべて、このような意味でのパロディ、またはメタパロディにほかならない。

最後の「第六」に至り、女を表現することは不可能であるという主張が現れる。鷗外訳の結末部分、すなわち女房コンスタンチエの死後発見された遺書が引用され、それを読んだ亭主オイレンベルクは非常な衝撃を受け、自分には女は書けないと痛感する。「女の実体は、小説にならぬ」と感じた作家は、「この小説は、失敗だ」と思い、死にたくなったが、リイル・アダンの小説のように拳銃自殺することもなく、「女の決闘」も新聞に発表し、その後「ふやけた浅墓な通俗小説ばかり」を書き継ぎ、「六十八歳で大往生しました」。女性の表現は不可能であると主張する作家を描いたこの小説は、けれども女性を表現しており、自分の小説を否定した主人公は、しかし小説家人生を全うし、さらにこの小説を書いた太宰もまた、それ以前以後も連綿と女性を小説に描き続けた。また芸術家を「第四」ではサタンと呼び、「第五」ではそれを否定する。このようにこのテクストは実に壮大な、「嘘つきのパラドックス」のヴァリエーションなのである。ではそのような矛盾対立するメッセージを含むテクストを、どのように受け取るべきだろうか。

3　アレゴリーの破壊力

太宰的なテクスト様式において重要な要素は、一方では小説についての小説としてのメタフィクション性、他方では、引用・フラグメント・アフォリズムあるいは各種ドキュメント形式を用いた断章集積形式である。「素材は、小説でありません。素材は、空想を支へてくれるだけであります」(「第六」)。このような素材の再構成の理念について、関井光男はレヴィストロースによるブリコラージュの理論を適用し、「太宰治の翻案小説が引用のモザイクを通してテクストを解体して、まったく新しい小説を創造しているのも、この方法によっている」と評した。[*9] 持ち合わせの資源《リソース》を組み替えてブリコラージュを行う「女の決闘」の方法論は、フラグメンタルなメタフィクションという太宰的スタイルに完璧に合致する。そこにおいて、固定した統一的な意味の枠組みは打ち破られ、読者の読書行為の参与を大きく導入することによって、どこにも定着しない多義的で生産的な意味が実現されようとする。それは太宰的なアヴァンギャルドのリソースであったが、さらにベンヤミンのアレゴリー概念を介することにより、太宰様式全般へと拡張することができる。

ベンヤミンの『ドイツ悲劇の根源』(一九二八)において、アレゴリー(寓意)はシンボル(象徴)との対照においてとらえられる。象徴は目に見えない観念を可視化する記号であり、その不可視の観念と可視の記号との間の関係は、歴史的・宗教的に固定されて動かすことができない。それに対して寓意は、その都度、ある記号が本来それが表す意味を表さず、本来それが表さない意味を表す記号である。「教会がその信者たちの記憶のなかから古代の神々を手早く追い払うことができていたら、アレゴリー的釈義は決して生まれなかっただろう」(ベンヤミン)[*10]。つまり、伝統的な表象の様式はシンボルによって代表され、アレゴリーはそのような伝統性を転倒するスタイルである。象徴はシニフィアンとシニフィエとが一義的に結合した記号であるのに対して、寓意はシニフィエから切り離されたシニフィアンの連鎖にほかならない。ベンヤミンによれば、「ありとある人物、事物、関係は、任意の別のものを意味することができる」。このような状態をベンヤミンは「寓意的なものの二律背反」と呼んでいる。

またベンヤミンのパサージュ論では、収集・アレゴリー・断片がセットで現れている。アレゴリーとは断片を収集したものであり、また断片もアレゴリーも完成することはなく、収集家は完全に満足することがない。断片は、あるコンテクストから、そのコンテクストが不明となるように収集された引用である。断片はいくら収集しても、元のコンテクストを復元できない。『ドイツ悲劇の根源』では、アレゴリーに基づく論述はトラクタートと呼ばれ、またそれはモザイクやアラベスクにも準えられている。三島憲一はベンヤミンのアレゴリー概念について、「意味の多様性と人為性」としての〈意味の優位性〉を指摘し、「それは、ベンヤミンの解釈によれば、意味のための物質の〈破壊〉であり、同時に、記号の、そして形態の自由な浮遊にもつながるという両面がある」、また「不可視の意味と、それを現わす可視の手段とのつなぎめは象徴の場合とは違って、はじめからずれており、歪んでおり、無理がかかっている。その意味で、アレゴリーとははじめから破壊を内在させている」と述べる。[*11] 三島の論ずるアレゴリーの破壊性は、例えばフランクフルト学派の末裔であるビュルガーがアヴァンギャルド芸術の理論として取り入れ、またイェール学派のポール・ドゥ・マンが似たような論法でディコンストラクションの理論に組み込んで受け継がれて行く。

「葉」「思ひ出」「道化の華」「猿面冠者」「虚構の春」「HUMAN LOST」「懶惰の歌留多」その他のテクスト形態におけるフラグメント性、「生まれて、すみません」などのエピグラフ、故事成語、諺、四文字熟語などを含む警句＝アフォリズムの満載、日本の古典・近代、中国、西洋、聖書、自作、歌謡などに渉る膨大な数の引用、「HUMAN LOST」や「二十世紀旗手」などに多用される文字通りの寓意、これらによるテクストの織物である太宰のテクストは、明らかにアレゴリーであった。それは作品を、作者や他の何ものかを表象＝代行するシンボルと見なすフレームを、まさにそのフレームじたいをイペルテクスト化することによって批評するジャンルである。それは、今でもなおアヴァンギャルドな芸術である。そして、『津軽』『惜別』『お伽草紙』などを含む戦中・戦後期のテクストも、アレゴリー的な回路をたどって、前衛的な水脈を受け継いでいるのである。

4　起源との距離

『惜別』（昭20・9、朝日新聞社）は近年、ポストコロニアリズム批評や国民国家批判論などの流行の下、論じられる機会が多くなったテクストである。以前はこれが魯迅の思想や事跡の表現とは言えず、むしろ逆行しているとする批判（竹内好など）が一般的であったが、最近ではこの再評価の中で、逆行があるとしてもその逆行の性質じたいを太宰的スタイルと見なす傾向や、さらには、逆行ではなくむしろ資料に則って綿密に魯迅像を表現したとする説も現れている（藤井省三）[*12]。権錫永は、『惜別』には確かに同時代の皇国思想や国体賛美などの〈時代的言説〉が見られるが、その同じ言説が同時に〈非時代的言説〉としても機能しうることを指摘した[*13]。また高橋秀太郎は、「大東亜」の親和の表現とされる周さんへの好意が、その不可能性という「ずれ」を伴って読まれるという事柄を論じている[*14]。私見によればそれらの印象の所以は、『惜別』がアクチュアルな題材を使ってはいても、シンボルではなくアレゴリーとして投げ出されているからである。

（1）まず、『惜別』は魯迅の思想や事跡、あるいはその評伝をイポテクストとするイペルテクストである。魯迅自身の「藤野先生」の引用のほか、「あとがき」に名の出る小田獄夫・竹内好らの著作その他がイポテクストを構成する。そしてイペルテクストには、芭蕉・橘南谿《けい》・小学唱歌・聖書その他の引用も多々散りばめられる。具体的なアクションとしても、「私」・周さん・津田・藤野先生ほかの意見が雑居していて、どこかに収斂させることはできない。

（2）次に、このテクストで基調とされるのは、言語・食事・生活文化上における、国内的また国際的な南北の差異である。「私」は「東北の片隅」の地方出身者であることをこれらの尺度に照らして再三強調し、周さんはむしろ東京経由で仙台に来たことをコードとして語られる。津田の都会人気取りは言うまでもない。この水準において、戦中の国内的・国際的な国民国家的統合が努力目標としての幻想に過ぎないことが明白に描かれている。これはイ・ヨンスクの『「国語」という思想』（一九九六・一二、岩波書店）で論じられたこととの具体例とも言えるだろう。また、周さんが多用するドイツ語の語彙などが異彩を放ち、このテクストは様々なコンプレックスを伴った言語のアマルガムと化しているのである。

（3）さらに、言説に見られる主観化の傾向がある。これは権が的確に指摘しているが、作中の藤野先生が「独立親和」について行う解釈は「各人各様に」つまり個人的・個別的に親和すればよいというの対して、当時の公式の論調はより八紘一宇的な、国家主義的な親和でなければならなかったという。これは微妙だが決定的な差異である。権の〈非時代的言説〉や高橋の「ずれ」は、すべて個人的・主観的な逸脱と言い換えられるだろう。言語・食事・生活文化の実感が基調とされるのも、それと同根である。ここで「女の決闘」が、原作を一旦は私小説化しようとしたこと、つまり主観化したことを想起できよう。「女の決闘」における既成作家のテクストが、ここでは時局的言説というテクストに入れ替わったのである。

ただしすぐに言い添えなければならないのは、「女の決闘」が私小説化という運動を、アレゴリー的なモザイクの形で呈示したことによって、主観のシンボル的機能は解体されたということである。「HUMAN LOST」も「カチカチ山」も、主観の表明でありながらその主観はずたずたに切り裂かれている。同じように、『惜別』は魯迅評伝のアレゴリーとして、そのような主観すら定着すべき場所としては廃棄してしまう。なぜなら、周さんは最後に、やはり「真の独立国家としての栄誉」のために、つまり国民国家という〝大きな物語〟のために帰国を決意するのである。また、魯迅作「藤野先生」の引用を末尾に含んだ『惜別』は、必然的にインターテクスチュアルな批評を巻き込む仕組みを内在させていると言わなければなるまい。

権・高橋の両論は、ポール・ドゥ・マンがシンボルに対するアレゴリーの理念を用いて、ロマン主義のテクストを脱構築したのと似た手続きのように思われる。ドゥ・マンは、表面上、崇高な目標としての起源との一体化というシンボル的な読み方がなされてきたロマン主義について、それをアレゴリー的に読み替えることを行った。「シンボルが同一性や同一化の可能性を前提とするのに対して、アレゴリーは第一に自らの起源との間の距離を明示する。そして、一体化への郷愁と欲望とを廃棄して、アレゴリーはこの時間的な距離の空白においてそれ自身の言語を創り出すのである」(ドゥ・マン)[*15]。この起源へのノスタルジアを「大東亜の親和」などに置き換えるならば、『惜別』を文字通り脱構築してゆく端緒が開かれることになるだろう。

次に『津軽』(昭19・11、小山書店)は、幼年時に世話になった女中たけを探索する、起源との一体化を目標とする物語には違いない。けれども、そこに至るプロセスは、この戦時下に、毎日昼も夜もなく酒を調達して飲み続け、行く先の土地土地で珍味を食い散らかしてゆく、ラブレー的な饗宴の連続にほかならない。これは、起源探索行というシンボル的でロマンス的な探求を、プロセスじたいがそこここで脱臼させてゆく、一つのアレゴリーの試みである。これは谷崎の「吉野葛」に準えられるテクストである。さらに『お伽草紙』（昭20・10、筑摩書房）の諸編の動因は、本来、多様な読み方を可能とする寓話であったはずのお伽話が、教訓的シンボリズムによって読みが固定されている現状に対する反発だろう。太宰は『お伽草紙』というパロディによって、アレゴリーを、アレゴリーのあるべき場所に改めて置き直したのである。

安藤宏は戦争をめぐる太宰のシンポジウムで、「昭和十年代文学を評価する際に、戦争に賛成したか、加担したか、反抗したかという、そういう証拠を作中から探して切り貼りして、それで以て文学史を切り貼りするようなパラダイムというのは、もう克服すべき時期に来ていると思います」と発言している。[*16] 同じことは戦争だけでなく、国家や天皇や社会主義などに対する太宰のスタンスについても言えるだろう。話題となった加藤典洋の『敗戦後論』[*17]は、冒頭に太宰を引用するが、むしろ太宰の出てこないハンナ・アーレント論である最終章「語り口の問題」で、加藤はアーレントの方法を、共同性的なものを常に個人的な語り口によって洗礼させることで、共同性を普遍化し、公共性に近づける操作であったととらえている。あるいはそれは語らないという語り口でもよい、とも。この加藤の論の少なくとも前半は、アーレント論としてよりも、むしろ太宰論として有効な部分があると思われる。

太宰は戦後、「十五年間」では「このごろの所謂『文化人』の叫ぶ何々主義、何々主義、すべて私には、れいのサロン思想のにほひがしてならない」と述べ、また「苦悩の年鑑」では「私は市井の作家である。私の物語るところのものは、いつも私といふ小さな個人の歴史の範囲内にとどまる」とか、「私は『思想』といふ言葉にさへ反発を感じる」と述べた。これらに、激烈で辛辣な志賀直哉批判である絶筆「如是我聞」を付け加えてもよい。「サロン」と呼ばれる共同性は、決定論的真理を全体論として上意下達式にご託宣し、それに従わないものを爪弾きにする。「歴史家」の説く「思想」よりも、「一個人の片々たる生活描写」の方を重視するという言葉には、反全体論的なフラグメンタリズム、ミニマリズムの主張が認められる。

ただし、第一に太宰には普遍化や公共性への意志、あるいはそれに向けて思想を論理化する意志は存在しなかっただろう。そのため、〝太宰思想〟なるものを実践するにしても、それはいずれにせよ、対抗文化《カウンター・カルチャー》的なデカダンスにしかならない。また第二に、アレゴリーとしての太宰の文芸スタイルは、これらの時局的発言よりもはるかに複雑で両義的であって、それゆえに明示的には混乱を呈するとしても、表象的には計り知れないほど豊かなものであった。太宰の思想は、むしろ小説テクストに、非明示的な形で示されているのである。そして第三に、主観性の回路それじたいが、常に有効であるとは言えない。個人の主観こそが、イデオロギーやヘゲモニーの末端にほかならないからである。ただしそれでもなお、太宰のアレゴリーは、〝大きな物語〟に安住するのでも、それに単純に反発するのでもなく、それに対処するある方法の実現であったとは言えるのではないだろうか。

太宰のテクストは、その明示的な物語内容のゆえに、またその余りにも複雑な言説形態のゆえに、同時代には発見されず、その後も長く、今に至るまで真に発見されなかったと考えられる。それは、いつまでも絶えることなく、新たな読者のチャレンジを待ち受けるような、このうえもなく深い源泉であり続けるだろう。

Ⅷ　太宰治の引用とパロディ

1　引用とは何か

1　引用（quotation）は日常の言語活動に広く現れる現象であり、その一般性から、引用という出来事の機能は自明の理のようにも思われる。しかし、逆に引用は、その一般性から、普段、厳密に対象化して考えられることが少ない。アントワーヌ・コンパニョンは、引用の最も素朴な定義として、「繰り返される発話と繰り返す発話行為」を挙げ、さらにそれを分析して次のようにまとめている。

最も単純な場合において、引用は二つの言説またはテクストT_1とT_2を仲介する。T_1では発話が最初に現れて取られ、T_2では同じ発話が二度目に形成されて再び取られる。発話それじたいであるtは、T_1とT_2との間の交換の対象であり、また二人の作者A_1とA_2は、T_1とT_2とで、各々tの発話行為の主体となる。[*1]

コンパニョンは引用現象を、引用tが、引用元の作者とテクストが作り出すシステムS_1（A_1, T_1）と、

引用先のシステム S_2（A_2, T_2）との間で交換されることとする観点から、引用の構造論と諸相論を展開する。引用を論ずる者は、これらの要因のすべてを把握しなければならない。ただし、ここにはナラトロジーが追究した主体の多重性（発話主体、発話行為の主体）や、読書行為論が対象化した受容者側の要因（読者主体、作用美学）は盛り込まれていない。A_1とA_2は作者ではなく、語り手など発話主体とすべきである。それでもなお、コンパニョンの定義は明快で有効だが、このような複雑さこそ、文芸テクストにおける引用の重要性が常に指摘されながらも、その原理論的究明がどこかで停滞している最大の原因だろうか。

中でも、従来の引用論に最も欠けていたのは、引用現象を受け取る読者側のスタンスへの注目だろう。日本語学の見地から、引用と話法との関係に留意しつつなされた鎌田修の研究では、最終的に「日本語の引用表現は、元々のメッセージを新たな伝達の場においてどのように表現したいかという伝達者の表現意図に応じて決まる」とされる。[*2] 鎌田は引用を視点統一と発話生成の関与度から分類して、直接話法に関係の深い直接引用、間接話法に関係の深い間接引用など、特にモダリティに重点を置いて引用を分析した。語学的には高水準の鎌田の追究は、けれどもやはり、「伝達者の表現意図」に比して、読者・受容者側の概念枠の介在についてはほとんど触れていない。引用表現そのものが様式特徴であるような現代的テクストの場合、読者に要求されるのは通常の受容行為ではなく、引用現象の機能を考慮に入れた高度の総合作業にほかならない。洋の東西および古典と現代とに亙り、極めて多くの引用を行い、またそれじたい著しく断片的・モンタージュ的であり、ひいては少なからぬ独特のパロディ群を残した太宰のテクストにあっては、単なる引用・パロディの実証的解明では意味がない。

関井光男が太宰翻案作品の研究について、「そこで問題になっているのが作品の材源と作者の自意識の追究であり、その創作方法の独創性の検討ではない、ということ」[*3]への慨嘆を表明してから、既に短からぬ時日が経過しているのである。

2　引用の問題に対していっそう困難さを加えるのは、引用と非引用との区別そのものである。日常的には、何が引用であるのかは自明のように見える。例えば、文〈「生まれて、すみません」は太宰のデカダンスの表現である。〉は引用を含む言説である。引用tは語句〈生まれて、すみません〉であり、「」は引用符である。引用元T_1は「二十世紀旗手」（『改造』昭12・1）であり、引用先T_2はこの文、ひいてはそれを含む本書のテクストである。

引用表現の原則は、およそ次のように考えられる。引用表現、時に引用符そのものは、ある語句を引用として、つまり単なる語句ではなく引用元をもつ語句として、またある場合には引用元をコンテクストとしてもつ語句として認識し、引用先のコンテクストと引用先が与えるコードを用いて変換する函数表現と考えられる。文〈「人」は二画である。〉を例に取れば、引用符「」を伴う表現の枠組み〈「x」はy画である。〉は、引数（argument）xを、画数をもつ文字（漢字）の集合というコンテクストにおいて認識し、画数をカウントする操作をコードとして適用し、得られた値yを返す函数（function）である。なお、この図式について、やや詳細な補足を注に述べたので参照されたい。[*4]

ところでこの文は、文脈によっては、引用符を外して〈人は二画である。〉と書くこともできる。その場合、受容者が暗黙に文字〈人〉に対して函数処理を施している。同様に、〈生まれて、すみませんは太宰のデカダンスの表現である。〉も可能な表現である。私の考えでは、言語には非常に豊かな柔軟性があり、〝可能な表現〟の領域は途方もなく広い。引用符のない引用、あるいは間接引用、さらには記銘のない翻案やパロディのようなテクストも、それを発見しうる読み手の視野においては、一瞬にしてコンパニョン的な複雑さを備えた引用現象として立ち上がる。引用符の有無、ひいては「伝達者の表現意図」は、こうして必要ではなくなり、重点は受容者側の対応に移されることになる。

ここから、すべての言語は根元的に引用である、という、いわば汎引用論、根元的引用論まではあと一歩である。「あらゆる翻訳が一個の引用であるばかりではありません。およそあらゆる言語活動は一個の翻訳ないし引用と見做すこともできます、すべての語が結局は他者の用いた語であるからには」[*5]と主張する豊崎光一にとっては、言語活動＝引用＝翻訳は、すべて同じものを別の局面から見た言い回しに過ぎない。豊崎が論の契機としたデリダにおいても、言語記号の本質はその引用・反復可能性であった。従って、引用・パロディ・翻訳は、言語使用者が言語活動を行う限り、否応なく現れる現象にほかならないとも言える。巧みな引用家、秀逸なNachdichter（翻案家）は、本来、言語活動の核心の一角をなすこの根元的引用を、抜きん出て創造のレベルへと展開しうる能力の持ち主である。しかし他方では、むしろ引用を適切に認知する受容者側の操作こそ、引用現象のまったく新たな段階を生み出す契機であると言わなければならない。「テクストとは、無数にある文化の中心からやって来た引用の織物である」[*6]というバルトの有名なテーゼは、テクスト概念の宣揚と同時に、引用と引用解読者の復権をも告げる言葉であった。従って、テクスト一般と同じく、引用においても、今後は受容者の介入にいっそう焦点を絞らなければならない。

2　引用からパロディへ

3　引用文tは、それじたいのみでは単なる断片である。断片はいかにして引用となるのか、という原初的問題に関しても、単に引用を実体として観察するのでは足りない。断片の引用化は、明示的または暗黙の函数（引用函数）fの適用と同時的である。太宰的引用の方法論とは、この函数fを引用の様式として取り出すことで明らかとなる。その意味では、「女人訓戒」（『作品倶楽部』昭15・1）が示唆的である。これは、辰野隆『仏蘭西文学の話』（大14・7、春陽堂）から、兎の眼を移植された女が、まもなく再び盲目となるまでの開眼している間、「猟夫を見ると必ず逃げ出したといふ現象」についての一節を引用し、多方向からのコメントを加えるテクストである。この場合、引用構造の要素はすべて明確であり、また函数fの構造も比較的分かりやすい。太宰様式の典型例として、素朴な形の引用であると言える。

ここで語り手「私」は、まずこの挿話に、「先生のたくみな神秘捏造《ミステフイカシオン》も加味されて在る」のではないかと疑うものの、「全部を、そのまま信じることにしよう」と前提する。その上でこの出来事の原因について自分流の解釈を呈示し、「兎の目を宿さぬ以前から、猟夫の残虐な性質」を知っていたためと断定する。「つまり、兎の目が彼女を兎にしたのでは無くして、彼女が、兎の目を愛するあまり、みづからすすんで、彼女の方から兎になつてやつたのである」。これを「肉体倒錯」「動物との肉体交流」と呼び、その他の例として、L音の発声のため「タングシチユウ」を食べる英学塾の女生徒、「狐の襟巻をすると、急に嘘つきになるマダム」、美白のために「烏賊のさしみ」を常食する映画女優、鴎の羽毛の「チョツキ」を着たために怒濤に跳躍した燈台守の細君、老婆の化け猫、人魚などを続々と列挙する。すべては、「女性の皮膚触角の過敏」「氾濫して収拾できぬ触覚」のゆえである。そして「女性は、たしなみを忘れてはならぬ」という「教訓」で掉尾を飾る。

これだけ好き勝手に女を人獣融合の〈ケガレモノ〉とするアブジェクション（女性忌避）の表現は珍しく、ここからまた好き放題に津島修治のリビドー状態を批評したり、批判したりするコメントも出てくるだろうが、当面の問題はそうしたミソジニー（女性嫌悪）そのものにはない。このテクストの引用函数fは、引数となる引用元T_1の〈奇蹟〉（科学的実験および猟夫忌避）というテーマを、引用先T_2では女の化け物じみた〈性情〉の表現へと変換して出力している。元の主体A_1は（甚だ好事家めいてはいるが）〈奇蹟〉の客観的報告者（「真面目な記事」）であるのに対して、こちらの主体A_2は、女の〈性情〉に穿つほど通暁したと自負する女の達人である（「なに、答案は簡単である。」）。「仏蘭西文学」なる高尚の御学問から、魑魅魍魎と同列の民間俗説への引きずり下ろし、意想外な価値観の反転こそ、この引用函数の方程式にほかならない。また最後の「教訓」も、それまでの文脈からのずれを帯びた断片性を備えていて、反転・逸脱・脱線による既成の価値の否定という、このテクストの引用のメカニズムを最終的に集約する。

先行する権威的な価値を失墜させる（decay）〈腐蝕化〉（decadence）の原理、それをひとまず太宰的引用・パロディの函数一般として仮説しよう。すると、人間の信義を占う戯曲を翻案して「愛は言葉だ。言葉が無くなれや、同時にこの世の中に、愛情も無くなるんだ」と主張する『新ハムレット』（昭16・7、文藝春秋）の言語論的転回、おとぎ話の物語を「性格の悲喜劇」や「人間生活の底」の問題として書き替えた『お伽草紙』(昭20・10、筑摩書房)のアレゴリー、普通の女の日記を「恋と革命」の戦士のアジテーションに高めた『斜陽』(『新潮』昭22・7〜10)その他も想起される。勿論、〈腐蝕化〉は方法論の概要に過ぎない。腐蝕させた銅版画をいかに読解するかは、すべて読者側の対応に掛かってくる。

4　「女人訓戒」の引用方式を全面化するとともに、引用から翻案・パロディへの、様式水準の飛躍の営為そのものをテクスト化したのが「女の決闘」(『月刊文章』昭15・1〜6)である。[*7] ここでヘルベルト・オイレンベルク著、森鷗外訳の小説「女の決闘」(『蛙』、大8・5、玄文社出版部)は、最終的に全文引用され、語り手兼改作者の「私(DAZAI)」によって批評され、その批評に基づく「私(DAZAI)」による改作が呈示される。その批評・改作の基本原理は、引用元T_1の語りの主体A_1は、主人公コンスタンチエがそのために決闘して相手を殺し牢屋で断食自殺をするまでの原因となった、コンスタンチエの不倫の夫自身であると見なすことである。「素材は、小説でありません。素材は、空想を支へてくれるだけであります」と言明する語り手は、「素材」(T_1)を改作する「空想」(f)のあり方、また「空想」する主体「私(DAZAI)」(A_2)の存在そのものを明示する。明らかに「女の決闘」は「女人訓戒」に比して、改作されたテクストT_2への重点の移動がある。翻案・改作・パロディは、相対的にT_2に比重の掛かる引用(特に典型的な場合にはT_1は痕跡化し、あるいは消去される)にほかならず、引用とパロディとの間に絶対的な境界線は存在しない。そして「女の決闘」とは単純なパロディの域をはるかに超え、改作作業によるテクスト生成のプロセスそのものを、改作される原典、およびそのプロセスによって生み出されたテクストと継ぎはぎして構成された、前代未聞の壮大なNachdichtungと言わなければならない。

ジュネットの浩瀚なパロディ論において、あるテクストが他のテクストとの関係の中にある状態、いわゆるアルシテクスト性（architextualité）または超テクスト性（transtextualité）は、次の五種に区別される。[*8]（1）相互テクスト性（intertextualité）＝引用・剽窃・暗示など（クリステヴァ由来の用語）。（2）パラテクスト（paratexte）＝表題・副題・章題・序文・後書き・緒言・前書き・傍注・脚注・後注・エピグラフ・挿し絵・書評依頼状・帯・カヴァーなど、ジャンルの契約もしくは語用論次元に関わる。（3）メタテクスト性（metatextualité）＝他のテクストに対する注釈・批評を含む。（4）イペルテクスト性（hypertextualité）＝テクストA（イポテクスト）からテクストB（イペルテクスト）への変形・模倣。パロディやパスティッシュ。（5）アルシテクスト性（architextualité）＝それらを総合した、明示的あるいは暗黙の、ジャンル的分類上の帰属関係を指示する。「女の決闘」はパロディとして勿論イペルテクストであると同時に、また創作理論を大きく開陳したメタフィクションとしてメタテクストでもある点が極めて特異である。そして、稀代のメタフィクション作家・太宰治のパロディは、多かれ少なかれ、このようなメタパロディの属性を具備している。

3　モンタージュとアレゴリー

5　「女の決闘」は、T_1（原典）、T_2（改作）、f（コメント）が各々断片化されて接合された、全体としてもモンタージュ的なテクストである。太宰的引用様式の特徴として、引用本来の断片性・フラグメント性の保持と、その結果としてのモンタージュ化を挙げなければならない。典型的なのは、「哀蚊」「学生群」「彼等と其のいとしき母」「ねこ」などの初期自作を大量に引用した「葉」（『鷭』昭9・4）、実在と虚構の手紙を点綴した来簡集形式の「虚構の春」（『文学界』昭11・7）、日記形式にテクストのサンプリングを統合した「HUMAN LOST」（『新潮』昭12・4）、カルタ形式でアフォリズムとその注解を組み合わせた「懶惰の歌留多」（『文芸』昭14・4）などである。T_1の原コンテクストを剥奪された引用文tは、右の極ではT_2において再び新たなコンテクストを見出し、T_2と融合するが、左の極では適切なコンテクストを与えられず、T_2の他の要素、典型的には他の引用文と齟齬を来たし、反発し合う。その結果、一度は措定された引用函数fは、それじたいがこれら要素間相互の係争の渦中に投入されてしまう。この左右両極の間で争われて来た研究史において、極言すれば、「葉」「虚構の春」「HUMAN LOST」「懶惰の歌留多」は、それが何であるかの定説が、未だに存在しない。たぶん、今後も存在しないだろう。

　ベンヤミンが提起した、歴史的・神話的に意味を固定する象徴を解体し、配合されるその都度の新たな意味の形成を導くアレゴリーの理論は、太宰的テクストには正しく適合する。また浅沼圭司は同様の事柄を、引用現象に即し、「本歌を取ること」は「象徴性の否定」であるとして次のように論じている。*9

> 　諸断片をなお支配していたコードは、戯れの中でその実質を失って行くだろうし、主観の自由な参与によって現出した戯れにコードのありうべからざることは、あまりにも明らかである。本

歌に対する歌の独自性は、だから本歌のそれと異［な］ったコードの実現によってではなく、むしろコードの否定によって獲得される。［…］本歌取によった歌は、こうして二重、三重の意味で戯れである。

「理念的なものが、根源的原理が不在なのであれば、世界そのものがファンタスマであり、テキストでなければならない」とする浅沼の主張は、ポストモダンなテクスト観念論の妄想なのだろうか。否、そうではない。魯迅『藤野先生』からの引用をもつ『惜別』（昭20・9、朝日新聞社）は、そのアレゴリー的性質のため、時局に対する迎合と疎隔との、全く逆の読み方が可能である。「女人訓戒」のミソジニーは本物か。もしかしたらそれは、すべて自己卑下的皮肉として、発話を裏返すユーモアではないか。そして、『お伽草紙』の真のメッセージなるものは？　微視的な文体（アフォリズム趣味）から巨視的な構造（断章集積形式）に至るまでの、断片化とモンタージュこそ、太宰的スタイルの核心をなし、引用はその一角を占める。断片と断片が厳しく対立する極においては、統合的な読解は定着する間もなく流動せざるを得ない。そこに現れる読解は、いずれも「ファンタスマ」以外ではない。引用表現もまた実体ではなく、実証を超えた、読者のテクストとの関連づけの帰結として認知されなければならない。

6　高橋英夫は引用を現代的な様式として把捉する。「太古このかた、いかなる時代いかなる場所にも、事実としての引用は存在していたが、転換、置換、変形、反復という引用の本質あるいは特性は現代が見出したものである」[10]。関井光男もまた、引用・ブリコラージュを、二十世紀前衛芸術たる太宰的スタイルにおける代表的な手法として高く評価する。これらは永遠に至当な発言である。ただし——現代性とは、もはや新しさの謂ではあるまい。流動を常態とする歴史において、現代性とは、いまや「ファンタスマ」であるからこそ可能な、更新を持続する現在への的中にほかならない。異文化の交錯そのものである引用・パロディは、他者の行き交う街路である。ひとたび措定された公共性を、次いで欺瞞として召喚することの繰り返し。寄せ集め、分解するブリコラージュは、読者、特により若い読者の介入によって継起するような、更新する現在のための舞台を提供する[11]。その機能は、結合と切断との配合・反復によってのみ、辛くもコミュニケーションを果たしてきた文化なるものの核心に通じているのである。「人間が意味を生産するのは無からではない。それはまさしくブリコラージュ、すでに本来の意味あるいは機能を与えられているものの引用からつねに余分の意味をつくり出すプラクシスなのだ」[12]——太宰文芸をどのように受容するにせよ、太宰的テクストこそ、こう宮川淳が断言した言説ジャンルの至宝であることは、決して否定できるものではない。

IX 「斜陽」のデカダンスと〝革命〟

はじめに

「ああ、何も一つも包みかくさず、はつきり書きたい」とかず子は書く。「斜陽」（『新潮』昭22・7〜10）の相当部分はかず子の告白手記として読むことができる。この手記の中に、直治の「夕顔日誌」（三の途中）、かず子の上原宛の三通の手紙（四）、直治の遺書（七）、そしてかず子の上原宛「最後の手紙」（八）が引用され、全八章として構成されたのが「斜陽」というテクストである。手記の書き手としてのかず子は、巧みな文体・複雑な構成・奇抜な比喩を考案する能力を備え、聖書にも深く通暁した、恐ろしく文才のある女だということになる。

だが、このような見方は、フィクションの語り手や登場人物の過度の実体化であり、端的に言って虚構と現実とを混同した結果に過ぎない。かず子が自ら〈書く〉と書かれてあることはテクストの終点ではない。かず子の手記なるものは、いかに手記のように見えたとしても本当の手記ではなく、手記形式による小説の一部分に過ぎない。[*1]ドキュメント形式は、たとえ完結していても、それが属するより高次の物語に寄与する物語を提供する。「斜陽」を構成する手記形式のエクリチュールも、それじたいで充足することはなく、文芸テクストとしての全体性へと吸収されざるをえない。

従って、単なる文才などというものはない。それは、手記というドキュメント形式と連繋して、読者に対する強力な説得のレトリックとなる。これまで一貫してかず子に捧げられてきた物語を、テクスト「斜陽」のプラグマティックスとして再認知しなければならない。

1　文体における貴族

「斜陽」は開巻一番、かず子の母が「ほんもの」「ほんものの貴族」「ほんものの貴婦人」であることを実証しようとする言葉遣いで埋められてゆく。母の「ほんもの」らしさは、かず子の語りとともに、直治の言葉の引用によっても証言される。かず子＝直治のレトリックは、貴族らしさを貴族以外の人々との対照から明らかにするのではなく、貴族の中に「ほんものの貴族」と、「高等御乞食」と呼ばれるにせものの貴族との区別を導入し、母を前者に算入することによって規定している。母が「ほんもの」とされるのは何によってだろうか。最初の章に限れば、正式礼法に適わないスープの飲み方、手づかみで食べる食事の作法、そして奥庭での立小便の三例が挙げられている。これらの行為に共通するのは、常人が行えば野卑としか見えない仕方、つまり一般的水準以下の身体様式を、野卑ではなくこなす能力である。

ここで「ほんもの」とは、高貴と野卑が逆転的に一致し、単なる高貴ではない両義性を帯びることにより、一層高貴化した結果としてとらえられる。そのような両義性を、皮肉としてではなく正面から体現したものだけが、「ほんもの」と呼ばれる資格を得るということらしい。ここにはまず、その前提として、人品に高貴と野卑との序列を付与しうる強力な差別化＝差異化的認識が想定できる。当然ながら、社会的貴賤観と関連する食事や排泄に関わる礼節の常識を知らなければ、右のような母の高貴化は不可能だからである。ところで、晩期ローマ帝国によって表象されるように、頽廃（décadence）とは、繁栄を極めたものが爛熟の挙げ句に衰退する現象である。この場合の爛熟とは、様式美の完成と崩壊との両義性を本質とするものだろう。母は、貴族なるものとその没落を、爛熟の両義性において代表させられるのである。まず第一に、このような強度の差別化＝差異化的認識力とその表現としてのレトリックを、かず子・直治らの側の行為と言説に付与された、このテクストの表意作用として認めなければなるまい。

しかし、何の基準もない空間では、位置を決定することはできない。皿の上にうつむきスプーンを横にして飲むのと、皿を見ずにスプーンを直角にして飲むのと、どちらがスープの飲み方としてより高貴か、低劣かは、礼法に照らさない限り決めることはできない。手づかみや立小便にしても、結局は同様である。文化は定量的に計測できるものではない。生活水準ではなく文化的様式としての優劣、ひいては貴族性や平民性などというものは、端的に言って決定できない。だからこそ、それを差別化することによって意味を付与する語り手らが必要とされたのである。それは、歴史的に存在した、実体としての貴族とは何の関わりもない、文体における貴族である。それは言葉によって構築された虚構の貴族でしかない。

石井洋二郎はブルデューを参照し、この母の貴族性について、「貴族は貴族的な振舞いをするがゆえに貴族的なのではなく、貴族であるがゆえにその振舞いが無条件的に貴族的なのだという考え方、いわば『貴族的本質主義』」を指摘し、「身体に深く根ざしたこの種の本質」（傍点原文）を看取する。[*2] しかし、これは明らかに実体論的に逆転した発想である。母の貴族性なるものの淵源は、母の身体ではない。その「本質」があるとすれば、それはかず子・直治に焦点化されたテクストのディスクール以外ではない。

2　仮構された境界線

いわゆる太宰の女性独白体なるものは、ある感性的磁場に基づくコミュニティを擬似的に構築する。それは、こちら側と向こう側とを区別し、その間に境界線を引く差別化的磁場である。また、女性独白体なるものは、ジェンダーを殊更に明示することによる文体のジェンダー的な利用である。女性独白体はその前提として、いわば中性的もしくは男性的文体があるかのように仮構し、それと対比する形で、独白＝告白に値する〈女性的な内面〉の存在を幻想として立ち上げることに寄与する。それはジェンダー的な境界の構成に力を発揮する。「女生徒」（『文学界』昭14・4）でも、「きりぎりす」（『新潮』昭15・11）でも、「ヴィヨンの妻」（『展望』昭22・3）でもよい。社会的に劣位にあるジェンダーとされるからこそ、ダンディ的な従属的反抗というスタンスが確保されるのである。東郷克美が、太宰的「女語り」の語り手を「社会的な弱者」と規定した通りである。[*3] ただし、それが太宰自身の「現実生活における敗者・弱者としての自己を託するにふさわしい表現法」であるという東郷の評価は、テクストを矮小化し過ぎる。テクストは常に太宰なるものを超えてゆく。そしてまた、それはテクスト戦略的な文体であり内面であって、現実社会における女性の言葉とは、ほぼ何の関係もない。そもそも文体と内面におけるジェンダーを実体的・固定的に措定するのだから、それはジェンダーフリーとはまさしく逆行するものである。

「斜陽」の場合、このジェンダー的属領化は、あの貴族性のニュアンスによっていっそう強化される。《弱者＋没落》というわけである。ジェンダー的弱者が立ち上げる言説だからこそ、それは「恋と革命」のような、一見耳に快いダンディスムとして響きやすい。だが、実際のところ、支那風の山荘に住み、居食いでも生活でき、朝食に半熟卵を五個も食べられるのは、この当時の平民の生活水準ではない。つまり彼らの「ほんもの」らしさも、貴族／非貴族の区別も、またその没落（斜陽）も、すべて差別化と囲い込みによって意味の世界として構築された、虚構の表意内容にほかならない。

ちなみに、かず子らのディスクールに付与された巧みな比喩（trope）の技術も、これと原理を等しくする。「私は港の息づまるやうな澱んだ空気に堪へ切れなくて、港の外は嵐であつても、帆をあげたいのです。憩へる帆は、例外なく汚い」。「海の表面の波は何やら騒いでゐても、その底の海水は、革命どころか、みじろぎもせず、狸寝入りで寝そべつてゐるんですもの」。ここで、「港」の外／内、「海」の表／底の顕著な空間的二項対比が設定され、それら各々の後項に負の表意内容が与えられている。これはあるイメジャリーをなす語系列が、他の語系列と全体として変換される、太宰が得意とした典型的なアレゴリー（寓意）のレトリックである。ここに示されるのもまた、境界の対比と文化的優劣を結合する、典型的な差別化的対象認知の表現である。

なぜ、このテクストは貴族なるコミュニティを設定しなければならなかったのか。それは、そのコミュニティの境界線上の戯れを物語として滲出させるため以外ではない。貴族なるものは、ある（安住すべき、唾棄すべき）共同体と、その実体としての消滅を呈示するための装置である。虚構の貴族の代表としての母の死が、このコミュニティの喪失を表している。あるコミュニティを否定し、別のコミュニティを打ち立てることが、すなわち「革命」だからである。ローザ・ルクセンブルグへの言及は伊達ではない。これは、文字通りの意味で、デカダンスの革命観を語ったテクストなのである。

このかず子の論法は、直治のそれと基本的には同型である。遺書に書かれた「人間は、みな、同じもの」という言葉に対する反発は、正しくあの貴族という装置（差別化＝差異化）によっている。「人間は、みな、同じもの」とは、たとえば初期『白樺』派の理論であり、他者のない理論である。それは、自由・平等を主張する以上、理論上はコミュニティをつくらないはずだが、その理論の信奉者と反対者との間に境界線を引いてしまう。これは、自由・平等を説くあらゆるイデオロギーに通じるイデオロギーの限界である。「同じ」と見るのも、「優れてゐる」と見るのも、所詮、何らかの差異と同一の座標軸に依拠し、集合としての属領化を行う点でイデオロギー的なのだ。直治はこれに躓いて自堕落な生活を送り、世間の価値観が理解できないとして生を放棄する。「僕は、貴族です」というその最後の言葉は、直治が自ら引いた境界線のこちら側のコミュニティに属する意志を貫徹しようとしたことを示している。

では直治はなぜ死んだのだろうか。遺書を再読しても、その答は容易に得られない。「生活能力」がないというのが、その直接の理由のようだが、「ひとのごちそうにさへなれないやうな男が、金まうけなんて、とてもとても出来やしない」などの文章は、論理が飛躍して全然説明になっていない。「生活能力」のないことと、生の意志のないこととは明らかに別である。太宰の自堕落な人物群でも対応は分かれており、「おさん」（『改造』昭22・10）の夫は心中するが、「ヴィヨンの妻」の大谷は生きている。この遺書だけでは死の理由に関して説得的ではないが、たぶん、説得的である必要はないのだ。新たなコミュニティに加入するイニシエーションの失敗を、自殺という形象によって呈示することこそ、その物語効果上の意義だろう。かず子と違って、直治は革命家ではなかった。新たに帰属すべきコミュニティを形成しえなかったからこそ、彼は自殺を選んだのではないだろうか。

3　コミュニティの創造

「ギロチン、ギロチン、シユルシユルシユ」という上原らの口癖は、それによって彼らのコミュニティを生成させる呪文であり、それを唱えるとその空間に入って行ける合言葉《パスワード》である。かず子が上原に恋の「ひめごと」を覚えたのは、地下室の階段でキスされた時からであった。まさしく「こひに理由はございません」という言葉通り、恋愛感情は外部からの未知の到来者であるという次元以外、かず子の恋に理由を見出すことはできない。しかし、「私、不良が好きなの」という理由で「あなたの赤ちゃんを生みたいのです」と告げるかず子の上原宛の手紙の文面は、良／不良、嫡流／庶流という差別化・差異化の表意作用を根底に隠している。良・嫡子に対する不良・庶子の対立こそが、かず子のコミュニティに文化的根拠を与えるのである。この表意構造は、かつてかず子らが母を「ほんものの貴族」と認定した論理と同型であり、かず子の上原に対する関係は、母の鋳型をなぞって行われるところの、両義的であるからこそ高貴な行為ということになるのだ。「敗戦後、私たちは世間のおとなを信頼しなくなって、何でもあのひとたちの言ふ事の反対のはうに本当の生きる道があるやうな気がして来て」。これは、字義通りの意味における対抗文化《カウンターカルチュア》の表現にほかならない。

さらに、かず子の最後の手紙は、虚構的を通り越して作為的ですらある。「どうやら、あなたも、私をお捨てになつたやうでございます」とは勝手な理屈である。勝手に押し掛けてきて接触し身籠もったのはかず子の方であり、捨てるも拾うもない、上原は「しくじつた。惚れちやつた」と言ったきりである。遊び人・上原に何らの節操も求めることはできず、むしろそれを自分の方から期待したにもかかわらず、妊娠して捨てられた女、さらには聖母子像すら、かず子は演出しようとしている。その女が、けれども不幸ではなく「幸福」なのだ、という逆転こそ、この対抗文化の表出となるのである。ここでもまた、テクストは差別化＝差異化的な境界の創出を行っている。実際、かず子にとって上原がどこまで「こひしいひと」なのか、定かではない。むしろ、「道徳革命の完成」のために、上原が「こひしいひと」として捏造された感すらある。だからそれは全く、恋などという代物ではないのかも知れない。

高田知波は、最終章八の「『道徳革命』という表現の発見を軸にした書簡部分の高揚したトーンと、章題に付された短いコメント部分の沈んだトーンとの落差は、『最後の手紙』の言葉をかず子の到達点として絶対化させない機能を果たしている」と鋭く指摘している。[*4] ドキュメント形式はそれじたいでは決して完結しない。この指摘は逆行的にそれ以前の章にも及ぶだろう。淡々とした生活記録と、上原宛書簡のいずれも「高揚したトーン」とは対照をなし、言葉が「戦闘」用の武器として使用される強度を印象づける。かず子の態度は「カチカチ山」（『お伽草紙』、昭20・10、筑摩書房）の「惚れたが悪いか」の女版であり、「カチカチ山」にも似て、幾分かは戯画化されて呈示されているようである。ただし、「水のやうな気持」、つまり冷徹な、率直な、居直った気持ちによって書かれたとされる最後の手紙は、かず子に割り振られた虚構言語の核心を含んだものと考えなくてはならない。

「私はあなたを誇りにしてゐますし、また、生れる子供にも、あなたを誇りにさせやうと思つてゐます。私生児と、その母」。一般論として、「世間」や「古い道徳」の教える、家父長制的再生産のサイクルに繋ぎとめられた女という基準から見れば、私生児の母は革命的と言うべきかも知れない。現代でも、その感覚が完全に払拭されたとはまだ言えないだろう。ただし、それはかず子にとっては、ジェンダー的弱者のスタンスを維持すると同時に、対抗文化的《デカダンス》信念をも満足させる究極の選択だったのである。直治が「革命」の端緒を得られずに死ぬのに対して、かず子の「革命」は私生児とその母というひとつのコミュニティを実体化することによって端緒を得られた。繰り返せば、「革命」は新たなコミュニティの創出と同義なのである。だから、私生児は「恋と革命」の絶頂に得られた結晶なのだ――もっとも、単にかず子にとっては、という限定つきで。

かず子や直治が貴族に生まれたことにより、貴族というコミュニティに対する他者性を対象化したのと同じく、私生児はかず子の意思にこだわらず、個人として別の主体化を行うだろう。子どもとは、一人の他者なのだから。簡単にいって、かず子は子どもという他者を自分の「恋と革命」の道具にしようとしたのである。ここで、同志のいなくなった空のコミュニティに、同志としての子どもが充当される。勿論、現世では誰もが、多かれ少なかれ他者を自己の道具にせざるをえない。と同時に、だからといって無条件にそれが肯定できるわけではない。少なくとも、この子どもの側から見ればかず子の「革命」論は、そうでない場合と同等以上には独善的であると言わなければならない。コミュニティを作ろうとする「革命」は、必然的に無関係な他者を巻き込むほかになくなるのである。

このように、かず子の「恋」なるものは、上原という実体とはほとんどか全く無縁である。「押しかけ愛人」という上原への最初の手紙の言葉は、かず子の幻想のあり方を如実に示している。「マイ・チエホフ」「マイ・チャイルド」「マイ・コメデイアン」などと変奏される呼称「M・C」において問題なのは実は「C」ではなく「M」（マイ）の方であって、これは上原がどこまでもかず子の主観が仮構した対象に過ぎないことを示唆している。旧コミュニティを喪失し、新コミュニティを開発すべきかず子が、「私生児と、その母」という存在理由《レゾンデートル》を得るための便宜が、上原であったということでしかない。だから、どんなにその「人格のくだらなさ」に触れても、上原が自分の転換《マイ・チェンジ》の契機となればそれで十分なのである。

4　レトリックの強度

直治は生を否定して自殺し、かず子は生を肯定して生き続けるのだが、彼らの精神性の水準に大差はない。それはテクストの戦略として、独善にも似た傾向性を付与されている。だが、没落する弱者のスタンスに憑依する女性独白体や、死を賭した遺書のレトリックは、それを独善と見ることを許容しない。この事情は、「人間失格」の場合と通底する。文体を甘受し、かず子らの側に肩入れする読者はその言説の虜とし、逆に批判的に見る者には旧体制迎合として負い目を感じさせるような、非常に強力な説得の強度を備えたテクスト、それが「斜陽」である。「斜陽」は、一つの虚構的なアジテーションにほかならない。ただし、ここまで瞥見したように、読者を誘引する文芸テクストとしてのレトリックは、同時に読者がそこからその強度を相対化する端緒をも与えてくれるだろう。

ちなみに、太宰が材源として用いた太田静子の『斜陽日記』（昭23・10、石狩書房）には、当然ながらこのようなストラテジーは全然ない。そこには、言説におけるジェンダー的弱者の仮構も、対象認知としての差別化・差異化的表意作用も、疑似イデオロギー的なコミュニティの構築も、ひとかけらも存在しない。『斜陽日記』と『斜陽』とは、トピックとしての物語内容を共有する部分があるとしても、根本的に、百パーセント異なるテクストである。さらに、没落貴族を描いて『斜陽』との関係が取り沙汰されるチェーホフの『桜の園』（一九〇三）には、デカダンスの属領化を扇動する要素はどこにもない。『斜陽』は、言うまでもなく独自なテクストである。

しかし、太宰のテクスト系列のメッセージもまた一義的ではない。小説テクストの表象を、厳密な意味で作者の思想命題の主張として変換することは、どだい不可能である。女性独白体において共通する「きりぎりす」「ヴィヨンの妻」「おさん」、それに「斜陽」は、既成道徳と抵触する女のあり方を共通に描いてはいるものの、その方向性は各々明確に異なっている。「おわかれ致します」と冒頭から宣告する「きりぎりす」の私は、虚栄に満ちた画家の夫を否定する。「ヴィヨンの妻」の私・さっちゃんは、自堕落な詩人・大谷の内縁の妻として、彼を支え続ける。「おさん」の夫は勤め人だが、妻以外の女と諏訪湖で心中を遂げる。妻の私は、「革命は、ひとが楽に生きるために行ふものです。悲壮な顔の革命家を、私は信用いたしません」と述べて、夫を「つくづく、だめな人」と批判する。

「おさん」のこの革命観には、次のような「斜陽」のそれに通じる部分がある。「革命も恋も、実はこの世で最もよくて、おいしい事で、あまりいい事だから、おとなのひとたちは意地わるく私たちに青い葡萄だと嘘ついて教へてゐたのに違ひないと思ふやうになつたのだ」。これは、かず子を「恋と革命」の英雄と見なす見方を減殺せしめる。かず子の行為がなぜ選び取られたかと言えば、それはそれがかず子にとって結局は快楽（「よくて、おいしい事で、あまりいい事」）であったからに過ぎない。それはマルクーゼ風の革命観であり、究極的に快感原則の主張以外の何ものでもない。

エロス的文明への要求がデカダンスの両義性・属領性と結合した時、「いまの世の中で、一ばん美しいのは犠牲者です」という言葉が生まれる。しかし、かず子でない女性たち、たとえば「ヴィヨンの妻」のさっちゃんは誰も「犠牲者」だとは考えないだろうし、「きりぎりす」や「おさん」の語り手はこの言葉じたいを否定するだろう。「犠牲者」とは、「革命」の志半ばにして倒れたコミュニティの構成員を指す。従ってかず子にとっては、上原の妻に自分の子を抱かせるというような行為が、デカダンスの同志・直治の鎮魂となると考えられたわけである。

もっとも、「弟の生前の思ひをとげさせてやるとか何とか、そんなキザなおせつかいなどなさる必要は絶対に無いのです」と遺書に書いた直治、生を放棄し、究極のデカダンスたる死を選んだ直治は、その行為や言動を真に受けるならば、そのようなかず子の行為を寸毫も望まなかっただろう。そして、俗物・上原は論外として、上原の妻——むしろ「ヴィヨンの妻」や「おさん」の語り手に近い——は、その行為からいったい何かを受け取るだろうか。否、何も受け取らないだろう。もしかしたら、今度は自分の手記に、「地獄の思ひの恋などは、ご当人の苦しさも格別でせうが、だいいち、はためいわくです」（「おさん」）とは、書かないだろうか。

パラドックス　宮澤賢治

Ⅰ　賢治的テクストとパラドックス——『春と修羅　第三集』から——

はじめに

「パラドックス」（paradox）は古代ギリシア語源であり、パラ（para-）は不正・不規則を意味する接頭辞、ドックス（-dox）はドクサ、すなわち意見のことをいう。逆説・自家撞着などと訳され、論理学では、矛盾命題が一見妥当な推論によって導かれる場合を指す。すなわち、二つの矛盾する命題が同居している状態である。宮澤賢治のテクストは、幾つもの局面に亙る豊饒なパラドックスに彩られており、パラドックスであることこそが、文芸テクストとしての核心をなすものである。この章では特に、『春と修羅　第三集』所収の幾つかの詩を対象として、宮澤のテクスト生成の問題をパラドックスの観点から論じよう。初めに、宮澤文芸とパラドックスとの関係について、幾つかのテクストに触れて概説してみたい。

1　賢治的テクストとパラドックス

宮澤のテクストは、広い意味でのパラドックスの宝庫である。例えば、いち早く天澤退二郎が着目し、'nonsense tale' という言葉によって究明した現象は、ほかならぬパラドックスであっただろう。『注文の多い料理店』（大13・12、盛岡杜陵出版部・東京光原社）の「序」には、「ですから、これらのなかには、あなたのためになるところもあるでせうし、ただそれつきりのところもあるでせうが、わたくしには、そのみわけがよくつきません。なんのことだか、わけのわからないところもあるでせうが、そんなところは、わたくしにもまた、わけがわからないのです」という一節がある。これは序文としての性質から、ストレートに受け取るべきか、一種の韜晦めいたキャッチフレーズなのか定かでない要素もあるが、天澤はこれを素直にノンセンス性の自己表明としてとらえる。例えば「どんぐりと山猫」で裁判の終わり近く、一郎の指示を受けた山猫裁判長は、「このなかで、いちばんえらくなくて、ばかで、めちやくちやで、てんでなつてゐなくて、あたまのつぶれたやうなやつが、いちばんえらいのだ」という「申しわたし」をする。天澤はこの箇所について、「一郎のこの提案を、作品の、あるいは作者の《思想》として、そこに《立身出世主義の否定》や《権威への批判》をみるふつうの読み方はまったく的外れなわけではないが、［…］それよりもさきに、『どんぐりと山猫』は、意味に対する無意味nonsenseの一撃を核心にすえた、nonsense taleとして成立しているのであって、その……への否定や批判は、それが置かれた相対的な条件への、必然的反応にすぎない」と読んでいた。[*1]

ただし、「あなたがたみんなの中でいちばん小さい者こそ、大きいのである」という言葉は実際に福音書（「マタイ」第18章1〜5、「マルコ」第9章33〜37、「ルカ」第9章46〜48）の中にあり、「ぼくお説教できいたんです」という一郎の言葉は文字通りとも考えられる。[*2]「どんぐりと山猫」はパラドックスであるが、聖書もまたパラドックスにほかならないのである。このパラドックスの効果は、単に「小は大である」という価値観の逆転にはとどまらない。それは裁き・裁かれる行為、すなわち判決申し渡しを行い、またそれを期待するという言語行為の背景にある、（権力を行使される側も含めての）世俗の権力じたいの根拠、むしろその無根拠性を明るみに出すことにまで到達する。それは、言葉の文字通りの意味のレベルから、その意味の根拠を問題とするメタレベルへと、解釈の階段を一段引き上げるような効果を及ぼしている。従ってここに関与しているのは、単純な「意味に対する無意味の一撃」だけではなく、日常的な言語活動を一挙に異化して、その本質的構造までを問題とするメタ言語的な機能と言うべきなのである。

このように、矛盾対立する意味を同居させたパラドックス的な言葉遣いが、宮澤のテクストには非常に頻繁に見られる。「世界がぜんたい幸福にならないうちは個人の幸福はあり得ない」と「農民芸術概論綱要」で述べるような全体論、一切衆生の幸福を祈念する菩薩行が、宮澤の理想であったことには疑いをいれないだろう。しかし、それが単純に成就すると考えるほど、宮澤が楽天家であったのでないこともまた確かなことである。この二重性は、全体論的な〈統合〉をめざす心象スケッチにおける透明と障害の様相を呈している。たとえば、「けらをまとひおれを見るその農夫／ほんたうにおれが見えるのか」と詩編「春と修羅」に、また「この人はわたくしとはなすのを／なにか大へんはばかつ［て］ゐる」と「小岩井農場」にあるように、透明と障害は、主として他者との間のコミュニケーションの不完全性として表現される。さらには、死んだ妹トシの行く先について、「青森挽歌」では内心の奥底からの声に答えて、「あいつだけがいいとこに行けばいいと／さういのりはしなかつたとおもひます」とある。これはむしろ、それとは逆のメッセージ、つまりもしかしたら妹だけの冥福を祈っていたかも知れないというメッセージをも同居させ、テクストを一個のパラドックスと化してしまう結果をもたらしているのである。

ところで、詩におけるパラドックスの極限的な例として、「薤露青」などの場合がある。この詩は天・地・人が、流れる河の生命体として一体化するイメージを描き出した美しいテクストであり、宮澤の〈統合〉にかける理想を、最高の水準で提示したものと思われる。[*3] 妹の死についても、「あ、いとしくおもふものが／そのまゝどこへ行ってしまったかわからないことが／なんといふい、ことだらう」、つまりグスコーブドリは死んだが、多くのブドリが生きているのと同じく、妹もすべての他者とともにあるという悟達の境地を示すに至っている。ところが、この完璧に調和主義的な詩は、校異によれば、「いったん記されたのち、全面的に消しゴムで消されている」というのである。[*4] このように消去されたテクストはほかにも幾つかあるようだが、「薤露青」の場合のように完成度の高いものは少ない。「薤露青」の抹消という操作によって、「青森挽歌」における二重のメッセージと同じ結果が生まれたものと考えられる。すなわち、「薤露青」のメッセージは、主張されたのか、それとも否定されたのか？　ただし、この消去の意味は容易には確定できない。この件については、後節において触れてみたい。

一方、童話におけるパラドックスという観点からは、天澤が論じた『注文の多い料理店』所収テクストのようなノンセンス童話のほか、「オツベルと象」「黄いろのトマト」「土神ときつね」などの昔話的・神話的なテクストが重要である。これらに共通するのは、極めて神話的な設定やキャラクタが、全くそれと相矛盾するような出来事や逸脱によって相対化され、素朴な寓意や啓蒙が宙づり状態にされてしまう事態である。[*5] 例えば「土神ときつね」の場合は、土神のキャラクタと行動形態が基本的に効いている。「おれはいやしいけれどもとにかく神の分際だ。それに狐のことなどを気にかけなければならないといふのは情ない。それでも気にか、るから仕方ない」。神でありながら神でない。神話の枠組を持ちながらも神話でない。このように引き裂かれたキャラクタの引き裂かれた物語もまた、全体としてパラドックスと呼ぶのがふさわしい。

パラドックスがディベートの形をとり、テクスト全体に押し広げられたのが、一般にはヴェジタリアニズム（vegetarianism）を主張した童話とされる「ビヂテリアン大祭」である。このテクストの場合、ヴェジタリアニズムは確かに表象はされているのだが、しかし、果たして主張されているのだろうか？ この童話（しかし、これは童話だろうか？）では、ヴェジタリアンの大会の場で、肉食反対派と賛成派が交互に意見を述べた挙げ句、結末において、すべては主催者側の設定した芝居、大会を盛り上げるためのショーであったことが判明する。それを知った語り手は、「けれども私はあんまりこのあっけなさにぼんやりしてしまひました。あんまりぼんやりしましたので愉快なビヂテリアン大祭の幻想はもうこわれました。どうかあとのところはみなさんで活動写真のおしまゐ《ママ》のありふれた舞踏か何かを使つてご勝手にご完成をねがふしだいであります」と皮肉でもって締めくくっている。後に残ったのは、決定的な真理を共有することの困難さ、意見の相違を議論によっても埋めることのできない共約不可能性についての感懐ではないだろうか。[*6]

そして、この「ビヂテリアン大祭」の終わらない論争は、「銀河鉄道の夜」における、やはり終わらない論争に通じている。ジョバンニが銀河旅行の汽車で乗り合わせた青年の言う「ほんたうの神さま」

はキリスト教的一神教の神であり、ジョバンニのはそれをも包括する超普遍的な大乗仏教的な世界性であるという解釈が、吉本隆明[*7]・大澤真幸[*8]によってなされている。ただし、この解釈は、余りにもテクスト外的な宮澤賢治の宗教思想を持ち込み、クリアに解釈し過ぎてはいないだろうか。物語の展開上は、ジョバンニは「天上」へ行こうとする女の子を引き留めるために、「天上」を肯定するような「ほんたうの神さま」を否定したのである。にもかかわらず、ジョバンニは彼女を引き留めることはできなかった。ここで意見の対立に折り合いをつけて乗り越えようとしているのはジョバンニではなく、むしろ青年の方であったとも言えるだろう。結局、論争は収束せず、共約不可能な概念枠の対立そのものがクローズアップされている。「天上」や「ほんたうの神さま」の是非ではなく、論争のパラドックス的な状況において、その是非を論じる共通の土俵が存在しないことこそ、このテクストでは前景化されているのではないだろうか。

2　テクスト生成とパラドックス

さて、賢治的テクストを考える際、縦横無尽の草稿の改変という現象を無視することはできない。刊行または発表された幾つかのテクストを除いて、大半が草稿として残され、またそれらが想像を絶する書き直しと手入れを加えられていて、そのことじたいが極めて特徴的である。この改稿は、通常一般の推敲とはかなり事情が違っている。まず第一に、改稿は宮澤にあっても作品の完成を目指して行われたものだろうが、必ずしも唯一の目標に向かう経過ではなく、各々の段階（初期形・後期形、下書稿㈠・下書稿㈡など）が、いわば別個のテクストと言える場合がある。童話の例を取り上げるなら、「グスコーブドリの伝記」（『児童文学』第2冊、昭7・2）とその初期形「ペンネンネンネンネン・ネネムの伝記」、「風〔の〕又三郎」とその初期形「風野又三郎」とでは、そのコンセプトは大きく異なる。第二に、だからと言ってテクストの上での連続性が完全に消えてなくなるわけではない。また特に、『春と修羅』第二集・第三集所収詩編には、日付と番号が付されたものが多く、題材や着想を得た日付と詩編番号は、例外はあるものの、改稿の過程で保存される場合がほとんどである。

しかも、第三には、この草稿の各段階という観念そのものにも異論が提出されている。例えば松澤和宏による「銀河鉄道の夜」本文についての検証によれば、ブルカニロ博士が登場する初期形第三次稿と、登場しない最終第四次稿との間には、境界線が引けるような確定した区分があるのではない。『銀河鉄道の夜』は、シンフォニーのように完成された作品ではなく、あくまでも繰り返し変奏されるべき練習曲《エチユード》として遺されている。言い換えれば、最終形はけっして不動の決定稿ではないし、初期形三と同様に、不断のゆらぎのなかで複数の本文の可能性を明滅させている」[*9]（松澤）。ブルカニロ博士を登場させることと登場させないこととの間にある揺らぎ・葛藤じたいが、十分統一的には秩序立てて整理されていない本文形態として表現されている。言い換えれば、第三次稿や第四次稿といった本文の制定そのものが確定的なものではない。また松澤はこれに続けて、「しかし賢治はそうした複数性を、自己目的的に追求したわけでは無論ない。文学と宗教の未分化の地点で、烈しい葛藤ゆえに進むことも退くこともできずに釘づけになっていたのではなかったか」とも述べる。このような揺らぎ・葛藤が、たとえば本文中の「ほんたうの神さま」論議と無関係とは思われない。確固とした唯一の目的に到達するため「自己目的的に追求」されたのではないにしても、本文の「複数性」は、賢治的世界観における不確定性と深く繋がっているのではないか。いずれにせよ改稿の問題は、宮澤の童話や詩、心象スケッチなどのスタイル（様式）にとって重要な位置を占めるのである。

さて、『春と修羅　第三集』は、概ね一九二七（昭和二）年を中心とする作品群から成る。人口に膾炙した「一〇八二〔あすこの田はねえ〕」（生前発表形題名「稲作挿話（未定稿）」）に代表されるように、農家の人に立ち交じり、農作業と自然とそこにおける自己の立場を表現した詩が多く含まれる。また第三集所収のテクストは、その多くがそれに先立つ「詩ノート」に初期形が認められ、さらにそれ以後も改稿されて行くもので、第二集と並んで書き換えが非常に多く見られることも大きな特徴である。さらに、杉浦静[10]・木村東吉[11]の研究によれば、第三集は一九三一（昭和六）年頃に、より発展的に編集の構想が改められたという。ここでは詩集論・詩集構想論ではなく、三編のテクストを取り上げ、賢治的スタイルの一角にある、テクスト生成とパラドックスの問題を論じよう。

(1)「一〇二二〔一昨年四月来たときは〕」

「一〇二二〔一昨年四月来たときは〕」には少なくとも五種類の草稿があり、改稿の過程で二つのテクストが合体され、後にまた分離されるという複雑なプロセスをたどったものである。「一〇二二」の下書稿㈠は次のような本文である。[12]

一〇二二　　一九二八《ママ》、四、一、

根を截り
芽を截り
朝日〔?→と〕風と
春耕節の鳥の声
（一行アキ）
土の塊りはいちいちに影
三れつ青らむクリスマスツリーと
青ぞらひかれば
聖重挽馬が
［はたけの中に手伝ひに来て立ってゐる→いつかこっそり／
『わたくしの→㊔』うしろのはたけに立ってゐる］
そのまっ白な脚毛

ここでは、四月の最初の農作業への着手の時期を「春耕節」として明記し、その雰囲気を、クリスマスや「聖重挽馬」といった厳粛な語彙を用いて聖化している。馬の脚毛の白さは、長い冬がようやく去り、これから半年の間繰り広げられる大地と農民との間の格闘を厳かに予兆するかのようである。またその馬が「いつかこっそり／うしろのはたけに立ってゐる」という一節は、知らず知らず「わたくし」もその晴れやかで厳粛な雰囲気に包まれていることを示唆するようでもある。「一九二七、四、

一、」に着想を得たと思われるこの「一〇二二」の系列が、「一九二七、五、一、」の日付を持つ「一〇五二　ドラビダ風」の系列と結合される。結合前の「一〇五二」系列の下書稿㈣は次のとおりである。

生温い南の風が
川を遡って［(数文字不明)⇩やってきて］
きみのかつぎをひるがへし
［(一行不明)⇩またその人の頬を吹く］
紺紙の雲に日が熱し
川が鉛と銀とをながし
楊の花芽崩れるなかに
きみは次々畦を掘り
人は尊い供物のやうに
牛糞を捧げて来れば
風は下流から吹いて吹いて
［(一行不明)⇩去年のちがやもかさかさ鳴り］
キャベヂの苗は萎れてそよぐ
　チーゼル

ダイアデム
　緑金いろの地しばりの蔓
　　［（むかしベッサーンタラ大王が
　　　その行を了へて林に入れば
　　　　木はみな枝を垂れ下げた）⇩㊙］
風は白い砂を吹いて吹いて
もういくつの小さな砂丘が
畑のなかにできたことか
　　　汗と戦慄
牛糞に集る緑青いろの蠅

なぜ、異なる二つの系列の結合が可能となったのか。「一〇五二」系列では、一月ほど遅れて風は生温く、日が熱し、汗も流れる時期に移り変わっている。とはいえ、キャベジ畑の耕作が、インドの由緒ある民族である「ドラビダ」や、あるいは釈迦の前世における別名であった「ベッサーンタラ」などの語によって修飾され、聖なる事業として静かに称揚される点では、「一〇二二」の系列と同断である。そのような農業と自然への賛歌という点で、二つの系列が共通の根を有していたからだろう。

ところが、二つの系列が合体される下書稿㈤の段階で、これらの内容の前後に、実にその内容の方向性を大きく変える枠組が付け加えられるに至る。それは、冒頭の「一昨年四月来たときは」と、末尾の「そしてその夏あの恐ろしい旱魃が来た」と、このたった一行に過ぎないが、その効果は絶大である（引用は最終形）。

一昨年四月来たときは、
きみは重たい唐鍬をふるひ、
〔蕗〕の根をとったり
薹を截ったり
朝日に翔ける雪融の風や
そらはいっぱいの鳥の声で
〔…〕
人は尊い供物のやうに
牛糞を捧げて来れば
風は下流から吹いて吹いて
キャベヂの苗はわづかに萎れ
風は白い砂を吹いて吹いて
もういくつもの小さな砂丘を
畑のなかにつくってゐた
そしてその夏あの恐ろしい旱魃が来た

これによって、農業と自然への賛歌という初期形の主調音は、聖なる懸命の農作業によっても打ち勝つことのできない自然の厳しさによってかき消されることになる。初期形が直線的な賛歌であったものが、最終形では、単純に肯定も否定もできぬ、両義的な緊張状態に被われてしまう。そして、このの詩のテクストの内部にこのようなパラドックスが刻印されたのと同時に、このようなこのテクストの生成のプロセスそのものも、全体としてパラドックス的であるとは言えないだろうか。しかも、不思議なことに、「一昨年四月来たときには」と述べているから、今年もまた「来た」のに違いないのだが、そしてその二年間の経過を、意味論的にも生成論的にも、このテクストは受け持っているはずなのだが、一昨年の四月と夏の様子は描かれているにしても、現在、目の前に広がっている光景はいったい何なのだろうか？　それは、実は完全にゼロ記号となって語られていない。さらに、それだけではない。その後も改稿は続けられ、「第三集補遺」の「〔生温い南の風が〕」の本文は、「一〇五二」の系列の語彙を受け継ぎながらも、徹底的な手入れの結果、多くの言葉がそぎ落とされ、何かすり切れてしまったテクストのようにすら見える。

生温い南の風が
川を溯ってやってくる〔〕
紺紙の雲には日が熟し
川は鉛と銀とをながす〔〕

風は白い砂を吹いて吹いて
もういくつもの小さな砂丘を
〔畑のなかにつくってゐる〕

ここにはもはや、賛歌もその否定もない。わび・さびとでも言うべき、祭が終わった後の枯淡な光景が広がっているだけである。その祭とは、言うまでもなくテクストの祭であり、推敲の祭にほかならない。このように、この系列のテクスト生成は、余りにも変化が大きく、全体としては容易にその像を結ぶことはできない。というよりも、むしろそのようなテクスト生成の過程そのものが、その係争のあり方を、ある種の意義、つまりパラドックスとして読者に呈示するものなのではないだろうか。

(2)「一〇二二　和風は河谷いっぱいに吹く」

同様の現象は、「一〇二二　和風は河谷いっぱいに吹く」においても見られる。四つの現存稿のうち、下書稿㈠では、高温・高湿度のために生育過多となった後、七日間続いた雨のため稲熱病《いもち》の斑点が出来たり、大害虫であるニカメイガの幼虫ズイムシにやられる稲が出てきたが、そこに和風が吹いて冷却され、乾燥されて救われる、という内容である。

一〇八三　　　　一九二七、七、一四、

南からまた西南から
和風は河谷いっぱいに吹く
七日に亘る強い雨から
徒長に過ぎた稲を波立て
葉ごとの暗い露を落して
和風は河谷いっぱいに吹く
この七月のなかばのうちに
十二の赤い朝焼けと
湿〔気→㊔削㊔〕度九〇の六日を数へ
［気温の異常な→（線で語順を入れかえ）異常な気温の］高さと霧［が→㊔削㊔］と
多くの稲は秋近いまで伸び過ぎた
その〔?→茎〕はみな弱く軟らかく
小暑のなかに枝垂れ葉を出し
明けぞらの赤い破片は雨に運ばれ
あちこちに稲熱の斑点もつくり
ずゐ虫は葉を黄いろに伸ばした
［…］
▽

乾かされ堅められた葉と茎は
冷で《ママ》の強い風にならされ
oryza sativa　よ　〔見→稲〕とも見えぬまで
こゝをキルギス曠原と見せるまで
和風は河谷いっぱいに吹く

右に対して鉛筆で次の手入れがなされている。

（▽の位置に）
あゝさわやかな蒸散と
透明な汁液《サップ》の転移
〔珪酸《シリカ》と燐《ホス》『㋨→酸』と→燐《ホス》酸と珪酸《シリカ》『と→㊀削』
（元の字を使い、線で倒置を指示、ルビ位置草稿のまま）〕の吸収に
細胞膜の堅い結束《ママ》

和風とは、0から12まである風力の等級のうち、風力4にあたり、地上十mで風速五・五mから七・九mというから、語感以上に強い風である。ここでも和風の力は「キルギス曠原」という語彙によって格上げされ、称賛されるのである。下書稿㈠への手入れでは、蒸散・転移・吸収など、植物の生体

の機能の分析が付け加えられ、気象現象と生命体との呼応が強化される。これに次ぐ下書稿㈡は短い書きかけで、下書稿㈢は下書稿㈠の手入れ結果を清書したものにほかならない。問題は下書稿㈣である。

〔…〕
十二の赤い朝焼けと
湿度九〇の六日を数へ
稲は次々穂を［出しながら⇩出しながら］
茎稈弱く徒長して
［ついに⇩しかも］次第に結実すれば
ついに昨日の雷雨に耐えず
［村村に相当肥料を⇩およそ相当施肥を］も加へ
やがての明るい目標を
作らうとした程度の稲は
次から次へと倒れてしまひ
こゝには［いち→㊙］雨のしぶきのなかに
とむらふやうな冷たい霧が
倒れた稲を〔覆→㊙〕被ってゐた

［(ナシ)↓しかもわたくしは予期してゐたので
やがての直りを云はうとして
きみの形を求めたけれども］
きみはわたくしの姿をさけ
［わたくしもきみの形をさけて⇩雨はいよいよ降りつのり］
［…］
さうしてどうだ
今朝黄金の薔薇東はひらけ
雲ののろしはつぎつぎのぼり
高圧線もごろごろ鳴れば
澱んだ霧もはるかに翔けて
見給へたうたう稲穂は起きた
まったくのいきもののやうに
まったくの精巧な機械のやうに
稲がそろって起きてゐ［る↓て］
［…］

宮澤の推敲は、その段階を追って、各々異なるか、あるいは対立する命題をことさらに表現しようとする姿勢があるように思われる。改稿の過程を通じて主張が一貫することが少ないことは、重要な様式特徴と見るべきではないだろうか。下書稿㈣の段階で、施肥を行い目標を達しようとした農業改良の活動が失敗したこと、また農民と思われる「きみ」との関係として、「〔しかもわたくしは予期してゐたので／やがての直りを云はうとして／きみの形を求めたけれども〕／きみはわたくしの姿をさけ／〔わたくしもきみの形をさけて〕」という一節が現れ、そして抹消されてしまう。この施肥の失敗のエピソードは、次の「一〇八八〔もうはたらくな〕」という、およそ逆の状況をうたったテクストにおいても中心に据えられる。また「きみはわたくしの姿をさけ」は、詩編「春と修羅」における「ほんたうにおれが見えるのか」や、「小岩井農場」における「この人はわたくしとはなすのを／なにか大へんはばかつ〔て〕ゐる」と通じるものが感じられる。

もっとも、この下書稿㈣も結末では「まったくの精巧な機械のやうに／稲がそろって起きてゐ」と、和風の力の称賛で閉じられ、さらに最終形では、この末尾の一節が冒頭へと昇格し、「たうたう稲は起きた／まったくのいきもの／まったくの精巧な機械」という印象的な書き出しへと前面化される。

たうたう稲は起きた
まったくのいきもの
まったくの精巧な機械
稲がそろって起きてゐる
〔…〕

ついに昨日のはげしい雨に
次から次へと倒れてしまひ
うへには雨のしぶきのなかに
とむらふやうなつめたい霧が
倒れた稲を被ってゐた
あゝ自然はあんまり意外で
そしてあんまり正直だ
［…］
十に一つも起きれまいと思ってゐたものが
わづかの苗のつくり方のちがひや
燐酸のやり方のために
今日はそろってみな起きてゐる
［…］
あゝわれわれは曠野のなかに
芦とも見えるまで逞ましくさやぐ稲田のなかに
素朴なむかしの神々のやうに
べんぶしてもべんぶしても足りない

しかしながら、推敲のプロセスにおいて、肥料の失敗や人間関係の失調の暗い影をかいま見せられた読者としては、「あ、自然はあんまり意外で／そしてあんまり正直だ」という自然への称賛、「十に一つも起きれまいと思ってゐたものが／わづかの苗のつくり方のちがひや／燐酸のやり方のために／今日はそろってみな起きてゐる」という人知を越えた蓋然的な何物かの示唆などは、余りにも素朴に過ぎ、少なくとも「むかしの神々のやうに」は手を叩いて喜ぶわけには行かない。目的論的な推敲、逐次形におけるその都度の完成、そして最終的な定稿作成などのような一般的なテクスト生成方式に関する理解が、宮澤の場合には必ずしも成り立たない。このような事態に対処するためには、読者は、その都度の単一の本文ではなく、推敲のプロセス、すなわち流動するテクスト現象の総体を相手にする以外にない。その流動は、「一〇二二」系列においては、少なからぬ矛盾・対立を内に宿しているのである。

ところで、この和風の詩は、「詩ノート」では「一〇八三　一九二七、七、一四、」の番号日付を与えられていた。（ちなみにその前の「一〇八二　七、一〇」の詩は、あの「〔あすこの田はねえ〕」である。）それが下書稿㈣で、まず「一〇八三　八、二〇、」と当初書かれた後、手入れで「一〇二二」と改められた。「詩ノート」の「一〇二二」は第三集には収められなかったので、その番号を入れたのかも知れない。（第三集の「一〇二二」は、先の「〔一昨年来たときは〕」である。）詩番号の問題は研究が進められているが、ここで全般的なことを述べるのは荷が重すぎる。ただし、「七、一四、」が「八、二〇、」に改められることによって、「一〇八八　〔もうはたらくな〕」「一〇八九　〔二時がこんなに暗いのは〕」「一〇九〇　〔何をやっても間に合はない〕」の三編と同じ日付とされたことは示唆的であるという見方は示しておきたい。すなわち、着想の起源が、内容の方向性としては百八十度逆向きの「一〇八八」や、「一〇九〇」までの暗鬱な詩編と同じく設定されたということに、むしろ対比の感覚、広い意味でのパラドックスの感覚が感じられると言うべきではないだろうか。繰り返すならば、「一〇二二」と「一〇八八」は、ほぼ正反対と言ってもよいメッセージを持っており、この二編の間にあるコントラストは極めて強いのである。

(3) 「一〇八八〔もうはたらくな〕」

さて、その「一〇八八〔もうはたらくな〕」であるが、最終形では、「もうはたらくな／レーキを投げろ」という、有名な命令文から始まっている。

一〇八八〔もうはたらくな〕

一九二七、八、二〇、

もうはたらくな
レーキを投げろ
この半月の曇天と
今朝のはげしい雷雨のために
おれが肥料を設計し
責任のあるみんなの稲が

次から次へと倒れたのだ
働くことの卑怯なときが
工場にばかりあるのでない
ことにむちゃくちゃはたらいて
不安をまぎらかさうとする、
卑しいことだ
［…］
さあ一ぺん帰って
測候所へ電話をかけ
すっかりぬれる支度をし
［…］
一人ずつぶっつかって
火のついたやうにはげまして行け
どんな手段を用ひても
辨償すると答へてあるけ

これは自分の肥料設計が失敗したために、働くのをやめ、帰って仕度をして、被害を受けた農民たちに弁償して歩け、ということであるから、自己命令の類だろう。「もう働くな」の語句は四つの現存稿のうち下書稿㈢から、「レーキをすてろ」は下書稿㈣から現れ、さらに「第三集補遺」中の関連作品である「〔降る雨はふるし〕」でも踏襲される。ところで、天候や自然条件に左右される農業は、常に大きなリスクを負っているのは当然であり、肥料設計者がそのリスクを全面的に引き受けるというのは行き過ぎの感もある。この感覚に照らしてみれば、本文の心情はもちろん偽りではないにせよ、些か、作り物めいている憾みもないではない。

　そこで初期形に遡ってみると、下書稿㈠には損失補塡の話は一切出てこない。

［春は→(削)］
あっちの稲もこっちの稲もみんな倒れた
おれは不安をまぎらすために
こんなに雨［の→(削)］に　働いてゐる［のだ→(削)］
［…］
西に［あたらしい→は黒い］死［の→(削)］が浮きあがる
［それは春には→『あ、→(削)』春には／春にはそれは］［変→(削)］恋愛［(ナシ)→自身］だったでない
か（いったんはここまで成立していたか）
（二行アキ）
おれ［も→は］何といふ［?→（ニンベンのみ）→(削)］憶病《ママ》だ
夜明けの雨があちこち稲を倒したために（ここで中断）

稲が倒れたために、「おれ」は不安を紛らそうと雨の中働いている。今は恐ろしい雨だが、春には生命に恵みをもたらす「恋愛自身」であった。この「恋愛自身」という語彙は最終形にまで受け継がれるが、「一〇三〇　春の雲に関するあいまいなる議論　一九二七、四、五、」に現れる「あれこそ恋愛そのものなのだ」の一節と響き合うだろう。校訂者が「いったんはここまでで成立していたか」と記す通り、当初は不安を紛らす労働そのものに重点があったと思われる。ところが、「二行アキ」の後、「おれは何といふ臆病だ」という自己卑下が書き込まれている。ここで下書稿㈠は中断しているが、下書稿㈡は、「何といふおれは憶《ママ》病者だ」という書き出しとなり、臆病のコードが前景化されるものの、しかし全体はそれほど変えられていない。不安を紛らす労働が、対象化されて臆病者の仕業としてとらえ直されているだけである。

しかし、下書稿㈢に至って、それは突出して強化され、働くことは卑怯だ、謝罪して弁償しろ、ということになり、以後この自己命令の衝迫は最終形まで一貫して続いてゆく。

……ぢしばりの蔓……
　もう働くな
　働くことが却って卑怯《ママ》なとき［が⇩も］ある
［…］
　穫れない分は辨償すると［云って↓削］答へてあるけ
　死んでとれる保険金をその人たちにぶっつけてあるけ

このような不安・臆病・卑怯・弁償というトーンアップは、何か自己韜晦の繰り返しのようにもとらえられる。不安なのは臆病だからだ、いや臆病なだけでなく卑怯だ、卑怯だと思うなら弁償しろ、それなら死んで償え、と畳みかけていくプロセスは、言葉としては相手の農民を思いやっているようでありながら、結局、自分の失敗を何とか補償し自己救済しようとすることの連続ではないだろうか。実際に弁償するか否かは別として、臆病だ、卑怯だ、弁償しろと強い言葉で発話することこそ、最初にあった、不安を紛らわせる行為そのものなのではないだろうか。とすれば、メッセージの言葉がメッセージ内容を裏切っているのである。ここにもまた、パラドックスの匂いをかぎ取ることができる。

最終稿そのものも、働くことの理と非、自然の猛威と恋愛、肥料設計の責任とその失敗という具合に、対立的な要素を主軸として構築されている。この対立的構造の中において、そもそも失敗と言っても、肥料設計や、ひいては農業労働が基本的に価値あるものであることはこのテクストの前提となっているようである。そのため、それならば農業などやめてしまえとは決して言えないという拘束力が働いて、テクスト全体を単純なメッセージではなく、パラドックス的な屈折によって染め上げる結果になっているのである。加えて推敲過程も、今しがた見たようなパラドックスに満ちている。そしてさらに、先に指摘したように、ことさらに同じ日付を与えられた「和風は河谷いっぱいに吹く」とこの詩を並べて読み、しかもいずれも生成のプロセスを背後に抱えていることを念頭に置くならば、いきおい、宮澤賢治テクストのパラドックス性は、顕著であり、かつ二重三重に錯綜したものとしてイメージせざるを得ないのではないだろうか。

以上、三つの詩のみに限っての分析であったが、ひとまずまとめてみよう。宮澤のテクストは、それじたいが両義的でパラドックス的であると同時に、生成のプロセスもまたパラドックスに満ちたものであったということである。これが本章の第一の結論である。もちろん、好天・悪天、好調・不調の振幅は人間と自然のならいであるから、宮澤はその両様相を、意味論的・生成論的に表現したのだと楽天的に言うこともできるだろう。しかし、賢治研究において様々な専門分野から、「賢治文学は○○だ」式の様々な紋切型の定式化が行われてきた歴史に照らして、宮澤賢治のテクストは決してストレートに○○だとは言えないような、パラドックスに彩られていると主張することには重要な意味がある。あらゆる定式化にもかかわらず、次々と新たな面が開削され、汲み尽くせない源泉となっている状況の基礎として、このように豊かなパラドックス性があるのではないだろうか。それでは、そのパラドックスの意義とは何か。

3　モンタージュとパラドックス

近年、宮澤文芸を映画などの視覚メディアとの関連から見直す研究が活発に行われている。奥山文幸は、「映画におけるほど、科学技術の応用と芸術的価値が結合する表現手段はまれであるが、賢治の《心象スケッチ》は、まさしくこの科学的分析の視点（カメラの視点にほぼ等しい）と芸術的創造が結び付いた表現の一つの頂点として映画表現の本質的要素と対応するものである」と述べ、心象スケッチを「遠近法的視点を脱皮し、視覚の相互性をふまえた多視点的な手法」を用いた立体派的なスタイルと見なし、さらに時間的契機の介在をも指摘して、ユニークなモンタージュとして読み解いている。[*13] パラドックスは相矛盾する命題の同居であり、また時間軸におけるそれらの命題の継起と考えられるので、奥山の指摘した映画的モンタージュに容易になぞらえることができる。

エイゼンシュテインの『戦艦ポチョムキン』（一九二五）などによって集大成されたモンタージュは、ショットを断片化し、本来のコンテクストから引き剥がした上で、由来の異なる複数のショットを交互に連鎖させ、現実のいかなるコンテクストにも属さない人為的なシーンを構成し、それによって映画テクストに固有の新たな次元の意味を作り出そうとする実験であった。本章の結論の第二は、宮澤賢治のパラドックスは映像論的にはモンタージュであるということである。パラドックスは単純化すると、肯定と否定との同時存在であるから、決して現実に存在するものではなく、テクストにおいてしか実現されない。何であれ、脳天気な直線的メッセージは、それがパラドックス＝モンタージュの内部に投入された瞬間、元のメッセージ性を失ってしまう。最終的にそれは、作者であれ社会であれ方法論であれ、どこにも還元されない浮遊するテクストとして、そこに残り続けるのである。

蛇足ながら、奥山の論じている心象スケッチという概念を、『春と修羅　第三集』にも適用してよいかという問題がある。この詩集の構想を推測するために頻繁に参照される資料として、宮澤の書いた「第三詩集」について記された詩法メモが残されている。

第三詩集　手法の革命を要す
　殊に凝集化　強く　鋭く
　　行をあけ

感想手記　叫び、
心象スケッチに非ず

排すべきもの　比喩、

「手法の革命」の内実はこの際措くとして、「心象スケッチに非ず」とはいかなる意味なのか。入澤康夫[*14]・杉浦静[*15]らの研究でも既に触れられているが、このメモは、言葉相互の指示関係が脆弱なことに起因する曖昧性を帯びている。「第三詩集」は「感想手記　叫び」であるから心象スケッチでは〈ない〉と言うのか、それとも「感想手記　叫び」は心象スケッチではないから「第三詩集」が心象スケッチで〈ある〉ためには「手法の革命を要す」と言うのか、私の考えでは、それはこのメモの範囲だけでは、まず絶対に分からない。指示関係の解釈次第で、どちらとも言えるのである。すなわち、この詩法メモは、これじたいがパラドックスなのだというほかにない。ただし、第三集が心象スケッチであろうとなかろうと、また心象スケッチなるものが何であろうと、この詩集のパラドックス的なモンタージュ性については、確かに指摘しうるのではないだろうか。

さらに、映像論から宮澤テクストを再評価したもう一つの研究として、高橋世織のものがある。高橋の場合は、本書と同じく推敲過程に着目し、消して書く行為そのものを、映像のメカニズムと同じものとして論じている。旧来の映画は一般に一秒あたり二十四コマを送るが、コマとコマの間にはシャッターが下りて、スクリーンには暗黒が映るのである。その暗黒を残像現象がつないで、映像が動いて見えるようになる。つまり、消して書く、また消して書くの繰り返しである。いったん完成された全部消しゴムで消された「薤露青」などを引き合いに出し、高橋は宮澤のスタイルを映像のレトリックと見なす。「この《「消し去る」行為》こそ、賢治エクリチュールの根幹ではないかと私は考えている。星雲状的な賢治草稿群や、刊行本のレベルになってさえ、おびただしく〈手〉を入れて、削除し、『消し去る』行為を重ねつづけることの意味合い」（高橋）[*16]。本章の論旨に引きつけて言い換えれば、「薤露青」を完成してから抹消する行為は、まさしくメッセージの肯定と否定とを一挙に可能にするパラドックス的営為にほかならない。とすれば、ここでもパラドックスと映像表現との関わりが見えてくるのである。

ところで、奥山や高橋による映像論的に高水準な論考の中にも、飽き足りない部分があるように感じられる。そのことが本章の最後の、第三番目の結論を導くものである。すなわち、奥山は最終的に心象スケッチの映画的表現が、「共感覚的思考によって、世界への身体の解放の契機となる」と評価した。[*17]また高橋も宮澤の消す行為を「もっとポジティブな表出行為として積極的に位置づけ、プラス思考をしてみる必要がある」とまとめている。[*18]美しい言葉が並んでいるが、これらの上昇志向には、いささか留保を差し挟むことができるのではないか。モンタージュはパラドックスでもある、というのがこれまでの主旨であった。であるとすれば、「なんのことだか、わけのわからない」（『注文の多い料理店』「序」）ものは、どこまで行っても、何かを楽しく「解放」したり、「プラス思考」に転換されたりすることはないのではないか。それは「わけのわからない」ままに残り続けるからである。

このような映像論の上昇的思考方法は、かつてヴァルター・ベンヤミンが『複製技術時代の芸術作品』（一九三五〜三六）で主張した、大衆の手に芸術を奪還させてくれるニューメディアとして映画を賛美した論法に似ているか、あるいはこれを基礎としているように見える。ベンヤミンによれば、かつて近くにあっても常に遠くにあるように感じられていた芸術のアウラを消失させた複製芸術は、その代わりに、芸術を大衆の手元に置くことを可能にするものであった。この予想に基づき、ベンヤミンは、映画表現は「これまで予想もしなかった自由な活動の空間《シュピールラウム》を、私たちに約束してくれることになる」とまで述べていた。[*19] モンタージュ的なものをアレゴリーと呼び、常に新たな意味を可能にする媒体と見なしていたベンヤミンの思考は、メランコリーを重視したその思想の総体や、ナチスに追われてピレネー山中で自殺したその悲劇的最期にもかかわらず、ことメディアに関しては比較的に楽天主義的であったと言えるだろう。

そのベンヤミンの、フランクフルト学派における協力者であり後継者であったテオドール・アドルノは、同じモンタージュに対して、よりパラドックス的な見方をするに至っている。アドルノの『美の理論』（一九七〇）によれば、モンタージュは映画や写真にとどまらず現代的芸術の根底に共通に存在する原理であり、それが作り出すのは「意味を否定する芸術作品」、あるいは「統一されたものでありながら混乱しているといった作品」にほかならない。[*20] ナチスを逃れてアメリカに亡命したアドルノの場合、大衆文化は決して大衆を自由にするものではなく、「文化産業」として批判的に追究すべき、支配の別名に過ぎなかった。それに対して、細部と細部、細部と全体とが対立し、統一されないモンタージュの手法は、アドルノによればすべてのアヴァンギャルドに通じるものとして理解されている。そしてそのような混乱を被ったテクストこそ、現代に生きる人間の、損傷を被った生のあり方の形式としての表現となるものとアドルノは見たのである。私はむしろアドルノ的に、宮澤賢治のテクストを評価したい。それは科学であれ宗教であれイデオロギーであれ、統一した像を結ぼうとしながら決して統一されず、常に対立矛盾するメッセージを同時に身に帯びている。しかしそれはもちろん単純な混乱などではなく、そのようなパラドックスとしての性質こそ、宮澤賢治の文学の、まさしく現代的な本質に根ざした事柄なのではないかと考えられるのである。

現代に生きる作家たちの、それぞれにユニークな文芸様式のあり方はいずれも、このような意味での現代性を身にまとっている。パラドックスやメタフィクション、あるいはモンタージュなどのレトリックの中に、それじたい欠損した形式としてありながら、なおかつ現代人にとっての言葉と芸術の持つ独自の意義を、問い直しの形で見出すことができるのではないだろうか。現代における文学の実験は、ことごとく文学否定の実験でなければならないだろう。にもかかわらず、だからこそそれは文学の新たな意義を発見しうるはずだというのは、文学にまつわる、究極のパラドックスなのだろうか。

Ⅱ　序説・神話の崩壊――「オツベルと象」「黄いろのトマト」「土神ときつね」――

1　「オツベルと象」――〝まれびと〟の受難

「オツベルと象」（『月曜』第1巻第1号、大15・1）は、神話的な物語の構造と、その構造が現代においていかに不可能であるかを二つながらに明らかにしたテクストである。物語は「ある牛飼ひ」が語り手となり、テクストは「第一日曜」「第二日曜」そして「第五日曜」と標題の付された三章によって構成される。ところが、物語内容の時間は「三日の月」（第二日曜）から「十日の月」「十一日の月」（第五日曜）へと月齢の増加に合わせて進行している。週を七日としたユダヤの暦と、週日に日・月及び五惑星の名を付けたエジプト占星術とが合流してできた七曜の採用は、例えば日本では太陽暦採用以後のことである。七曜は資本制的雇用労働と関連する。週日の区分と月齢とが同居する時間のあり方は、テクストが資本制的近代と非近代とにまつわる両義性の場、文化的な境界線上にあることを示している。オツベルの物語の本体は、「稲扱器械の六台」を設置して米の脱穀工場を経営しはじめたオツベルのもとに、突然白象が訪れるところから始まっていた。オツベルの工場は、旧来の農法から近代的工場へと生まれ変わるべき過渡期に位置し、その過渡性からは、この物語が時間的・歴史的なイニシエーションの構造を基礎とすることが読み取れる。

白象が登場した理由について、語り手は「どういふわけで来たかつて？　そいつは象のことだから、たぶんぶらつと森を出て、ただなにとなく来たのだらう」としか語らない。続橋達雄による「オツベルと象」に関する先駆的な論考においても、白象が「仏教的な意味」と関連づけされてはいるが、その理由については「まさに『ただなにとなく来た』のが真相かもしれない」と述べられていた。[*1] 池上雄三はオツベルを資本制的搾取者と見て、「農民（小作人）の身代わりとなって、搾取者オツベルを救う（改心させる）ためだったと考えられる」ととらえる。[*2] 物語を完全に資本制と奴隷労働の寓意と見なし、インド反植民地闘争との関係まで読み込んでしまう小森陽一の読解は、[*3] この池上の後裔と言えるかも知れない。

このテクストにおいては、白象登場の理由が表面上は不明であることが、むしろ物語の呼び掛け構造として、読者を物語に誘引し、そのように多様な読解を解発させる仕掛けとなっている。イーザーの言うテクストの空所である。[*4] あるいは寓意の発火点とでも言うべきか。物語の展開に理由付けをすることは、物語に論理を求めることである。語り手は「どういふわけで来たかつて？」と理由を求めながらも、明確な理由づけをしない。いわば近代小説的な合理性に対する示唆を行いつつ、その合理性を自ら否定してしまう。この結果、合理性に関して期待を宙吊りにされた読者は、「たぶんぶらつと」「ただなにとなく」という理由付けには満足せず、白象出現に読解の上での新たな理由付けを欲し、寓意の海路に漕ぎ出すことになる。しかし、象（＝テクスト）自身は語らない。

この物語は、白象が出現し、知略に長けたオツベルがこれを飼い慣らして苦役を課し、それに耐えきれず象が仲間に助けを求める手紙を「赤衣の童子」に託し、それを読んだ象が村へ押し寄せて白象を救出するという、いわば悲劇的な結末を迎える。ところで、これがもし悲劇的な結末を迎えなかった場合、例えばオツベルと白象が協調して生産を続けるか、あるいはオツベルが白象を象徴的な動物として崇拝した場合を想定しよう。工場など一切なく、完全に手作業に頼っていた稲作農村に、オツベルという有能な男が出現し、産業革命を企てて軌道に乗せかかっていたところへ、仏教を連想させる「沙羅樹」の森に由来する白象が訪れた。これは奇瑞、つまりおめでたいことの徴と見なされただろう。そのことは白象が自身では「ただなにとなく来た」ことと矛盾しない。続橋は先の「問題」に続いて、「オツベルを倒す力をもっているはずの白象が、なぜ無抵抗のまま死を迎えようとしたのか」と疑問を呈している。[*5] もし白象出現が吉兆であるとするなら、白象が人と闘うことはありえない。しかし、それは純粋に神話的な世界ならではのことである。

　動物界において、突然変異などによるメラニン色素の代謝異常によって現れる白子（アルビノ）は、その希少性から、吉凶の象徴や前兆とされ、多くの場合、縁起のよいものとして珍重されてきた。それは、聖別された徴付きの存在者である。白象は、外部的な到来者、折口信夫のいう一種の〝まれびと〟として、共同体にその記憶を刻印しただろう。「てつとりばやく、私の考へるまれびとの原の姿を言へば、神であつた。第一義に於ては古代の村村に、海のあなたから時あつて来り臨んで、其村人どもの生活を幸福にして還る霊物を意味して居た」（折口）[*6]。そしてその刻印は、折口がそれこそ文学や宗教発生の起源であると論じたように、何らかの神話・伝承の形態に整備されて、オツベルを白象とともに農産物加工技術の起源神として、共同体に長く語り伝えさせただろう。白象は村の共同性を象徴する動物、つまりトーテム動物とされ、オツベルが工場を建設したこの季節に祭日が設定され、祝祭は毎年周期的に反復されて、起源と現在、神と人間との一体化を言祝《ことほ》ぐ祭の場として定着したことだろう。[*7]

だが、知略を福祉に用いる能力を持たなかったオツベルは、白象の仲間の象たちに倒されてしまう。「議長の象」の存在から、象の社会は人間の社会に拮抗する組織と秩序、さらに文化（「手紙」「碁」）をも有することが示唆されている。「赤衣の童子」は、この二つの世界の境界線を越えてメッセージを伝達するトリックスターであった。聖別された世界からの到来者をそれとして処遇せず、単純に家畜労働に酷使したオツベルは、神話世界の住人となるには既に余りにも近代的であり過ぎた。こうして神話は崩壊する。吉兆は吉兆としての性質を保ちながらも、その性質を発揮する環境そのものがもはや頽廃したのだ。オツベルの工場は蹂躙され、「稲扱器械」の技術は恐らく途絶え、〝まれびと〟の記憶は聖なる動物を奴隷とした男の禍々しい物語として残るだろう。崩壊した神話の痕跡として、「ある牛飼ひ」の物語るこのテクストは後代に伝えられる。

語り手は「第一日曜」から「第二日曜」に至るまで、あるいは「第五日曜」においても、なおオツベルを「大したもんだ」と称賛してやまない。続橋はこの「牛飼ひ」を「牛方＝牛を使って荷物を運ぶ人」（『広辞苑』）と解釈している。[*8] 荷役でも畜産でもよい、この語り手は米作農工業に携わるこの物語的共同体の局外者であって、オツベルや農民の運命とは関わりがない。近い過去に起こった出来事を日曜日ごとに語る物語言説は、語り手が物語の展開に予断を持たない同時的報告者であるという印象を付与する。しかし、家畜の飼育を業とする者として「牛飼ひ」は、「十六人の百姓ども」（傍点原文）

と農民をいささか卑下し、白象を巧みに飼い馴らしたオツベルを尊敬する理由を確かに持っている。だが、語り手は「第五日曜」の冒頭で、「オツベルはすこしひどくし過ぎた」と批評する。その後もなおオツベルを称賛する言葉は、むしろアイロニーと見るべきかも知れない。けれども語り手の評価軸を想定するならば、オツベルの破滅は、文字通り、限度を超えた虐待の帰結と見なされている。このテクストを資本制や産業文明一般に対する否定のメッセージに回収するのは、勧善懲悪に接近した余りにも単純な寓意読みに過ぎないだろう。問題はむしろ、聖なる動物を認知しえず奴隷労働を課したことに関わるのである。

比較的（であって絶対的にではないが）純粋な説話のニュアンスを残している「ざしき童子のはなし」では、四つの小話のうち最初から三話までが人の在／不在をめぐる共同幻想の位相を描くが、最後の渡し船のエピソードには、これが家につく福の神であること、また家を移る理由の不明なこと（「なぜあきたねつてきいたらば、子供はだまつてわらつてゐた。」）が明示されていた。ざしき童子は、「ただぶらつと」訪れては「其村人どもの生活を幸福にして還る霊物」、つまり〃まれびと〃の典型である。それに対して、白象は〃まれびと〃であることは確かでありながら、結局誰をも幸福にすることはできなかった。続橋が第三の「問題」として挙げた結末における白象の「さびしくわらつて」という〃笑い〃は、すべての〃笑い〃が常にそうである以上に、いつまでも多義的な表情として残り続けるだろう。ただし、起源を語る神話の崩壊は、それこそが賢治的〃童話〃の生誕を告げる現象であった。白象の〃さびしさ〃は、もしかしたら自分がその主役となりえたかも知れない神話・説話と、誰もが英雄となることができない賢治童話との間の距離を共示する感情なのかも知れない。「オツベルと象」は、ありえたかも知れないが、あらかじめ否定された神話の残像なのである。

2 「黄いろのトマト」——無限の同心円

「黄いろのトマト」の草稿には、題名に添えて「博物局十六等官／キュステ誌」という「ややうすい鉛筆」の書き込みがある。[*9] 博物館の剥製の蜂雀から、「小さいとき」に聴いた物語を回想して語るこの設定を、「入れ子のまた入れ子という構造」と呼んだのは天澤退二郎であった。[*10] これは典型的な額縁構造の物語であり、ペムペルとネリを主人公として蜂雀によって語られる物語と、「私」が博物館で蜂雀からその物語を聴き取る物語とが嵌め合わせられている。これらは順に便宜上、本体と額縁と言い換えることができるが、各々の機能は相関的であり、額縁なる叙述にこそテクストの重要な役割が与えられ、両者の位置が逆転する場合もある。フィクションにおいて通例、額縁構造は自壊するために設定される。そして「黄いろのトマト」では、さらにそれを成長した「私」が回想するという三重化の語りである。

「たった二人だけ」暮らしていたペムペルとネリ兄妹が、「黄金」と信じていたトマトを木戸の番人に出し、入場を厳しく拒まれるという本体の内容は、確かに杉浦静の言うように、「大人の現実の世界」という「異なる価値を持つ世界の存在を、いわば暴力的に認識させられ」る物語である。[*11] 大人／子どもの対立は現実原則と快楽原則と置き換えてもよい。あるいは、トマトやキャベヂを栽培し、小麦を挽く自給自足的社会のユートピアから、貨幣を介した資本制的流通経済への転換、前近代から近代へという時代の推移と考えてもよい。小森が「オツベルと象」に施したような資本制批判の寓意読みの手法は、「黄いろのトマト」においても全く同じく有効となるだろう。いずれにせよ、それらは皆寓意である。「黄いろのトマト」は「オツベルと象」にも似て境界線上の物語であって、この境界を挟んで対峙する文化的な勢力として何を充当するかを、読者ごとの偏差を含む枠組みを当てはめることによって、各々の寓意が得られることになる。だが読解の焦点を、いかなる寓意を生み出すかではなく、そのような寓意が可能となる条件としての、この境界線そのものにずらすとしたら、そこに何が生まれるのか。そのためには、まず額縁の物語を読み直さなければなるまい。

その朝、ガラスの中の蜂雀は「にはかに」「私」に向かって話し始める。そしてしばらく本体の話をした後、やはり「俄かに」黙ってしまう。「私」は途中まで聴いた話を続けてほしいと懇願するが、蜂雀は動かない。蜂雀の話は、「けれどほんたうにかあいそうだ」と繰り返して物語の先行きに「私」の期待を誘い、それは読者の物語的欲望へと変換される。蜂雀の沈黙のため話の続きが聴けず、泣いている「私」のところへ「番人のおぢいさん」が来て次のようなやり取りをする。


「そんなに高く泣いちゃいけない。

まだ入口を開けるに一時間半も間があるのにおまへだけそっと入れてやったのだ。

それにそんなに高く泣いて表の方へ聞えたらみんな私に故障を云って来るんでないか。そんなに泣いていけないよ。どうしてそんなに泣いてんだ。」

私はやっと云ひました。

「だって蜂雀がもう私に話さないんだもの。」

するとぢいさんは高く笑ひました。

「ああ　蜂雀が又おまへに何か話したね。そして俄かに黙り込んだね。そいつはいけない。この蜂雀はよくその術をやって人をからかふんだ。よろしい。私が叱ってやらう。」

そして番人は「お話がすんだら早く学校へ入らっしゃい」と、「私」の涙を拭いてくれる。蜂雀は剥製なのだから、番人の側から見れば、現実的にはこの子どもは白昼夢を見るように蜂雀と内心の対話をし、その対話の成り行きで泣き出したものととらえられているようでもある。親が縫いぐるみを手に子どもに話しかけるように、番人は剥製を媒介にしてこの子に登校を促す。番人としての職務が彼の行動の基礎にあるが、しかし子どもの夢想をむげに否定しているわけでもない。「おぢいさん」である番人は、再び子ども的なアニミズムと共鳴しうる属性を享けたのだろうか。少なくとも、「故障」や「学校」のある現実の要求と、剥製と話ができる子どもの夢想の要求との両者を、この番人は巧みにさばいている。番人は少なくとも、ある程度において現実と夢想の両領域間のコミュニケーションを実践しうるキャラクタとして登場しているのである。

反面、蜂雀は自らの沈黙の理由を、「僕すっかり疲れちまったもんですからね」と告げるが、蜂雀と「私」との間には、通常のコミュニケーション回路が十分に機能していない。なぜ剥製なのか。もし単に蜂雀と会話するのなら、博物館ではなく、動物園や鳥類館の方が適切であっただろう。「生きてたときはミィミィとなき蝶のやうに花の蜜をたべるあの小さなかあいらしい蜂雀です」と冒頭二行目にはある。実際、ペムペルらの物語の中では、「そのときぼくはネリちゃん、あなたはむぐらはすきですかとからかったりして飛んだのだ」などと生きて活動していたことが分かる。だからこそ蜂雀は〝物語の証人〟(ジュネット)[*12]たる語り手として、二人のうちどちらの「番」をするか迷った挙げ句、黄いろのトマトを取って来るペムペルに着いて行き、物語の帰趨を見届けることができたのである。しかし、その時生きていた蜂雀は、今は剥製と化してしまった。蜂雀が剥製であることは重要である。剥製は、この子どもにとって死んだものではないが、しかし生きているものでもない。十全なコミュニケーションは成立しないが、全くコミュニケーションが現象しないわけでもない。端的に言って蜂雀が沈黙するのは、蜂雀が剥製だからである。それは「私」がアニミズムと快楽原則の支配する世界にありながらも、番人の指示に従い学校へ行かねばならない現実原則の世界へも半身を置く、境界線上にある少年であることと呼応する表現にほかならない。

ところで、物語の本体部分に登場する人物もまた番人と呼ばれるのは偶然ではあるまい。ここには対比の効果がある。こちらの番人はトマトをペムペルから受け取ったとき、まず「変な顔」をして、「しばらくそれを見つめて」、それからどなり出す。

『何だ。この餓鬼め。人をばかにしやがるな。トマト二つで、この大入の中へ汝たちを押し込んでやってたまるものか。失せやがれ、畜生。』
そしてトマトを投げつけた。あの黄のトマトをなげつけたんだ。その一つはひどくネリの耳にあたり、ネリはわっと泣き出し、みんなはどっと笑ったんだ。ペムペルはすばやくネリをさらふやうに抱いて、そこを遁げ出した。

みんなの笑ひ声が波のやうに聞えた。

なぜ「みんな」は「どっと笑った」のか。木戸銭をトマトで支払うという行為が人々の側の制度から見て非常識だったためだけではない。料金の意味を理解していない子どもに対して、寛容も理解もなく、口汚く罵って乱暴を働く番人の余りにも過剰な反応と、その反応が引き起こした騒動の見世物性に対しての笑いである。いい年をした大人なら、〝笑う〟以外にも（博物館の番人のように）対応の仕方はあるだろうに。だが、なるほど番人の行為はペムペルらに対して厳しいが、料金徴収という職務への忠実さから見れば過度に理不尽とまでは言い切れまい。番人を資本制の権化と見なすのは、番人に対して冷淡に過ぎる。むしろそれを傍観して笑う「みんな」の態度にこそ、兄妹はもちろん番人の心を斟酌せず、突き放して見世物としている点において、完全に隔絶した精神が現れている。ここで行われたのは、いわば木戸銭的文化（現実＝資本制＝大人）とトマト的文化（夢想＝ユートピア＝子ども）との異文化間接触であり、さらにその接触に伴う軋轢は、むしろ二つの文化間の対立以上に、「みんな」の〝笑い〟という隔絶の表現によって、異文化間におけるコミュニケーションの不全という事態をまざまざと語るものなのである。

「〔祭の晩〕」の山男は、ペムペル・ネリと同様に村祭に現れ、薪で串団子代を払おうとして排斥されそうになるが、山男に寛容で理解のある亮二とお爺さんによって難を逃れた。「黄いろのトマト」の本体部分の物語は、「〔祭の晩〕」を山男の側から語り直したものに近い。だが「黄いろのトマト」本体部分には、亮二もお爺さんもいない。一貫して二人を「かあいそう」と評する蜂雀は、確かに二人の運命に対する意味付与の方向性を持つが、如何せん〝物語の証人〟として以上の能動性を持たない。額縁構造の蝶番である蜂雀の言説は、テクストの最終的境地ではない。蜂雀は「ああいふかなしいことを、お前はきっと知らないよ」とかつての「私」に告げる。媒介された「私」は物語を聴き終えて「涙がぼろぼろこぼれ」るが、その時既に蜂雀は沈黙のうちに凝固していた。二人の物語は「私」の手の届くところになく、それを語った蜂雀と「私」も擦れ違った位相の許にある。蜂雀の側から見れば、「私」は少年としてペムペルらと同等のトマト的文化の一員かも知れないが、見世物である剥製を見ることに喜びを感じる点においては、むしろ木戸銭的文化の側にいる。それは「私」が先述のような境界に位置することと同列である。剥製＝見世物としての蜂雀の現在に対して、「私」は決して無垢ではありえない。いわば額縁の「私」の物語は、本体のペムペル・ネリの物語の反復としてあるのだ。こうして額縁構造は決壊し、物語は無限の同心円に向かって開かれる。

博物局十六等官・キュステは、幼い日の博物好きが高じてこの職業に就いたのだろうか。けれどもその〝誌〟は、「〔祭の晩〕」とは正反対に、エデンの園からの追放を語る神話的物語を内部に抱えながらも、それを純粋に美化あるいは聖化することを許さない現在へと回付する。これは「私」による贖罪であろうか。だが現在の語り手は、「私のまだまるで小さかったときのことです」としか語らない。回答は永遠に不能であり続ける。説話として調和的に完結した「〔祭の晩〕」と、その説話性そのものを内破させた「黄いろのトマト」との間の距離は、正しく「ざしき童子のはなし」と「オツベルと象」との間のそれと等しい。「黄いろのトマト」においても、前近代的自給自足社会から近代資本制社会へという時代の転換に対する批評という寓意は、これを読もうとすれば容易に取り出しうる。しかし寓意による社会批評以上に、設定された境界線を乗り越えようとする活動がいかに挫折せしめられたかに注目されなければならない。それは、幼年期神話と結びついた農耕社会の神話、ひいては、あらゆるユートピア神話の崩壊にほかならない。

3 「土神ときつね」――墜ちた神

「おれはいやしいけれどもとにかく神の分際だ」と考える「土神ときつね」の土神は、けれどもその「神の分際」たる所以を、自分自身納得する形では決して表現することができない。樺の木への恋は成就せず、木樵をいじめてもそれは単なる「むしゃくしゃまぎれ」であり、結局、恋敵の狐を倒すものの、それは激昂の勢いであって、挙げ句に土神は「途方もない声で泣き出」さなければならない。土神はその超能力とプライドにおいては確かに神かも知れないが、神性という点ではもはや神とは言えない。聖なるものと人とを結びつける宗教には人が守るべき規範としての律法があり、その律法と無縁に恣意的な力を弄する土神はもはや神ではない。むしろその心の動きは人のものである。まぎれもなく、「土神ときつね」は神話ではない。神の座から墜ち、神の力を持ちながら、神の心を喪った、ある存在者の行為を物語るテクストである。

谷川雁は樺の木がヤマザクラであること、土神が陰陽道の土公神に由来することを指摘し、また土神の住まいを山砂鉄の採掘場跡と推定した。[*13] これを下敷きとした、忘れられつつある土俗的記憶（土神）と、近代の知・技術・世界資本主義システム（狐）との対立という図式は、小森の読解においては存分に展開される。「しかも、重要なことは、『樺の木』も、土神も、狐も、侵略者である人間の側から勝手に命名され、意味づけられた自然の側に位置する者たちだということも忘れてはならないでしょう」[*14]。現代の読者が表面上、一読して理解できない言葉の意味の深層を掘り下げるのは、これほどまでの発展を見た賢治注釈学の成果と言わなければなるまい。しかしそれらは、それと明言しないまでも土神的文化あるいは自然を善、狐的文化あるいは人間を悪とし、これらの対立を侵略と被侵略の寓意として機能せしめることにより、最終的には勧善懲悪的な構図をテクストに読み取っていることにならないだろうか。勿論、一般的に賢治のテクストが自然と人為、近代と非近代の相克を構造として用いていることを否定することはできない。しかし、その構造はいずれかの領域を推奨するというようなものではなく、統合しえない対立の様相そのものを、神話成立の不可能性においてこそ示唆するものではないだろうか。

「しかしながら人間どもは不届きだ。近頃はわしの祭にも供物一つ持って来ん」と土神は怒る。確かに人間は土俗の神への信仰心を忘れ、技術開発と自然破壊に明け暮れているのかも知れない。「ごく乱暴で髪もぼろぼろ」云々の性情と容姿を持ち、鉄渋が湧いた泥地の祠に住み、無益に鳥や木樵を脅かす土神の劣性を帯びた存在は、土神が人間界において意味を持ちうる水準から転落してしまったことの表象である。他方、洗練された洋装で登場し、天文や文学に通暁し、樺の木と粋な会話を交わす狐の方も、いわゆる近代的人間像の寓意と見なせることは確かである。だが、少なくともこのテクストにおいて、両者の対立は、決して単に人間や社会の責任に帰して解決するような性質の問題ではなかろう。土神は明らかに自分でもそのような自己の存在を持て余し、そこから超脱したくても自らの性情がそれを許さない。また信仰を失った人間を自分に引きつけるために使うほどの能力も持っていない。このような土神像を、克服されるべき「修羅」のあり方として規定した大沢正善の論考は確かに的を射ている。[*15]ただし、土神及び土神と対照的に語られる狐を「一つの調和した全体の分裂した二面を暗示」する「相補的」なものとする大沢の説は、調和志向に過ぎるようにも思われる。両者の対立は高次元の何物かを志向するものではない。土神と狐との〝統一〟なるものは、容易に想像することができまい。

このテクストは土神の側から見れば、神としての理性と、神らしからぬ怒りと暴力の噴出とがせめぎ合いを演じる、緊張と弛緩の繰り返しによって構成されている。季節の自然の変異がこの緊張を高めたり和らげたりして物語のリズムを作り、樺の木と狐との対話を目撃するときにそれは極点に達する。

> 土神はもう居ても立っても居られませんでした。狐の言ってゐるのを聞くと全く狐の方が自分よりはえらいのでした。いやしくも神ではないかと今まで自分で自分に教へてゐたのが今度はできなくなったのです。あゝつらいつらい、もう飛び出して行って狐を一裂きに裂いてやらうか、けれどもそんなことは夢にもおれの考へるべきことぢやない、けれどもそのおれといふものは何だ結局狐にも劣ったもんぢゃないか、一体おれはどうすればいゝのだ、土神は胸をかきむしるやうにしてもだえました。

この苦悩は、癒すことができない。なぜなら、いかに墜ちた神とはいえ、神が神でなくなり、狐と同等に張り合って樺の木を目指すというオプションは、土神には許されていないからである。このテクストは神としては失格しながら、神の座から動くこともできない存在者について語る疑似神話にほかならない。土神の性情が不可変の属性である理由は、土神があくまでも神だからである。だが、樺の木への恋慕や狐への敵愾心などの〝人間的〟感情が生じるのは、土神がもはや完全な神ではないからだ。このような不条理な状態における理性と欲動との相克を、土神自身にはどうすることもできない。神さえも樺の木や狐と同じく男女の三角関係の地平に位置づけられる世界は、土神が期待する神の住む世界ではない。「土神ときつね」は、神話の枠組みを借りた反神話であり、神について語りながら神話の崩壊を語るテクストなのである。

狐はどうか。狐はツァイスの望遠鏡の件で「あゝ僕はたった一人のお友達にまたつい偽を云ってしまった。あゝ僕はほんたうにだめなやつだ」と自責の念を抱くが、「あとですっかり本統のことを云ってしまはう」と考えても、結局それを果たさず、樺の木に対して再び三たび望遠鏡の嘘を繰り返してしまう。さらに、書斎が「まるでちらばって」「研究室兼用」であるという嘘も積み重ねる。嘘それじたいが悪なのではない。好結果をもたらす方便の類の嘘もありうる。この場合も狐の嘘は、樺の木との表面上のコミュニケーションを実現する効果を発揮している。だが狐にとって問題なのは、その嘘が次の嘘を呼ぶことにより、「たった一人のお友達」に対する信義について自分自身を否定せざるを得ない境地にまで、自分を追いつめて行ったことである。しかも狐自身、やはり自己のそうした傾向をどうすることもできない。それは決して好結果をもたらさない。遠くを見るための望遠鏡は、また狐の運命をも予見させる。狐は土神に倒されてしまうが、それは狐にとって、いささか突然ではあった

もの の、予測された破滅の訪れであったかも知れない（「もうおしまひだ、もうおしまひだ、望遠鏡、望遠鏡、望遠鏡」）。土神に殺された狐の「口を尖らして少し笑ったやうになった」その〝笑い〟、それは自らの宿命と完全に合一しえた者の安息の表現である。狐も土神と同様、所与の性情を不条理なものとして甘受する以外になかった。これは決定論的な世界にほかならない。

狐を殺した土神が踏み込んで見た狐の穴には何もなかった。激昂した土神にとって「青く光ってゐたそらさへ俄かにガランとまっ暗な穴になって」見え、土神が飛び込んだ狐の穴は「中はがらんとして暗くたゞ赤土が奇麗に堅められてゐるばかりでした」。この「ガラン」＝「がらん」の共鳴は偶然ではあるまい。山根知子は、「ここで、はじめて土神は華やかな狐の外面に覆われて、これまで見えなかった心の内面の孤独を見たのである。土神自身、これまでの自分の怒りが、いかに狐の内面を知らず、自己中心的に考えることからきていたかということを衝撃的に知らされることになる」と適切に述べている。[*16]「狐の内面」が空虚であり、狐が樺の木に発した言葉が、すべて表面を飾る虚飾の衒学に過ぎなかったことを土神は認知する。では、土神の内面は？　土神の瞋恚も、狐の衒学と同じく、本質的に空虚なものであることに変わりはない。土神が最後に「途方もない声で泣き出し」たのは、彼が殺したのが空虚という点において自分とよく似た分身だったからである。土神は狐を殺すことによっていわば自分を殺したのだ。最後の「泪」は、殺すべき理由のないもの、自分と相似形の分身を恣に殺してしまった自分自身の行為に対する感情の表象である。あるいは死によって逆説的ながらも安息の場所を見出しえたかも知れない狐に対して、土神はその引き裂かれた自我をどうすることもできない。狐の精神が自分と相似形であることを認めることが唯一、土神のありうべき回復の端緒なのだが、それは土神がもはや神でないこと、ひいては何ものでもないことを認めることであるとすれば、そのオプションは土神にはありえない。もちろん、神は自殺できない。

だが、〝涙〟も〝笑い〟とともに、常に多義的である。大沢は先の論点から、「土神ときつね」を賢治のテクスト群における「『修羅』の克服」に向かう展開に位置づけ、山根は最期の狐の〝笑い〟と関連づけて、生命を芽吹くべき「かもがやの穂」の描写に触れて、「土神の修羅性の解放と浄化の方向を、また狐の孤独の苦しみの解放を示しているともいえよう」と論じている。[*17] しかし私には「土神ときつね」の結末は、少なくとも物語としては、突き放された、ある意味で荒唐無稽で、不条理な終わりに見える。坂口安吾の「ファルス」の理論は、このテクストにはまさしく妥当する。[*18] 土神は紫大納言と似てはいないか。もしもそこに浄化が認められるならば、それは純粋に表象的な浄化（カタルシス）であって、何らの思想的統一をも期待させるものではない。三角関係によって各々強力に動機づけられたパトスとして、土神の理性／瞋恚と、狐の信義／嘘の葛藤が置かれ、その強度が先述のようなリズムに従って増幅され、急激に頂点を迎える。両者は恋愛の成就という完全性に憧れながらも、その憧れじたいによって決定的に損なわれた生の確執を、干渉し合って臨界にまで励起してしまう。特に土神にとって、憧れを抱くことじたいが現在の頽落の表現となる以外になく、狐が同一平面でそれに参与することがそれを補強することになる。どこまでもネガティヴな分裂生成を貫徹することによって、極限的な表象を達成しえたテクスト、それこそが「土神ときつね」である。

4 〈神話＝啓蒙＝寓意〉を超えて

テクストを読解するとは、テクストの言葉をそのテクストや他のテクストの言葉と関連づけることである。適切な読解とは、そこに関連づけられる要素や関連づけの仕方が適切な読解のことを指す。この適切性は、解釈共同体などと呼ばれる歴史的環境の中にある。別に何々派を標榜しなくとも、読解はその適切性に関わる歴史的環境＝パラダイムを一切免れることは恐らくできない。しかしその環境に対していかに距離を取るのかは、読解者の生き方の問題にほかならない。理論とは、人がそこに生命の一定時間を盛る器の謂である。環境の尺度に依存する限り、そのような読解は最低限の適切性を常に保証されるだろうが、だからといってそれに迎合するのでは、読解の歴史は前には進まない。いかに関連づけるのか。畢竟、テクスト読解の論理も倫理も、すべてはここに帰ってくる。

読解はテクスト間の関連づけであるから、読解がある水準を超えた強度を持つ場合、それはえてして物語を他の物語で置き換えることになりかねない。言葉を他の言葉で置き換えることは読むことの本質であるとしても、問題は言葉をすべて物語として枠付けすることの可否にかかってくる。物語は、その形態が統一されているにせよ、あるいは散乱せしめられているにせよ、最終的には一つの完結した全体として受容される。物語は全体性を本質とする。全体性としての物語は、個人を含む共同体との間に密接な関係を有し、共同体の表象として機能し始める。このような、共同体表象としての物語の典型は神話だろう。神話は民族や社会の同一性の起源を語り、その同一性によって構成員に帰服を要求し、また構成員の生存を保証する。神話はまた起源と現在とを結合することにより、現在を永遠のものとして確証する。「伝承社会にとって、すべての生活上の重要な行為は、神々とか英雄によってはじめにおいて啓示されたものであったという点をここにつけ加えておかねばならぬ。人はただこれらの模範的典型的なしぐさを永遠に繰り返すのみである」（エリアーデ）[*19]。

その意味で、神話は決して非論理の所産ではなく、むしろ共同体社会において人が位置を占める方法を教示する啓蒙の性質を帯びている。神話が成立した当初にそうであっただけではない。現代においても、新たな神話としての様々な啓蒙が、人の生き方についての示唆を与えるものとして通用している。「さまざまの神話がすでに啓蒙を行うように、啓蒙の一歩一歩は、ますます深く神話論と絡まり合う。啓蒙は神話を破壊するために、あらゆる素材を神話から受け取る」（ホルクハイマー、アドルノ）[*20]。現代の神話として物語を読解する関連づけの媒介となるのは寓意（アレゴリー）である。現代の物語は、神話や説話がそうであったような象徴性が希薄となっている。象徴は、ある表意形式に対して歴史的・宗教的に規定された意味内容が一義的に指定しうる類の比喩である。寓意はそうではなく、その都度、読解行為の函数として意味内容が析出されなければならない[*21]。従って寓意は象徴に対してより自由な比喩でなければならない。ところが、用い方によって寓意による読解は現代の本来非神話的な物語を神話へと変えてしまう[*22]。その結果、寓意はテクストを余すところなく啓蒙の道具として利用するに至ってしまう。

宮澤賢治のテクストが、童心主義や教訓童話などとは大きく異なる独自のものであることは以前から主張されてきた。しかるに、昨今の賢治読解の流行として、教訓ではなくとも何らかの歴史性や社会性に関わるメッセージをテクストから読みとる傾向が非常に強く認められる。それは、寓意を媒介として賢治のテクストを再神話化し、啓蒙に資するメッセージとして賢治のテクストを集約しようとする。それは一つの関連づけであるには違いない。だが、寓意が持っていたはずの分散力はどこに消えたのか？　テクストとは、集約されたメッセージを超えて自らをどこまでも拡張してゆく、豊かな対象であったのではないか？　そして、実に賢治のテクストは、物語が神話として回収されることそのものについての抗いを内包せしめた、いわば反神話であったのではないか？

この章は、幾つかの童話を素材として、賢治的テクストにおける神話の崩壊を粗描したものである。これは序説に過ぎない。

Ⅲ　ブルカニロのいない世界――「ビヂテリアン大祭」の終わらない論争から――

はじめに

「ビヂテリアン大祭」を読んで、人はビヂテリアン（vegetarian）になるべきなのだろうか？　「ビヂテリアン大祭」は、ビヂテリアンの思想を主張したテクストなのだろうか？　「日本の菜食主義文献の中でも重要な地位を占めるものと言える」（原子朗）[*1]とか、「あたかもベジタリアニズムに関する教科書として書いたかのよう」（鶴田静）[*2]などの一般的評価は誤りとまでは言えない。だがそれらの評価は、このテクストに書かれているビヂテリアンに関する情報の範囲に限って妥当なのであり、これをその思想・信条の単純な主張や表現と見ることはかなり疑わしい。その疑問の根拠について、鋭く指摘したのは島村輝であった。[*3]島村は、「最後に、これらすべてが『大祭』の余興であったことが暴露される」「出来レース」的な設定に触れ、この「違和感」が示唆するもう一つの主題を、「ビヂテリアンの実践そのものに対する疑問、無力感、挫折感」を背景とした「致命的な不信」として抽出している。島村のこの意味付与を、宮澤賢治の言説一般に通ずる、より重要な含意にまで拡張しなければなるまい。

1　表象と主張との間

「私は昨年九月四日、ニュウファウンドランド島の小さな山村、ヒルテイで行はれた、ビヂテリアン大祭に、日本の信者一同を代表して列席して参りました」。「ビヂテリアン大祭」は、まず「菜食信者」としての「ビヂテリアン」の諸動向を概説し、次いでヒルテイの様子、大祭の朝に配布された反ビヂテリアン派のパンフレットの内容を導入部とし、大祭式上「論難反駁」としてプログラムに予定された「異教徒」「異派」ら反対派との論争の有様を核心部分として展開する。「長大な議論また議論をくりひろげる、『童話』とよぶにはあまりに破天荒な作品」（天澤退二郎）[*4]、「わが国にはめずらしいディベートのある文学作品」（色川大吉）[*5]と見なされる所以である。しかし、それは何のための議論・ディベートなのか。表面上、これは論争の形を借りて、無知蒙昧な反ビヂテリアンに対し、ビヂテリアンの思想の真髄を説き明かし、知らぬ者に知る者が教示する、典型的な啓蒙のテクストである。

論争の開始以前から、陳氏は反対派を「風采でも何でも見劣りする」「実際どうも醜悪」と酷評し、「私」もそれに同意する。肉食という蒙昧に陥っている七人の反対派の「論難」に対し、ビヂテリアンは啓蒙的に「反駁」し、その結果、反対派はこぞって「改宗」する。これは、要するに勧善懲悪である。しかしこの勧善懲悪の物語は、結末の「暴露」で決定的に相対化されなければならない。祭司次長に依頼されて「出来レース」（島村）を演じた「ニュウヨウク座のヒルガアド」一派の活動は、どこから始まっていたのか。「このわれわれのやつた大しばゐ」とあるから、七人全員が演技であったのだろうか。ヒルガアドの「ふるえやう」や「神経病の疑」などが演技に過ぎなかったとすれば、反対派の「醜悪」な外貌もすべて扮装かも知れず、さらに、肝心の論争の内実にさえ、大いに疑いの目を向けることができるだろう。

試みに第一の「フロックの人」の「論難」から見てみよう。彼は、消化率と美味の点において、植物性食品は動物性食品において劣ると主張する。これに対する「反駁」には、味覚は「善悪によるもの」で、肉類は「動物の苦痛を考へるならば到底美味しくはなくなる」とある。もし肉食が悪であると認められ、または動物の苦痛に対する同情が欲望よりも勝るなら、この説は妥当だが、そうでなければ妥当ではない。前提となる事柄が問題で、その前提の当否はこの段階では論じられていない。「享楽は必らず肉食にばかりあるのではない」というのは確かだろうが、しかしそれは肉食が享楽であることを否定しえてはいない。

第三の「シカゴ畜産組合の技師」は、マルサス人口論を基にして「論難」する。それに対する反論で、前半の、食肉用家畜も植物を食べているから、肉食を減らすと食糧はむしろ増えるという説は論理的に正しい。だがその後の、食糧が増えると戦争も犯罪もなくなり、「みんなの心を平和にし互に正しく愛し合ふことができる」という説明は疑わしい。戦争や犯罪の原因を、すべて食糧に帰すことはできまい。しかもその結果、彼ら反対派のように、「変な宣伝をやったり大祭へ踏み込んで」横暴を働かなくなるというのは、それが予め主催者のプログラムに組み込まれ、冒頭で祭司次長によって「多少の愉快なる刺戟」だと意味づけられている点からしても矛盾がある。しかも、その矛盾は、この「論難反駁」全体が「大しばゐ」であったなら、折り込み済みの演出と見るべきなのである。

第二の「ドイツ刈りの男」は、「本能と衝動」に従う動物は「一種の器械」に過ぎないと主張、それに対して反論者は、「今朝のパンフレットで見ましても生物は一つの大きな連続であると申されました」と、人間と動物との間の連続性を強調する。実は「私」自身の最後の演説も、仏教的「流転」の原理により、「我々のまはりの生物はみな永い間の親子兄弟である」という限りにおいて、この連続説の一種と言える。ところが四番目の「技師らしい男」に反論した陳氏は、「いくら連続してゐてもその両極では大分ちがつてゐます」として、相手を殺し、食べる際に「煩悶」を覚えるか否かで区別できると言う。連続性について、二番目と四番目の議論は逆行するか、あるいは尺度が大きく異なっている。陳氏の主張はもっともだが、動物の「両極」間のどこに、何の根拠で境界線を引くのか、確実な答は出されていない。その基準は、相手をかわいそうと思うか否かだが、この前提じたいが争点であったはずである。

　さらに、第五の「論士」が「比較解剖学」に則り、犬歯のある人類は「混食が一番適当」だと云ふのに対して、反論は、「混食が一番自然だから菜食してはいかん」とは言えないと言う。農業・盗み・鉄道などの「自然」を放置すると問題が生ずるから、自然が一番いいとは言えない。鉄道の自然？反対派も賛成派も自然を過度に一般化している。賛成派の反論は、農業・盗み・鉄道論には成りえても、「自然」を媒介として犬歯論にまでそれを適用することはできず、反対派の論旨も人体の機能と文化とを無根拠にも直結している。このような一般化において、両者とも似たようなもので、その正否は判断できない。ちなみに、第六の論議の最後に、論者のビヂテリアンは「結局我々はどうしても正しいと思ふことをするだけだ」と断言している。何が正しいのかが問題なのに、自分の正しいと思うことが正しいと言うのでは、いったい何のための議論か？

これは討論の概略に過ぎないが、全体としても、公平に見た場合、たぶん論理的にはにわかに勝敗を決定しがたいだろう。少なくとも、ビヂテリアンの勝利ではない。にもかかわらず、原・鶴田らの読解の通り、一般的にはビヂテリアンが正しいと感じられるようだ。なぜかといえば、それは論証ではなく説得のレトリック、アリストテレス『弁論術』の名づけたエンテューメーマ（擬似的弁証）の力のゆえである。「ところで反対の結論を出すことは同一のトポスから為すことができるということは明らかである」（アリストテレス）[*6]。また双方の力量が拮抗する論争は、一般に後攻の者が有利である。仮に、以上の「論難反駁」を、言葉はそのまま、先攻後攻の順序を入れ替えたら、その時にも印象は同じだったろうか。そして、それらすべてが「大しばゐ」であることを知った者は、何をすべきか。

　けれども私はあんまりこのあっけなさにぼんやりしてしまひました。あんまりぼんやりしましたので愉快なビヂテリアン大祭の幻想はもうこわれました。どうかあとのところはみなさんで活動写真のおしまゐ《ママ》のありふれた舞踏か何かを使つてご勝手にご完成をねがふしだいであります。

この結末を軽んじてはなるまい。あれほど愉しかった幻想は自壊した。すべてが芝居であったとすれば、あらゆる説得のレトリック、あらゆる論争は座興であり茶番であって、論理的主張としては無意味になってしまう。それはまさしく、「多少の愉快なる刺戟」でしかない。正義のための啓蒙の論争は、その手段の空疎さによって、自らの正当性に疑問符をつける。「活動写真」云々で「ご勝手にご完成を」のくだりは、懐疑を通り越して自嘲であり、ほとんど自己否定に近い。それは余りにも類型的かつ通俗的な結末なので、自分で終止符を打つ気にもならないということである。この結末に「哄笑歓呼拍手」で迎える「みなさん」は、陳氏や祭場の人々と一緒になって、物語を完成に導き、その物語を甘受すればよい。だが、その正当性に疑惑を覚えた「私」には、もはやそれはできない。この結末は、テクストの主張を遡行的にめくり返す逆行的急変《ペリペティアー》となる。

「私」は、この党派・教団と、既に、必ずしも意思を同じくしていないかも知れない。その意味で、「日本の信者一同を代表して列席」した「私」は、「日本」はともかく、もはや「信者一同」における代表性を失いつつある。安藤恭子は、このテクストは「なぜすべてを内部に閉じてしまったのだろうか」と問い、[*7] また段裕行は、「物語は壊れるどころか、あくまでも美しく完成されようとしている」と論ずるが、[*8] これらには賛成しがたい。内部的に自己封鎖されようとする瞬間に、物語の〈美しい〉完成を自ら拒否することによって、「私」はそれを宙吊りのままに置いたのである。このテクストは決して閉じられてはいない。この物語は完成されていない。島村は、ここに「『組織と人間』の関係の苦々しさ」のテーマを指摘する。[*9] 苦々しいだけではない。このような議論のレトリックそのものが、終末に至って明確に自己否定されたと見るべきではないか。その結果、ビヂテリアンと反対派との間の溝は埋まるどころか恒久化され、むしろ共約不可能な意見の対立だけが鮮明となる。「ビヂテリアン大祭」とは、ビヂテリアンを表象しつつ、それを主張することは懐疑する、一つのパラドックスにほかならない。

2 言語的複数性の問題

この節は補論である。近年、ビヂテリアンの思想にとどまらず、このテクストの歴史・社会的意味を取り出そうとする論調がある。安藤恭子は民族・言語の要素に注目し、「論難反駁」がアジア人（日・中・トルコなど）対アメリカ人という当時の「世界情勢」の構図を持ち、論争をビヂテリアンの勝利とした結果、この「〈力〉関係を完全に逆転・解体する」と論じた。だが、既に段裕行が指摘するように[*10]、「祭司長ヘンリーデビス」「祭司次長ウヰリアムタッピング」は西洋人だろう。「自分の家」である教会に「住んでゐられる」祭司長のお膝元で大祭が開かれるとすれば、デビスは当時イギリス植民地であったニュウファウンドランドの住人として、イギリス人であるとも推認しうる。タッピングも、当時オランダ植民地であった「爪《ジャワ》」哇の宣教師」である。また、シカゴ畜産組合員らが本物であったら、これほどたやすく「改宗」しただろうか。結末の逆行的急変から見れば、彼らは、祭司次長によって利用されたに過ぎないという観測が成り立つ。従って、アジア対アメリカの構図とその解体と言えるほど、事態を単純化することはできまい。

安藤はさらに、「国際情勢」にそぐわない語り手の「私」＝日本人の特権化を疑問視し、演説の使用言語が英語であることを植民地主義の内面化と見なす。安藤によれば、この疑問に答えるのが、このテクスト改稿後の「一九三一年度極東ビヂテリアン大会見聞録」（以下「見聞録」）である。これは花巻温泉で開催された大会を、ビヂテリアンでない「筆者」が見聞する。「〈語り手〉を外部に設定することによって」「世界の脱中心化は完成する」と安藤は評価する。段も安藤説を引きつつ、「ビヂテリアン大祭」は「『日本』を代表した『私』による語りに過ぎない」が、「見聞録」では「日本内部の差異をテクストに持ち込むことによって、『日本』という枠組みを動揺させる」と論じている[*11]。また段は、

「腐敗せる日本教権」の批判によって『私』が〈日本〉を自己批判しえたと安易に思いこんだ時、〈日本〉は自己批判しうるがゆえの〈東洋〉の中心点となる」とも見る。[*12]

さて、まず「ビヂテリアン大祭」の冒頭には、「日本の信者一同を代表して」とあり、日本の代表とも日本人の代表とも言っていない。その意味は、日本にもビヂテリアン信者は多数おり、国際大会に代表を送るほどの結集力を誇っているとするビヂテリアン自身の顕揚であり、日本・日本人の直接的顕揚ではない。また、確かに「私」は仏教界の「日本教権」を批判してはいるが、それは仏教の問題であり、日本・日本人の自己批判には直結しない。むろん、仮にビヂテリアンの存在が文明・文化の水準を示すとすれば、日本・日本人の文明・文化の程度と、代表を出す単位としての国民・国家の統合とを、間接的に顕揚していることになる。疑いもなく、このテクストが日本語で書かれ、語り手の「私」が日本人であり、その「私」が最後に大演説を行うことの理由は、「ビヂテリアン大祭」が物語である限りにおいて、(公表を前提としたか否かは別としても)物語が書かれ、読まれる環境としての国民・国家の場から自由ではなかったためである。従って逆に、『近代国民国家』のイデオロギーを、この作品はほとんど超えようとしていた」(色川大吉)とするのも厳密には過褒である。だが、そのような国民国家性の強度は、日本・日本人の特権化や自己批判の失敗を、このテクストのドミナントとして批評することを要求するほど高いだろうか。そしてどれほどの数のテクストが、同様の国民・国家批判を免れる強度を備えていると言えるのだろうか。

すなわち、「ビヂテリアン大祭」は肉食批判および肉食文明批判の要素を含むとしても、対決の要因は日本・東洋・西洋などの地域性にはなく、また植民地支配についても問題とされていない。トルコ人たちや陳氏が母国語でなく英語で話すという設定は、大祭ひいてはビヂテリアンの国際性と国際的協調性を強調する選択である。公用語の制度がなく、通訳や通訳装置のない時代の国際大会で、いかにそれが「植民地主義が内面化」したものであったとしても、便宜上、理解者の多い言語である英語を使用することに無理はない。英語以外の言語では意思の疎通が難しい状況において、「私」もまた英語を使用したという暗黙の設定は想像に難くなく、たとえそれが明記されていないとしても、その理由は「ビヂテリアン大祭」の物語の重点が使用言語にはないからでしかない。

「見聞録」への改稿状況について、『新校本宮澤賢治全集』校異篇によれば、[*13]「ビヂテリアン大祭」の現存草稿は、まず①〈ブルーブラックインク〉と、②〈青っぽいブルーブラックインク〉によって書かれ、これらと同じインクによる手入れ①②と、③〈黒っぽいブルーブラックインクによる手入れ〉の三種類の手入れが認められ、本文は③の手入れの最終形態が採られている。「見聞録」は、このうち初めの部分の草稿に対して、④〈赤インク〉による手入れで成立し、同じ赤インクによる手入れと、⑤〈黒っぽいブルーブラックインク〉による手入れの二種類の手入れが認められ、本文は⑤の最終形態に拠っている。「大祭」と「見聞録」とが別のテクストと認められるのは、タイトルのほか、物語内容も舞台や人物の点で大きく異なっているからである。

「一九三一年度極東ビヂテリアン大会見聞録」のタイトルは、まず「記録」と書かれて「見聞録」と改められている。また、冒頭部分の④の段階の初期形では、語り手はまず「記者」として構想され、後に「筆者」となる。最初は、花巻温泉で開かれた大会の「副司会洪丁基氏と親交あったので」「会場委員」として「出席見〔分〕」したとされ、次いで「事務所からもれ聞き直ちに温泉事務員を装って終始これを見聞した」とされ、さらに⑤による最終形で、単に「当時温泉に浴してこれを見聞した筆者」と改められた。当初は「世界食糧問題に対する相当の陰謀をも含むもので〔従来→昔は〕極めて秘密に開催された」(一)は④から⑤への書き変え)この大会の潜入記事というニュアンスであったものが、⑤で「今年は公開こそはしなかったが別にかくしもしなかったやうだ」と加筆され、スクープ的な「記録」から偶然的な「見聞録」への変更の方向性が認められる。ただし、「そこで、〔前〕置はこれ丈として以下その顛末を申しあげる」とか、「筆者は……」などの言い回しから、暴露記事としての濃度は薄められたものの、最終形でも「見聞録」は単なる作文ではなく、一種の報告記事めいている。

次に、最大の改稿点として、舞台がニュウファウンドランドから花巻温泉に変更されたことと並び、あの言語感覚の要素が挙げられる。これは、確かに「ビヂテリアン大祭」の段階から、はるかに飛躍している。「新国際語といふのはエスペラントでせうか。」という質問に対して、「エスペラントではないさうです。」云々の返事が、⑤による書き下ろしに同じインクで手入れされ、最後に抹消されている。また、先駆形では、筆者が「Was the bath room comfortable to you?」などと英語で尋ねたのに対し、相手が「I don't take bath at all.」と答え、「さすがの筆者もむっとした」云々とある箇所の改稿が同じ⑤のインクでなされている。最終形ではこれらが抹消されて「筆者ちょっとむっとして顔をそむけた」に改められ、「アナタオ湯オハイリゴザイマセンカ」以下のカタカナ表記の会話へと続けられる。このカタカナの会話は何語とも明記されていないが、英語で相手が "Well," と言うのを聞いた後、「すると向ふが意外にも」という修飾に続いて現れることから、この通りの日本語と考えられる。そのまま英語が続いたのならば、「意外」ではないからである。また「異人は "Ha, ha, ha-a-a-a" と最后を顫音でわらった」という音声への注目、エスペラント語「Tobakko ne estas animalo.」の挿入も際立っている。これらの状況から、「見聞録」は明らかに言語の複数性に意を払ったテクストであると言える。

この言語の複数性は、安藤の評する通り、「筆者」がビヂテリアンではないことと並び、「〈語り手〉を外部に設定する」操作である。むしろ、「大天狗」「猿のやうな顔をした毛唐」と西洋人を卑称で呼び、その言語表現を滑稽なものとして描く語り口は、ビヂテリアンを殊更に異様な存在として位置づける。それは、初期に探訪記者による陰謀結社への潜入記事というニュアンスを帯びていたことの脈絡としても理解できる。すなわち「筆者」は、ビヂテリアンやビヂテリアン大会なるものを、少なくとも当初は、奇異なものとして距離を置く立場から物語を語っていることに間違いはない。ただし、「ビヂテリアン大祭」を内部に閉じるものとしない私見によれば、「見聞録」のこのような違和感は、「ビヂテリアン大祭」の結末の違和感を物語の初期状況として展開したものとも考えられる。

そして、異文化間接触を経て、例えば煙草を貰ったり、「あしたは大会なさうですね。」「ビヂテリアンもたばこはノムデスカ。」「大会は盛んでせうね。」などの会話が成立してゆくことからも、「筆者」は、当初強烈な違和感を覚えていたビヂテリアンおよび大会に対して、次第に接近し、やがてはその主張に共感を覚えるか、あるいは少なくとも否定はしない態度を取るに至るのではないか。もしこの推測が正しいとすれば、「見聞録」は「ビヂテリアン大祭」の物語展開とはむしろ逆に、異文化的複数性から始まり、その葛藤を含みつつも、最終的にはビヂテリアンの主張への収斂を追うテクストとなったかも知れない。またその過程において、「新国際語」や変形日本語などの広い意味でのクレオール現象に、大きな役割が与えられることもありえただろう。それは安藤・段による、「世界の脱中心化」

（安藤）の方向という読み取りの正しさを裏付ける。しかしこれは推測に過ぎない。途中の原稿の欠落と、未完成という事情により、「一九三一年度極東ビヂテリアン大会見聞録」について、これ以上に確実なことは言えない。

3　終わりのない論争

「ビヂテリアン大祭」と「銀河鉄道の夜」とは、核心部分における論争のディスクールにおいて共通している。しかもその論争に、決定的な回答が存在しない点でも共通する。

A　「天上へなんか行かなくたってい、ぢゃないか。ぼくたちこゝで天上よりももっとい、とこをこさえなけぁいけないって僕の先生が云ったよ。」「だっておっ母さんも行ってらっしゃるしそれに神さまが仰っしゃるんだわ。」「そんな神さまうその神さまだい。」「あなたの神さまうその神さまよ。」「さうぢゃないよ。」「あなたの神さまってどんな神さま〔〕ですか。」青年は笑ひながら云ひました。「ぼくほんたうはよく知りません、けれどもそんなんでなしにほんたうのたった一人の神さまです。」「ほんたうの神さまはもちろんたった一人です。」「あゝ、そんなんでなしにたったひとりのほんたうのほんたうの神さまです。」「だからさうぢゃありませんか。わたくしはあなた方がいまにそのほんたうの神さまの前にわたくしたちとお会ひになることを祈ります。」青年はつつましく両手を組みました。女の子もちゃうどその通りにしました。みんなほんたうに別れが惜しさうでその顔いろも少し青ざめて見えました。ジョバンニはあぶなく声をあげて泣き出さうとしました。

複雑な原稿生成のプロセスから四種類の形態が取り出されている「銀河鉄道の夜」のテクストにおいて、この箇所は初期形一では次のような文章であった。

B「天上へなんか行かなくたってい、ぢゃないか。もっとい、とこへ行く切符を僕ら持ってるんだ。天上なら行きっきりでないいって誰か云ったよ。」「だっていけないわよ。お母さんも行ってゐらっしゃるんだし。」女の子はほんたうに別れが惜しさうでその顔も少し青ざめて見えました。

この部分は初期形二でも引き継がれ、初期形二への手入れの段階で、新たな用紙に書かれて挿入される形で改変され、初期形三に至ってAの形態となり、最終形でも同じく受け継がれた。*14 ところで、同じ段階に同じく草稿が挿入された重要な箇所として、初期形三の結末の、「おまへはいったい何を泣いてゐるの。ちょっとこっちをごらん。」という「セロのやうな声」が聞こえる場面以降の手入れが挙げられる。初期形一・二では、カムパネルラが消えた後に、「さあ、切符をしっかり持っておいで」「ありがたう。私は大へんい、実験をした」云々と言ってブルカニロ博士が登場する比較的単純な結末であったのが、初期形三に至って、ブルカニロ博士が「おまへはさっき考へたやうにあらゆるひとのいちばんの幸福をさがしみんなと一しょに早くそこに行くがい、」とジョバンニに促し、その方法として次のような示唆を行う。

Ｃ　みんながめいめいじぶんの神さまがほんたうの神さまだといふだらう、けれどもお互ほかの神さまを信ずる人たちのしたことでも涙がこぼれるだらう。それからぼくたちの心がいゝとかわるいとか議論するだらう。そして勝負がつかないだらう。けれどももしおまへがほんたうに勉強して実験でちゃんとほんたうの考とうその考とを分けてしまへばその実験の方法さへきまればもう信仰も化学と同じやうになる。

Ａの「ほんたうの神さま」をめぐる議論と、Ｃのブルカニロ博士の教説は深い関連性を持っている。しかし、これらの教説を含め、ブルカニロ博士や「セロのやうな声」の登場部分が、最終形では完全に削除されるのに対し、Ａの部分は削除されずに残される。簡略に概括するならば、Ａにおける答の出ない論争に一応の答を与えるものがＣであったが、最終形でこれが削られたために、論争に対する回答は永遠に保留されたことになる。初期形三の結末と差し替えられた最終形の結末には、そのような回答の契機は少なくとも直接的な言葉としては存在しない。

大澤真幸[*15]は、吉本隆明[*16]の説を展開して次のように論ずる。ブルカニロ博士は、「猫の事務所」の獅子と同じく外的・絶対者的な神的存在であるのに対して、「よだかの星」では、「自己自身の存在を滅却し、否定しさることによって、自己自身（よだか）が神（星）となる」。神ならぬ「卑小な他者たち」の肯定である。「銀河鉄道の夜」最終形では、昭和ファシストの理想にも似たブルカニロ博士の消去という「超越的他者の還元」のゆえに、宮澤はファシズム的関係性を免れることができたと大澤はとらえる。この見方は魅力的であるが、明白に、「銀河鉄道の夜」初期形群＝「猫の事務所」、「銀河鉄道の夜」第四次稿最終形＝「よだかの星」というアナロジーに依拠している。さて、最終形のジョバンニは、よだかのように神になったのだろうか。否、そうとは思われない。「神の超越性の自己否定」はあっても、それに代わる主張が言明されるのではない。ここでは、「平凡な存在はすでに偉大なのだ」などの命題さえも、係争の渦中にあると言わなければなるまい。

吉本隆明は、Aの記述について、青年の言う「ほんたうの神さま」はキリスト教という「宗派の神」に過ぎず、ジョバンニの場合はそれを超えた「みんなの幸」につながる神とする。大澤はそれらを順に、「第一次の普遍性」（ネーション）と「超普遍性」（ネーションからの溢出）と言い換え、後者を「大乗仏教が開く超普遍的な真理」と見なして、昭和ファシズムの経路へと導く。しかし、ジョバンニが青年の信仰に対して、より高次の超越性や普遍性、あるいは大乗仏教に立脚して反論を行ったと見るのは、宮澤賢治思想の過度の持ち込みではないか。また、端的に言ってこの発想は、キリスト教に対して（大乗）仏教を普遍性の程度において優るとする序列化に基づいている。だが、世界宗教（普遍的に妥当する宗教）を目指す限り、いかなる宗教も、必ずその世界観に対応した普遍性の枠組みを持たざるをえない。あらゆる宗教を包括すると主張するような、いわゆる「超普遍性」に依拠したと主張する宗教であっても事情は変わらない。つまり「超普遍性」なるものは、〈ネーションから溢出した世界〉なる一つの世界に対応した、単なる普遍性の枠組みに過ぎない。しかも、ジョバンニが青年との対話で突如、そのような普遍性論争の次元に飛躍したと見るのは、物語のコンテクストから見て、余りにも唐突すぎる。さびしがりの彼にとって何よりも重要なのは、女の子たちを天上行きから引き留めることである。それを真に保証してくれるのが、ジョバンニの神にほかならない。

青年の「ほんたうの神さま」はたった一人、ジョバンニの「ほんたうの神さま」もたった一人だとすれば、両者の概念枠は一致するかしないかのどちらかでしかない。しかし、青年の言い回しは、たとえ見かけ上異なっていても、神の本質はどのような宗教であっても共有できることを示すものとも理解できる。青年は、現在の対立を超えて概念枠が一致することを祈っており（「そのほんたうの神さま」）、その祈りの根底には、それが「いまに」（未来において）可能となることへの希望があるようだ。従ってむしろ、青年の主張こそが普遍主義にほかならない。それに対してジョバンニは有効な反論ができず、女の子らを引き留められない。だが、初期形三の段階では、ブルカニロ博士の言う「実験の方法」の確定によってこの論争にも終止符が打たれ、もしかしたら、もはや天上ではなく「こゝ」＝地上における救済が可能となるかも知れない。それは未来への希望である。従って、ジョバンニにはなしえなかった最後の反論を代弁するものが、ブルカニロ博士の教説なのだと考えてよいだろう。

　そしてブルカニロ博士は抹消される。それによって何が起こったのか。「セロのやうな声」の遠隔通信による「極限の直接性を呈するコミュニケーション」（大澤）は、何らかの共同性への純粋な帰属と同義である。だがブルカニロ博士のいない最終形の孤独なジョバンニにとって、他者とは、どこまでも共約不可能な何ものかでしかない。要するに、「ほんたうの神さま」論争には何の決着もつかないだけでなく、希望としての解決の可能性も見えない。吉本・大澤的なプランが明確にあったとしたなら、テクストはそれをより明示的に語ろうとしただろう。従って副次的に、最終形は初期形三に次の問いを投げかける。共約不可能性を乗り超える「実験の方法」など確定できるのか？　万一できるとしても、それはいつになったら？　この結果、「銀河鉄道の夜」の最終形は、「ほんたうのさいはひ」や

「ほんたうの神さま」を求めてやまないジョバンニの姿を表象し、人間にとっての幸福のあり方を追求する方向を呈示はしても、その実体や可能性を主張することはない。それは、ビヂテリアンの思想を表象することと主張することとの間で両義的であった「ビヂテリアン大祭」の構造と同じである。そこには、ストレートな形でのメッセージは存在しない。

4　表象と共約不可能性

綾目広治は、概念的相対主義が、異なる概念枠間の翻訳可能性を否定し、個々の概念枠間の差異を固定化し、共約不可能性を僭称することによって、自文化中心主義に陥る弊を批判している。[*17] 本来、各国語なるものは単一ではなく、既に混合的・雑種的なものである。翻訳は最初は困難であっても時間をかければ必ず可能であるから、概念枠は固定的なものではない。「明治初期にはまさに異質であった『社会』や『個人』という翻訳語がやがて妥当な意味内容を獲得していったように、概念枠は異質なものと接触すれば、概念枠自体が広がっていくのである」。主としてデイヴィッドソンに基づいてこのように展開する綾目の論考は、翻訳の問題に限らず、コミュニケーション一般の機構について、現状のところ最も重要な示唆を与えるものである。デイヴィッドソンによれば、根元的解釈は既知の言語における真理条件を、仮に相手の文に割り振って解を取得し、それを繰り返して漸近的に最適化することで可能となる。[*18] これを端的に、概念枠の可変性として表現した綾目の指摘は貴重である。恐らく、翻訳の可能性を説明する理論として、これ以上のものは現在のところ望めないだろう。

しかし、概念的相対主義の存在理由は、文化であれ自然であれ、実体から自動的に帰結する真理や価値は存在せず、実体の認識じたいが意識活動によって左右され、その結果は保持されて次の事例に適用されることの自覚にある。真理や価値のあり方は、そのように蓄積された概念枠に対して相対的となる。従ってそれは、真理や価値の全体論や決定論とは対立する。それは綾目が京都学派や〈近代の超克〉を批判して、彼らが「歴史における普遍性、一般性を語る啓蒙主義に反発」したとする発想を明らかに共有する。だが、彼らが受けた「歴史における各時代の個性や民族の独自性というものをほとんど絶対化するドイツ歴史主義」の影響は共有しない。相対主義は、特定の文化の絶対化や、文化の固定性・単一性という観念をも相対視しなければなるまい。自文化中心主義は、自文化の絶対化において相対主義に反する。また、デイヴィッドソンの通過理論に従うならば、概念枠と実践とを区別する必要は生じず、概念枠＝実践はその現場において、柔軟に変化しうるものとなる。概念的相対主義は、不可知論ではない。通約が可能ならば、通約を行うコミュニケーションの実践を拒む理由はどこにもない。綾目の批判は傾聴に値するが、いかなる思想にも、つまり概念的相対主義にも極端な例はある。概念的相対主義が、一般に特定の文化や民族、国民国家などを絶対化するとは言えない。

「妥当な意味内容」（綾目）という観念において、問題は「妥当な」の意味である。それは必ずしも〝原語と等しい〟を意味しない。原語も翻訳語も既に雑種的・混合的であるとすれば、それらは各々一義的な意味を持たない。またそれを受容した共同体は、クワインのホーリズムに従えば、概念枠全体が同時に変化している。妥当性を判断する概念枠も例外ではない。従って、翻訳の妥当性は、原語と翻訳語が各々の概念枠において占めうる位置の範囲と、それら概念枠の時間的流動性を孕んだあり方等々、複数の変項を含んだ妥当性の概念枠に対して相対的でしかない。言い換えれば、どの次元においても、常に反対派からの異議申し立てが可能なのである。

綾目の言う「妥当な意味内容」は、高々、辞書的意味の水準ではないか。それは概ね共有できる信念の限界を示してはいても、その限界を一歩超えれば「地平の融合」（ガーダマー）は曖昧なものとなる。現状でも「社会」や「個人」の意味が、言語使用者の主義・思想・信仰に応じて多様であることには多言を要すまい。まして、例えば「共産主義」や「イスラム」の語は、果たして現在までに「妥当な意味内容」なるものを獲得しえただろうか。さらにマラルメ、ジョイス、デュシャン、ブニュエル、ブーレーズらのテクストは？　これらの意味は、より明白に、それを認知する概念枠に対して相対的である。とすれば、より単純に見える「社会」や「個人」などの語も、またその他のあらゆるテクストも、程度の差はあれ同様ではないか。要するに、意味は、常に係争の中にしかない。

また、概念枠の変化については、理解の水準と時間的尺度との関連を考慮しなければならないだろう。コミュニケーションには、長期と短期の別があると思われる。数世代にも亙る時間の経過を介した長期的な変化は、理解は理解であっても、緊急の用には役立たない。最近一週間にも、民族・宗教・政治を理由とした衝突で多くの生命が失われている。少なくともそれらの死は、両陣営間における短期的な共約不可能性の表現である。この世界がこのような対立を解決しえていないということと、コミュニケーションの理論が、未だ必ずしも、短期から長期に亙るあらゆるスケールを包括しうるほど強くはないということとは、あい並行する事態である。

綾目の説く通り、部分的な翻訳不可能性を常に共約不可能性として一般化するのは妥当ではない。言い換えれば、あらゆる概念枠間は常に共約不可能であるということはない。しかし、相当の要素間において翻訳が可能であっても、〈ビヂテリアン〉や〈ほんたうの神さま〉など、ある概念枠にとって決定的な要素について、どうしても相互理解が成立しないことは、長期的・短期的いずれのコミュニケーションの場においても日常的に存在する。共約不可能性という概念じたい、もともと全要素間の通約不可能を前提にするわけではない[19]。もちろん、私たちは人の生命を奪うような、諸陣営間の闘争を回避する道を作らなければならない。だが、翻って考えれば、共約不可能性は、科学やコミュニケーションの閉塞を意味するのではない。全く逆に、共約不可能性によってこそ、根元的な変化は期待できる。共約不可能性は文化の諸相に由来する係争を発生し、また文化の諸相を揺るがして新たな文化を作る契機となる。

唯一の真理や価値を決定する基準のない世界、それは、ブルカニロ博士のいない世界である。テクスト、特に表象テクストは一般に共約不可能性の場である。テクストは完全に解釈されるということがなく、解釈は解釈者に応じて多種多様であり、相互に全く相容れない解釈が並立しうる。解釈の多様性には、解釈者の概念枠が大きく作用する。この短期的なテクスト読解の多様性が、真理に至るまでの通過点に過ぎず、長期的スケールにおいて唯一の解釈に収斂すると推測することはできない。テクストの読解は、最も身近な共約不可能性の例である。だが、表象テクストにおいても、共約不可能性は相互のずれと対決によって、文化におけるテクストの意味、そして文化の意味を根底から問い直す契機となる。共約不可能な係争こそ、表象テクストの真の生産性にほかならない。

宮澤賢治の残した様々なタイプのテクストを、容易に概括することはできない。それらは相互に、時にはヴァージョン間でさえ、矛盾対立することがある。たとえば『春と修羅　第三集』の幾つかのテクストに見たように、また「風〔の〕又三郎」で見るように、改稿は係争そのものである。だが、共約不可能性を契機とした否定的生産性を体現したテクストは、宮澤の最良の所産のうちに含まれるのではないだろうか。「ビヂテリアン大祭」と「銀河鉄道の夜」の二つのテクストはその代表であった。それらは、コミュニケーションの可能性をきびしく否定することによって、コミュニケーションの可能性を根底から希求しなおすのだ。言うまでもなく、これは宮澤のテクストの幾つもの見方のうちの一つに過ぎない。結論を出すのは常に早過ぎる。論争は、終わらない。

Ⅳ　ハイパーテクスト《稿本風の又三郎》

はじめに

「風野又三郎」から「風〔の〕又三郎」への改稿に関わる、「風野又三郎」草稿における行間筆写稿の存在は、宮澤賢治に固有のテクスト性を考える場合の手がかりとして、極めて重要であると考えられる。[*1]なぜなら、行間筆写稿は、最初から推敲することを前提として作られた草稿であり、そして推敲こそ、言うまでもなく宮澤的テクスト最大の問題であるからである。原稿用紙のマス目でなく行間に本文を書くということは、マス目の部分を利用して本文の手入れを行おうとするものであるから、いわば、校正の要領で推敲しようとしたと推測できる。あの、縦横無尽に書いては消し、添削を行い、線を引いては書き足し、草稿を転用してつぎはぎする通例の改稿の仕方に比べると、これは原理的には極めてシステマチックに推敲を行うことができる方法である。そして「風野又三郎」以外には、こうした行間筆写稿は存在しない。まず初めに、宮澤が何のためにこのような工夫をしたのかを考えてみよう。

1　校本としての「稿本」

しばしば参照される沢里武治宛書簡（一九三一・八・一八付、書簡番号379）によって、宮澤は佐藤一英主宰の『児童文学』（原文では「童話文学」と誤記）に「風〔の〕又三郎」を発表するつもりだったことが知られている。[*2]

それはこの頃「童話文学《ママ》」といふクォータリー版の雑誌から再三寄稿を乞ふて来たので既に二回出してあり、次は「風野又三郎」といふある谷川の岸の小学校を題材とした百枚ぐらゐのものを書いてゐますのでちやうど八月の末から九月上旬へかけての学校やこどもらの空気にもふれたいのです。

後期形「風〔の〕又三郎」は、初期形「風野又三郎」のほか、「種山ヶ原」と「さいかち淵」を改稿した上で合体・編集し、「みぢかい木ぺん」の要素を取り入れて成立した。また構想メモ等から、将来的には「谷」「鳥をとるやなぎ」なども取り入れて完成される計画であったらしいことが指摘されている。これは後で触れるモンタージュの手法と言ってもよく、一般にモンタージュ的である宮澤のテクストの中でも、「風〔の〕又三郎」ほどモンタージュ的なものはないだろう。しかし、「風〔の〕又三郎」という題名からしても、また主人公の名前からしても、初期形「風野又三郎」が基本となるテクストであったことには疑いをいれない。従って、これをいわば底本として、それを校訂の要領で改作しようとしたことは明らかだろう。この複雑な改作の作業をシステマチックに実行し、新たなコンセプトによるテクストとして〈風の又三郎〉を完成させ、『児童文学』に掲載してもらおうとする意気込みがあったからこそ、行間筆写稿という奇妙な形態の本文が作られたと思われるのである。

　しかし、来るべき書物〈風の又三郎〉は完成されなかった。その理由は、天澤退二郎によれば、沢里に依頼した風の歌の音楽ができなかったことや、又三郎と三郎の同定を謎と化してゆく複雑な改作のプロセスが力業的に難しかったことなど、幾つかの理由が推察されている。[*3] また『児童文学』も二号で終刊を迎えてしまい、この時点であと二年余りしか余命の残っていなかった宮澤には、これら諸般の事情が完成を許さなかったということなのだろう。

　しかし翻って考えれば、〈風の又三郎〉が未完のまま残されたことは、本来、宮澤賢治のテクストが未完成であることを本質とすることに通ずるのではないだろうか。わずかな例外を除けば、宮澤のほとんどのテクストは皆、推敲途上のままに残されている。確かに、『児童文学』第2冊（昭7・2）に掲載された「グスコーブドリの伝記」のほか、生前発表された幾つかの童話などは、一応、完成されたと考えてよいだろう。しかし、たとえば『春と修羅』刊行後に詩集本文に手を加え、「稲作挿話（未定稿）」（『聖燈』創刊号、昭3・3）なども雑誌発表後に推敲したことを考えるならば、生前発表がそのまま完成と言えないことは確実である。いわば〈推敲途上性〉が刻印された、本質としての未完成性を帯びたテクスト、それが宮澤のテクストなのではないだろうか。

　さらに、特に〈風の又三郎〉の場合には、なぜ未完成なのかの問題は、テクストの構造と併せて考えられなければならない。後期形「風［の］又三郎」というテクストは、本来、高田三郎は又三郎かという物語内容の謎に、未完成であって不完全であるという事情による謎が輪をかける結果となっている。極言すれば、「風〔の〕又三郎」というテクストは、未完成であることによって、その本来あるべき姿を獲得しているのではないか。つまり、単に未完成性を刻印されているというだけでなく、さらに、未完成であることによってこそ完成されているテクストなのだとは言えないだろうか。まさしく「永久の未完成これ完成である」（「農民芸術概論綱要」）という事態である。これらの未完成性をより積極的に理解するために、次に宮澤的テクストにおける対立する命題の同時存在、つまりパラドックスの諸相について触れなければならない。

これまで本書所収の複数の論考において、宮澤のテクストの多くが、単一のメッセージに収斂し得ない、強力な両義性を帯びていることを指摘してきた。[*4] すなわち、「オツベルと象」「黄いろのトマト」「土神ときつね」などにおける神話性と反神話性の同居、「ビヂテリアン大祭」のディベートの無意味化、「銀河鉄道の夜」における言葉が通じ合わない状態、共約不可能性の問題などである。また『春と修羅　第三集』の幾つかの詩の改稿状況を検討すると、草稿の各段階において、矛盾対立する主張が、現れては消えてゆく実態が認められる。改稿というプロセスじたいがパラドックス的なのである。そして、次々と異なった素材が時間軸上に繋がれてゆくように見える宮澤賢治のテクスト改作は、いわば、異なった映像を繋いで高次元の映像を作り出す、映画のモンタージュの手法に通じるように思われる。ただし、それはパラドックスである限りにおいて、決して調和的な帰結を可能とも必然ともするものではなく、モンタージュ性を現代のアヴァンギャルド芸術の本質と見なしたアドルノに倣って言うならば、現代人の損なわれた生のあり方を表現するスタイルの一つとして、どこまでも「わけのわからない」（『注文の多い料理店』「序」）ものとして残り続けるのである。[*5]

この要素を念頭に置きながら、この際、宮澤が何を意図したのかではなく、結果的に宮澤のしたことは何であったのかという観点から、「風〔の〕又三郎」の改稿問題を考え直さなければならないだろう。すなわち、膨大なテクストが推敲途上の未完成な草稿として残されたということを、物理的その他偶然の事情によって余儀なくされた事故として考えるのではなく、むしろ、宮澤のエクリチュール総体が必然的に置かれてしまった、ある抜き差しならぬ状況としてとらえる観点である。たとえるならば、大江健三郎が障害をもった子どもを授かったこと、中上健次が「路地」と名づけた地区に生まれたということは、たぶん偶然としか言いようがない。しかし、大江や中上のテクストが出現した今となっては、それらの事情は、それなくしてはそのテクストがありえないような、必然的な本質であると言うほかにないだろう。それと同じく、宮澤のテクストも、あのような形態を身に帯びているということは、もはや、それこそが掛け替えのない本質であると認めるべきではなかろうか。

そう考えると、宮澤のテクストは、いわば、当初から、『校本宮澤賢治全集』や、その編纂者の登場を予期していたとさえ言えるだろう。なぜなら、このようなテクスト性を可能にするためには、校本の形がもっとも適切だからである。古典文学を中心として数々の校本が作成されてきたが、それらと『校本宮澤賢治全集』が異なるのは、これが、あらかじめ可能性として内在していたテクスト性を実現する方法だと認められるからである。ここで思い起こされるのは、宮澤が沢里に作曲を依頼して結局断られた際、《稿本風の又三郎》なる書物の形態を示唆していたということである。[*6]

さて、本論に入るのだが、これに曲をつけろという御託宣である。つまり、作曲を仰せつかったのである。[…] だが、だが所詮わたくしにして成し得る業ではなかったのである。やがてわたしは花巻は豊沢町のお店に先生を訪ねて、もぞもぞと詫《ママ》び言を言上に及んだ。先生は黙つては居られたが、大変がつかりされた様子で、しばらくの後静かに稿本風の又三郎開巻第一頁に楽譜風の又三郎を掲載するつもりであつたことを語られ、この上は誰にも作曲は頼まないとつぶやかれた。

これは沢里の、出来事から四十年も後の回想文が典拠であるから、それほど確定的な話ではなく、また沢里は音声の会話で宮澤の言葉を聞いたのだろうから、「稿本」という綴りが正しいかどうかも確実ではない。さらに、この場合「稿本」が何を意味するのかも、なおさら定かではない。しかし、これは示唆に富む記事である。元々「稿本」とは、下書きや草稿を綴じた本という意味である。それが行間筆写稿を底本として作成されるとなると、それは一種の校本、つまり複数の本文を比較対照して一覧にした本としての意味も帯びてくるのではないだろうか。行間筆写稿とは、いわば校本としての「稿本」作成のための方法であったのかも知れない。もしそうであるならば、《稿本風の又三郎》は『校本宮澤賢治全集』の出現を待って、初めて実現したということになるのだ。それは、そのようなテクスト化としての改稿なのである。

それはどのようなテクストなのだろうか。改稿は、まず一つのテクストの中で、さらには、時間軸における複数のテクストにおいて、色々な声を付け足しては消してゆくパラドックス＝モンタージュの実践であった。その結果、テクストは一種のポリフォニー（多声音楽）となる。ここで思い起こされるのは、「青森挽歌」などに多く見られる行下げ（インデント）の表記法との関係である。『春と修羅第二集』「九三」の下書稿㈠の余白に、「これらの［スケッチ→頁の各々」はあるちがった／風景に対する［(ナシ)→一つ一つの］窓であると／考へられたい。即ち／一字又は二字／低く書いて／ある分は／その前行の／裏側に／あるもの／と考」（「これらの頁の各々はある違つた風景に対する一つ一つの窓であると考へられたい。即ち一字又は二字低く書いてある分は、その前行の裏側にあるものと考へる」）というメモがある。[*7]「裏側」とは、裏の意味、無意識の言葉などと言い換えられだろうか。たとえば「青森挽歌」などの場合には、夜汽車に揺られて意識の奥底から浮かび上がってくる言葉が介入してくるように読み取れる。これと全く同じではないにしても、添削・書き換え・組み替えなどの改稿のプロセスそのものを、いわば、あるテクストをその「裏側」にあるテクストと同時に見せる手法としても理解できるのではないだろうか。

天澤退二郎は、「風〔の〕又三郎」の本文批評において、三年生の人数の謎や、一郎・孝一の名前の不統一、三郎と嘉助が四年なのか五年なのか等を取り上げ、それを校訂して統一したかつての全集類に対して、『校本宮澤賢治全集』が不統一を改めないままに表記したことの意義を語っていた。[*8] 石原千秋による「テクストはまちがわない」という思想もある。石原によれば、誤植や作者の誤解と思われるような間違いも、解釈によって間違いではなくなるのだから、誤植や誤解すら、解釈との相関関係の中にあるテクスト的現象なのである。これに従うならば、テクストの可能性は、一見不統一と思われる現象をも包括するということになるのである。

さらに、そのようなテクスト性に対して、いっそう現代的な評価を与えることもできるだろう。すなわち、膨大で錯綜した改稿は、インターネットのホームページを形成するハイパーテクスト（hypertext）と同じ効果を発揮するのである。ホームページを書くプログラミング言語HTMLの名は、'Hypertext Markup Language'の頭文字である。ハイパーテクストとは、クリックすると別のページや別の行にジャンプするように設定されたテクストである。ハイパーテクストは、それ自身のみのテクストとしても読めると同時に、あるテクストが別のテクストと、あるヴァージョンが別のヴァージョンとの関係、つまりリンクの中で常に見られなければならないという状態を作り出す。縦横無尽に消し、また書き直し、線を引いて添削し、さらに他作品の草稿の裏までも使用して作成された宮澤の推敲テクストは、全体として、情報量が極度に大きく、またそれゆえにリンクの方向性すら解釈の帰結となるような、極めて特徴的なハイパーテクストであるかのようである。アメリカの英文学者・美術史学者であるジョージ・P・ランドウが、その名も『ハイパーテクスト』という著書の中で、ハイパーテクストの理論は、反復・引用・関連を軸としたジャック・デリダのテクストの理論と同じであるとする説を主張している。[*9] その意味で、『校本宮澤賢治全集』や、ありうべき《稿本風の又三郎》ほど、ハイパーテクストという名にふさわしいテクストはないように思われる。

2　「風野又三郎」から「風〔の〕又三郎」へ

従って、読者は『校本宮澤賢治全集』というハイパーテクスト群を用いて、自分なりにテクストを作り直してみる必要がある。次に、初期形から後期形へという改作の状態を概観してみよう。[*10]

初期形「風野又三郎」は、松田浩一が一九二四年二月十二日に宮澤の依頼を受けて、筆写したことが知られている。〔九月一日〕から始まる物語で、学校に一郎らが登校すると、おかしな赤髪の子を見るが、先生には分からないようである。翌二日、彼は風野又三郎と名乗り、岩手山へ飛んだ時のことを語る。三日には九州から東京へ行ったこと、四日はサイクルホールについて、五日は東京や上海の気象台の記事を語る。六日、耕一の傘を壊すが後で直して返し、七日、耕一に風の効用を論じる。八日は北極の様子、九日は北海道のことなどを語り、十日の朝、一郎は又三郎が飛び去るのを見る、というのが梗概である。

それに対して、後期形「風〔の〕又三郎」は、前述の通り、一九三一年八月十八日付けの沢里武治宛書簡で確認される。初期形「風野又三郎」を基礎として、「種山ケ原」及び「さいかち淵」をも取り込んで、全面的に改作されたものである。〔九月一日〕夏休み明け、高田三郎が転校してくるが、嘉助は彼を又三郎だと言う。二日、又三郎は、かよが佐太郎に鉛筆を取られて泣くのを見て、一本だけの鉛筆をかよに与える。四日、競馬遊びをして、逃げた馬を追う嘉助は霧の中で迷い、又三郎が空へ飛ぶ夢を見た後、助けられる。〔六日〕三郎は、たばこの葉をむしったことをひどく冷やかした耕助に、木を揺すって水を浴びせる。風は世界に不要だと言う耕助に、又三郎は反論する。七日、川で洋服の人を専売局の人と思い、みんなは又三郎を囲んで守る。八日、川で鬼っこをし、誰ともなく「風はどっこどっこ又三郎」などと叫ぶ。十二日、一郎は嘉助を誘って登校し、三郎が外へ行ったことを先生から聞く、という物語である。

まず初期形と後期形の両方に共通する要素として、又三郎伝説が挙げられる。岩手・新潟などで知られる「風の三郎」伝説の三郎は、想像上の風の童神である。複数の宮澤テクストでは、一貫して又三郎の名で登場する。「ひかりの素足」では子どもの死を予告するほか、「雪わたり」「イーハートーボ農学校の春」にも言及がある。初期形で「昨日は二百十日だい」と又三郎が言うように、古来、台風到来の時期とされた九月一日の季節感が根底にあることも共通している。また、初期形では異界からの到来者、後期形では転校生ではあるが、どちらも異人性を備えた主人公であるのは同じである。さらに、行間筆写稿は、大幅な手入れがなされてはいるものの、本文的に直接、初期形から後期形に受け継がれた部分である。それは後期形の九月一日の教室の場面、六日の風の効害論、十二日の結末部分などである。その他、九月四日は「種山ヶ原」、七日・八日は「さいかち淵」に由来し、二日は「みぢかい木ぺん」と関係が深い章である。

しかし、物語の核心部分では、二つのテクストはだいぶ異なっている。初期形は、超自然的存在者である又三郎が、風と地球環境との関わりについて、見てきたこと知っていることをべらべらしゃべり明かす物語であり、端的に言って科学啓蒙書的なおとぎ話のようである。又三郎伝説というローカルな民間伝承と、人文・自然にまたがるグローバルな地球環境論とを統合してゆくダイナミズムは、宮澤一流のものである。ただし、この又三郎にはとても子どもっぽいところがあり、「僕たちの方ではね、自分を外のものとくらべることが一番はづかしいことになってゐるんだ。僕たちはみんな一人一人なんだよ」と言うわりには、「お前たちの試験のやうなもんならたゞ毎日学校へさへ来てゐれば遊んでゐても卒業するだらう」などといかにも自慢げに話し、他の子どもたちからは、「あんまり勝手なことを云って」「少し変な気もしました」と見られてもいる。その意味においては、後期形の高田三郎に比して、初期形の又三郎の方が幼くも感じられるのである。

一方後期形は、幾つかのメモ類によって全体の構想の存在が窺われるものの、最終的には未完成のまま残された。その結果、先にも触れた通り、題名、九月三日・五日の章の欠落、三年生の有無、嘉助・三郎は四年か五年か、一郎／孝一の名前の不統一、その他、未確定の箇所が多々見られる。初期形は、ローカルとグローバルを巧みに融合した、いわば科学民話として一つに統合された物語であった。それに対して、後期形はそれらの要素を受け継ぎながらも、物語の比重は全く異なる軸へと大きく移動した。その軸とは、転校生・高田三郎は又三郎か否かという人物にまつわる謎であり、またその謎を取り巻いている、いわば空間に宿る謎である。初期形では、超自然的存在者である風の幼児神としての又三郎の存在は物語の前提であり、一度その超自然的な物語の中に足を踏み入れたならば、あとはすべて何でもありの状態になるしかない。単純な話、啓蒙民話である初期形には謎はないのである。ところが、後期形は、いったん一応は完結した初期形の物語を、ほぼ完膚なきまでに掻き回して、謎の塊としてしまったのである。

〔九月一日〕の章で、先生は「ぢきみんなとお友達になりますから」と高田三郎の父に告げている。


「いやどうもご苦労さまでございます。」その大人はていねいに先生に礼をしました。

「ぢきみんなとお友達になりますから」先生も礼を返しながら云ひました。


転校生・三郎が「みんなとお友達」になることが、以後物語の一つの目標となる。三郎は、転校生であること、服装や言葉遣い、泳ぎ方、知識、行為などによって、他の子どもたちと明確に区別されている。彼は子どもたちに融け込もうとするのだが、最終的にはうまく行かなかったように見える。結局、後述のように、結末に至ってもなお、嘉助はあくまでも三郎に又三郎伝承を適用しようとする。三郎が〈相当変わった子ども〉であることと、彼が又三郎であることとは、後期形では紙一重の事柄なのである。嘉助が三郎を又三郎としてとらえるのに対して、一郎は差しあたり言葉ではそれを否定する。私は以前、語り手による数々の思わせぶりにもかかわらず、高田三郎が民話上の又三郎ではなく単なる転校生であることは、「風〔の〕又三郎」の読者には明白だと思われると書いたことがあるが、[*11]そう言い切ってしまうことをためらわせる何かがある。それは、いわば空間の謎とでも称すべき謎が、このテクストには導入されているからである。

3　空間に宿る謎

「風〔の〕又三郎」において、主要な謎は、原始的・神話的・小児心性的な怪異現象・神秘現象の示唆を、効果的に、つまり謎を謎たらしめるように物語に導入する仕方で生成される。もちろん、初期形からの改作は、民話伝承的で超常的な物語から、現実的な小学生たちの世界へと設定を変えることを基盤としている。さらに、その現実的な基盤の上に、必ずしも純粋に現実的とは言い難い不思議な物語、謎を重ねてゆくわけである。しかも、初期形の神話性をある程度そのまま引き継げば完了するというほど、この作業は単純ではなかったに違いない。なぜなら、ほとんどの場合、初期形・又三郎の神話性は、自ら「風野又三郎」と名のる又三郎自身の口から出た自慢話によって出されているからである。支那へも行った、サイクルホールを知っている、などのように。ところが現実的設定へと基盤を移した後期形においては、高田三郎自身に、自分は北海道から岩手山の上を飛んできたなどと言わせるわけにはいかない。そのこともあってか、初期形の又三郎の自慢話のうち、後期形に引き継がれたのは風の効害論だけで、残りは何も使われていない。

その代わり、後期形において重要度を増しているのは、三郎以外の子どもたちの語りと、語り手の語りの存在である。人物や語り手もテクストごとに固有であり、推敲されたテクストの場合、他の要素と同じく、推敲によって手入れされ、書き換えられていくものと考えられる。テクストがハイパーテクストであるとすれば、人物や語り手もまた、ハイパーテクストにほかならない。後期形における謎の導入は、多くの場合、三郎以外の人物と語り手の言葉によって行われる。

まず、〔九月一日〕の行間筆写稿の後に、「ポランの広場」の草稿裏面を使った部分がある。

そのとき風がどうと吹いて来て教室のガラス戸はみんながたがた鳴り、学校のうしろの山の萱や栗の木はみんな変に青じろくなってゆれ、教室のなかのこどもは何だかにやっとわらってすこしうごいたやうでした。すると嘉助がすぐ叫びました。「あゝ　わかったあいつは風の又三郎だぞ。」さうだっとみんなもおもったとき〔…〕

「わあうなだ喧嘩したんだがら又三郎居なぐなったな」嘉助が怒って云ひました。みんなもほんたうにさう思ひました。〔五〕郎は〔〕じつに申し訳けないと思って足の痛いのも忘れてしょんぼり肩をすぼめて立ったのです。「やっぱりあいつは風の又三郎だったな。」「二百十日で来たのだな。」

ここでは「赤毛の子」の異人性が語られ、その後何度も繰り返し、三郎が現れることと風が吹くこととの間を関連づける記述が現れる。高田三郎は自分で自分を又三郎だとは言わない、あるいはテクストの設定からして言ってはいけないので、又三郎という言葉をここで嘉助の口から言わせ、皆にも確証させることが、後期形全体に対して基盤を提供するのである。また、子どもたちが喧嘩をしたために又三郎が消えたという、一種の因果性、原始的・小児的心性が導入されて、この教室という舞台を両義的な空間とすることに寄与しているのである。

次のところで、先生について三郎が再び現れる。

先生はぴかぴか光る呼子を右手にもってもう集れの仕度をしてゐるのでしたが、そのすぐうしろから、さっきの赤い髪の子が、まるで権現さまの尾っぱ持ちのやうにすまし込んで白いシャツ〔ポ〕をかぶって先生についてすぱすぱとあるいて来たのです。

「権現さまの尾っぱ持ち」とは原子朗『新宮澤賢治語彙辞典』では、「東北地方では獅子舞の頭を権現さまとも言い、神楽の中ではクライマックスに権現舞が舞われる」「一人が権現さまの頭を持って舞い、もう一人は『しことり』（尻っこ取りの訛）と言って頭の幕の『尾っぱ』を持ち、頭を持った舞い手にあわせて後ろから従って舞う」「先生が頭を持った舞い手とすれば、赤毛の子はしことり、といったユーモラスな描写である」と述べられている。[*12] 権現様とは仏や菩薩の仮の姿であり、ここでは教室が比喩（直喩）を介して聖なるものと繋げられているのである。九月四日の章で、又三郎が川を「春日明神さんの帯のようだな。」と言って北海道で見たと言う場面があるが、ここにも似た効果があるように思われる。また、白いシャッポは三郎のメルクマールであり、九月四日の草原の場面でも、「馬の赤いたてがみとあとを追って行く三郎の白いシャッ〔ポ〕」が描かれている。

次に「種山ヶ原」由来の九月四日の章で、逃げた馬を追って嘉助が草原で迷い、眠ってガラスのマントの又三郎が空に飛びあがる場面がある。ここは、「種山ヶ原」では、達二が伊佐戸の町はずれで剣舞を踊る場面、夏休み明けの教室での先生との会話、女の子と小鳥の挿話、それから山男との死闘へと続くのだが、すべてカットされている。これは、この章の終わりに、ガラスのマントを見てしまった嘉助と、それを見なかった一郎との会話で「あいづやっぱり風の神だぞ。風の神の子っ子だぞ。あそごさ二人して巣食ってるんだぞ。」「そだないよ。」という謎を掛けるための措置だろう。この場面について天澤退二郎は、はっきりと夢とは書かれていないと指摘している。[*13] 確かにその通りだが、「ふと嘉助は眼をひらきました」とあるので、その前の場面では眼を開かずに見ていたことが分かる。いずれにせよ、幻想味の点では豊富な「種山ヶ原」の挿話を削ったのは、「風〔の〕又三郎」の基盤は現実に置きながら、又三郎の謎をも付加して行かなければならないという微妙な操作のためであったと推測される。このように、いわば三郎のあずかり知らぬところで、人物と語り手は彼にまつわる謎を設定しているのである。

そして、「さいかち淵」に由来する九月八日の「雨はざっこざっこ」の声の謎がある。この箇所は、このテクストを解釈する上で最高に重要な部分であると考えられる。「さいかち淵」と「風〔の〕又三郎」の該当箇所を引用すると次の通りである。


そのとき、あのねむの木《き》の方《はう》かどこか、烈《はげ》しい雨《あめ》のなかから、

「雨《あめ》はざあざあ　ざっこざっこ、
風《かぜ》はしゅうしゅう　しゅっこしゅっこ。」といふやうに叫《さけ》んだものがあった。しゅっこは、泳《およ》ぎながら、まるであわてて、何《なに》かに足《あし》をひっぱられるやうにして遁《に》げた。ぼくもじっさいこわかった。やうやく、みんなのゐるねむのはやしについたとき、しゅっこはがたがたふるへながら、「いま叫《さか》んだのはおまへらだか。」ときいた。

「そでない、そでない。」みんなは一しょに叫《さけ》んだ。ぺ吉《きち》がまた一人出《ひとりで》て来《き》て、「そでない。」と云《い》った。しゅっこは、気味悪《きみわる》さうに川《かは》のはうを見《み》た。けれどもぼくは、みんなが叫《さけ》んだのだとおもふ。

（「さいかち淵」）

すると誰ともなく
「雨はざっこざっこ雨三郎
風はどっこどっこ又三郎」と叫んだものが〔あ〕りました。みんなもすぐ声をそろへて叫びました。
〔「〕雨はざっこざっこ〔雨三郎〕
風〔はどっこどっこ又三郎〕」

すると又三郎はまるであわてて、何かに足をひっぱられるやうに淵からとびあ〔が〕って一目散にみんなのところに走ってきてがたがたふるえながら
「いま叫んだのはおまへらだちかい。」とききました。
「そでない、そでない。」みんなは一しょに叫びました。ぺ吉がまた一人出て来て、「そでない。」と云ひました。又三郎は、気味悪さうに川のはうを見ましたが色のあせた唇をいつものやうにきっと噛んで「何だい。」と云ひましたが、からだはやはりがくがくふるってゐました。

（「風〔の〕又三郎」）

「さいかち淵」ではしゅっこ（舜一）、「風〔の〕又三郎」では三郎が声を聞いて、「がたがたふるへ」るのである。天澤が指摘している通り、「さいかち淵」では「ぼく」という子どもたちの一員が語り手で、それがしゅっこと同行しているのに対して、「風〔の〕又三郎」ではそれが完全に消えてしまう。[14]かつて天澤は別のところで「いま《雨はざっこざっこ雨三郎……》と、誰ともなく発声したのは、決して子どもたちの中の一人ではないがそこにいた子どもたちの一人としてまぎれこんでいた、土地の精霊に擬しうる存在であると思われるのである」と解釈したが、後に訂正もされているものの、これはやはり今なお魅力的な読み方だろう。[15]いわばざしき童子的な声である。ここも私は以前に、「土地の精霊」というまさに土俗的な解釈は、妖精譚としての初期形ならぬ「風〔の〕又三郎」の物語とは、いささか整合しないと批評したことがある。[16]しかし、この言い方では十分ではない。すなわち、「風〔の〕又三郎」の謎は、人物の謎と空間の謎とに分けられると考えるからである。ここでは又三郎自身

も恐れているのであるから、人物の謎ではなくて空間そのものに宿らされた謎であると言える。風の神の存在は前提にはなっていないが、だが空間そのものには、どうもそれらしいものの気配が感じられるのである。また声の起源もさることながら、すぐその後で子どもたちがそれに唱和するのも謎と言うほかにない。しかし、それらは逆に解釈の糸口ともなる。

「さいかち淵」では、語り手の「ぼくもじっさいこわかった」とあるが、「風〔の〕又三郎」では怖がっているのは又三郎だけである。これは「ぼく」が消去されたことと連動しており、非常に顕著な違いである。ほかの子どもたちは怖くなかった、それどころか、もしかしたら普段からこうした空間からの声を一緒に聞いて、一緒に声を合わせて歌っていたのかも知れないのだ。又三郎は声は聞こえたけれども、一緒に叫ぶことはできなかった。この間にある落差は、この異質性を帯びた転校生と子どもたちの共同性との間にある落差と、距離を等しくしている。三郎が又三郎ではなく、他の子たちと同じ子どもとなり、真の「お友達」となるためには、この落差を乗り越えなければならなかっただろう。押野武志は、この叫びによってその前の場面の水中鬼っ子の破局が修復されたと解釈している。「それは、都会の子高田三郎が究極的に村の子供たちに拒否されたことを意味するのではなく、逆に両者の結びつきが一体化し、頂点に達したのである」[*17]。だが、果たしてそうだろうか。確かに鬼っ子のごたごたは終わったものの、しかし問題そのものは、むしろよりいっそう先鋭化したと言わなければならない。

次のようにまとめられるだろう。転校生・高田三郎が又三郎であることは、子どもたちにとっては、その超常性・異人性に由来する認識である。もし三郎が彼らにとって真の「お友達」となれるとしたなら、それはその超常性・異人性を払拭すること、つまり又三郎でないことが証明されることが条件となる。その時こそ、三郎は子どもたちとの、（民話伝承的ではなく）現実的な共同性を獲得できるのである。ところが、この三郎という人物の謎のすべては、既述のように、他の人物と語り手が語りの中で設定したものであり、そしてさらにその語りの背後には、一種の空間の謎とでも言うべきものがあった。あの声を叫んだのはその空間であり、その空間は子どもたちの共同性の基盤ともなっているものである。

従って、あの声は空間から聞こえたのであり、かつ、子どもたちの頭の中で同時に聞こえたのでもある。三郎が真に又三郎であったならば、又三郎は空間（風）を司る神なのだから、むしろあの声の発信源とならなければならなかっただろう。しかし逆に、三郎が又三郎でなく、この地域の子ども共同体に入ろうとするならば、他の子たちとともに、あの声に唱和しなければならなかっただろう。実に、九月八日の章で又三郎と呼ばれるある人物には、そのどちらもがなしえない行為だったのだ。ここにはパラドックス的な感触が感じられる。このように後期形「風〔の〕又三郎」には、初期形にはないパラドックス的な要素が濃厚に認められるのである。

なぜ、このような事態になったのか。三郎イコール又三郎説を出したのは嘉助ら村の子たちだが、彼らがそのような説を出した背景には、民話的・神話的な風土・空間が根強く存在したからにほかならない。目の前で起こる現象を、風の又三郎伝説の観点から解釈しようとする傾向こそ、その表現である。そしてその空間こそ、あの声の出所でもあったのだ。だからこそ、又三郎以外の子どもたちは、あの声に驚くこともなく、一斉に唱和することができたのである。「みんな」の中には一郎も含まれるのだから、嘉助だけでなく、一郎も含む子どもたち全員は明らかにその空間にある。しかし残念ながら、高田三郎にはそれができなかったのだ。その結果、実に悲しいことながら、高田三郎は風の又三郎ではないと同時に、地域の子どもたちと完全に同化することもできなかったということが、この一節から明らかになったのではないだろうか。

こう考えると、このような空間の内部にいる子どもたちに、謎が解決できるはずはない。「先頃又三郎から聞いたばかりのあの歌を一郎は夢の中で又きいたのです」。こうして最後の九月十二日の章で、夢の中で又三郎の歌を聞き、母に「うん。又三郎は飛んでったがも知れないもや。」と言うのは、嘉助ではなく一郎の方であった。ここで「飛んでった」は比喩ではなく、まさに空を飛んだということだろう。三郎又三郎説を唱える嘉助に対して、一郎はそれとは距離を取っているというのが押野説で、それは九月二日の章の鉛筆騒動を後ろの席からずっと見ている視線などが根拠とされていた。[*18] 確かに一郎は「そだないよ」といつも言ってはいるのだが、この夢見から始まる最終章の一連の叙述からは、それほど確定的なことは言えないようである。登校後、先生から三郎転校の顛末を聞いて「そだないな。やっぱりあいづは風の又三郎だったな。」と言うのは例によって嘉助の方である。だが、その後で、結末の一郎と嘉助とが、「二人はしばらくだまったまゝ相手がほんたうにどう思ってゐるか探るやうに顔を見合せたまゝ立ちました」という一節は、結局、謎が解決しないままに残ったことを示している。

最終章九月十二日冒頭の「どっどど　どどうど」の歌は、一郎が夢の中で聞いたのだから、差しあたりそれは一郎の頭の中で歌われた歌なのだろう。そしてそれは、恐らく「雨はざっこざっこ」の叫びと同じく、根源的には空間が歌った歌とも推測できる。すなわち、もしかしたらその朝、嘉助や他の子どもたちの頭の中でも聞こえたのかも知れない。遡って考えるならば、テクスト冒頭の「どっどどどうど」の歌も、このテクストという空間を、あらかじめ、あの空間と同調させる設定とも言えるのではないか。「青いくるみも吹きとばせ」等の命令形は、誰から誰への命令でもない。それは、物語の語り手などと同じく虚構の要素であるところの、この歌の歌い手が、この物語の空間に向けて発した歌であって、純然たるテクスト的な配置であると考えられる。たぶん、この空間の内部にいない誰かがこの歌を聞いたならば、「からだはやはりがくがくふるって」しまったことだろう。

次に、行間筆写稿を一度は生かそうとしたふしのある、最終章第六十二葉以下の黒インク手入れの問題を考えてみる。次の引用の第六三葉の部分は、最終形に至って全部削除され、第六十四葉として草稿裏面を用いて全面的に書き直されている。[*19]

〈第六二葉〉
［もう又三郎が行ってしまったのだらうかそれとも先頃約束した様に誰れかの目をさますうち少しまってゐて呉れたのかと考へて一郎はたいへんさびしく→削］（この削除箇所が第六二葉末尾）
［…］

〈第六三葉〉
に胸を一枚《ママ》にはり手をひろげて叫びました。「ドッドドドドウドドドウドドドウ、あまいざくろも吹きとばせ、すっぱりざくろも吹きとばせ、ドッドドドウドドドウドドドウ、ドッドドドドウドドドードドドウ。」その声はまるできれぎれに風にひきさかれて持って行かれましたがそれと一諸にうしろの遠くの風の中から［(ナシ)→も］［斯［い→うい］ふ声がきれぎれに聞えたのです。→気のせいか」「ドッドドドドウド、ドドウドドドウ、［楢の葉も引っちぎれ、とちもくるみもふきおとせ、→(削)］ドッドドドドウドドドウドドドドウ。」［(ナシ)→といふやうな声がしました。」一郎は声の来た栗の木の方を見ました、［にわかに頭の→すると］（黒インクでの最初の添削はここまでで、ここで作者はこの箇所の転用を断念したものと推定される。［…］）

まず、六十二葉初期形の「先頃約束した様に誰かの目をさますうち少し待って居てくれたのかと」云々が削除される。空を飛んで帰ることのできない高田三郎には、もちろん飛んで帰る前に待っている約束をすることもできない。この削除は、初期形から後期形への主人公像と物語の変質に対応したものである。その後、第六十三葉では、いったん「ドッドドドウド」の声が聞こえてそれに応答するという設定を残そうとしている。ここで、「胸を一杯に張り手をひろげて」歌うのは一郎である。これは、夢の中で聞いた歌への応答であり、さらにその上に、それに対する応答が風の中から聞こえてくるのだ。仮に、この箇所を生かしたとしよう。又三郎の歌に一郎が応答し再び又三郎も応じたとすれば、応答も唱和もできなかった「さいかち淵」、あるいは「風〔の〕又三郎」九月八日の章からの進歩とも言えるだろう。それは、書かれていない九日から十一日までの間の時間経過の中で、三郎と子どもたちとの間の関係が、より親密なものとなったことを示すことかも知れない。

しかし、夢の中の歌と、風の中から聞こえた歌がもし真に又三郎の声であり、その歌が空を飛んで帰る前に立ち寄り、それを知らせるためとするならば、当然ながら、三郎イコール又三郎説が完全に成り立つことになってしまう。それは三郎の正体を宙づりにしておくという、後期形全体の志向と合わない。三郎が初期形と同じく風の神であったなら、子どもたちと同列の、つまり人間同士の「お友達」となることはできない。そのようなことは、啓蒙民話である初期形では可能であっても、すべてをパラドックスとして設定された後期形のテクストにおいては、ありえない話なのである。

そこで、黒インク添削には、たぶん、声は聞こえるが姿は見えない、誰か歌ったが誰かは分からない、という、いわば九月八日の歌と同じ原理に基づいて、行間筆写稿を修正しようとした形跡がある。すなわち、初期形段階では「うしろの遠くの風の中から斯ういふ声がきれぎれに聞こえたのです。」として、「聞こえた」と断言していた箇所を、黒インク手入れに至ると、「うしろの遠くの風の中からも気のせいか〔…〕といふやうな声がしました。」として、「気のせいか」「いふやうな」という婉曲語法で断言を回避するように書き改めているのである。これは、行間筆写稿をできるだけ生かしたまま、しかし後期形のパラドックスをも確保しようとする試みであったと推定できるだろう。

しかし、この構想はここまでで放棄された。その理由は、この程度の書き換えのレヴェルでは、後期形の志向を満足に実現できないと判断されたためと思われる。もしかしたら、ここでなされたことは「銀河鉄道の夜」の最終形におけるブルカニロ博士の抹消と同じ趣向の事柄なのではないだろうか。初期形「風野又三郎」が、啓蒙の民話構造によって謎を謎でなくしたのと同じく、ブルカニロ博士は幻想の謎を実験という解決によって回収した。だが、実に各々の最終形に至っては、一郎と嘉助は「顔を見合せたま丶」立ちつくし、ジョバンニもまた、一切の謎解き抜きに、カムパネルラの死に立ち遭わなければならないのである。

そして、最終形「銀河鉄道の夜」もまた、学校の場面から始まる、学校共同体と深く関わるテクストであった。けだし学校は近代国民国家の前線であり、近代的・合理的でない風の神信仰などというものは追い出そうとする場所にほかならない。だが他方では、今でも〈学校の怪談〉とか〈トイレの花子さん〉などの都市伝説が盛んに伝えられるとおり、遊びたい盛りの子どもたちを集めて監禁状態に置く学校というものは、様々な共同幻想の立ち上がる場でもある。「風〔の〕又三郎」は、中頃の章において林・草原・川など幻想の立ち上がる空間を描き出し、それらを間に挟んで、教室という舞台空間がその首尾を完結させているテクストなのである。

畢竟、「風〔の〕又三郎」もまた、神話と反神話、幻想と現実がせめぎ合いを演じるテクストなのではないか。ハイパーテクスト《稿本風の又三郎》とは、このようなパラドックス＝モンタージュを実現するようなテクストにほかならなかったのではないだろうか。そして、右に「悲しいことながら」と書いたが、実のところ、子どもでも大人でも、転校生であってもなくても、また都会人であろうが田舎者であろうが、私たちは誰も皆神ではなく、また他人と完全に「お友達」として仲良くなることもできないが、だからといってすぐに不幸なのではなく、むしろそのような「永久の未完成」を、いつしか完成に導こうとする歩みこそが貴重なのではないだろうか。テクストにとっても、また人間にとっても。そのようなわけで、「風〔の〕又三郎」を論ずる営為もまた、いまだ未完成なままに留めておくしかない。

エピローグ　フィクションとメタフィクション

1　メタフィクションのつくりかた

メタフィクション（metafiction）は、フィクションの自己言及性（反射性）を前景化する場合に現れる。テクストの自己言及性は、根底的には記号の自己言及性に由来する。観念（意味内容）としてのシニフィエに対して、シニフィアンは記号それじたいの呈示である。シニフィアンへの注視は、容易にメタフィクション的な回路を開く。それがフィクションであること、書かれたものであること、記号であることを再帰的に呈示する記述は、それじたいのテクスト性、フィクション性へとトピックの焦点を誘導する。この再帰的自己呈示が明示的に行われるテクストが、メタフィクションと呼ばれる。典型的には、小説の方法論がその小説じたいとともに叙述されている場合である。これを狭義のメタフィクションと呼ぼう。しかし、記号の自己言及性が焦点化される時には、どのようなテクストも一般のフィクションに対して批評的なレベルを含むことができ、メタフィクション的に受容することができる。これを広義のメタフィクション（換言すればメタフィクション思考）と呼んでおこう。

現代小説はメタフィクションの宝庫である。松浦理英子の『裏ヴァージョン』（二〇〇〇・一〇、筑摩書房）は、女友達の家に居候し、家賃代わりに小説を書いている女が書く短編小説群と、彼女たち相互の言葉のやり取りとが収められたフロッピーディスクの内容という体裁を採った小説である。個々の短編小説には彼女たちとは別の人物が登場するが、陰に陽に彼女たち自身の関係も示唆している。短編群における同性愛や少年愛などセクシュアリティのトピックと、二人の女性の友人関係とを絡め、複雑な参照の回路を構築する。また「質問状」「詰問状」「果たし状」と名付けられた各章においては、これらの小説の内容や方法が対話形式で語られる。『裏ヴァージョン』というフィクション総体が、それじたいについての叙述を多く含み、またその叙述が小説方法論に亙ることから、この小説を狭義のメタフィクションとして理解することができる。

　松浦はインタビューに答えて、「実は書いている間いちばん頭にあったのは、太宰治なんです」として「俗天使」の題名を挙げ、「初期の作品なんてアイディア満載で、ラディカルで、これは元祖J文学なんじゃないかと思う部分もある（笑）」と述べている。[*1] 言うまでもなく、太宰治は現代の金井美恵子と双璧をなす、日本近代文学を代表するメタフィクション作家であった。[*2]「俗天使」（『新潮』昭15・1）は、雑誌『新潮』に「明後日までに二十枚の短篇を送らなければならぬ」が、「まるで腑抜けになつてしまつてゐる」〈私〉が、ミケランジェロの「最後の審判」を見て、自分にとっての天使的な女性像を点描し、「もう、種が無くなつた」との理由で、「女生徒」の主人公らしき女性から送られた自分宛の手紙を「捏造」して挿入する、という小説である。同月に発表された「春の盗賊」や、同じく連載開始された中編「女の決闘」ほどの小説論は含まないが、書くこと＝「捏造する」ことに関するトピックが全編を覆ったメタフィクションである。

『裏ヴァージョン』について久保田裕子は、「各章が先行する章とそれに対するコメントを意識して書かれているため、全ての部分が他のテキストに対してメタレベルで影響を与え合っていると言える」と極めて的確に指摘している。*3「創生記」や「女の決闘」など太宰の最も巧みなテクストは、このようなフラグメント間のメタ関係において先駆であった。また「思ひ出」や「HUMAN LOST」は、『裏ヴァージョン』がそうであるようにテクストのカタログ、サンプリングでもある。『裏ヴァージョン』の一短編中には、「女生徒」の題名も見られる。松浦が「俗天使」に言及していることは偶然ではないだろう。フィクションの自己言及性を強化すること、かくしてメタフィクションはつくられる。

2 フィクションをめぐる係争

フィクション＝虚構は言語その他の媒体において実現されるが、その代表は言語である。フィクションの問題は、言語と世界に関する概念枠と相互に深く絡み合い、それらの概念枠は極めて幅広く多様である。世界やテクストについて共通の理解の枠組みによって語ることが難しいのと同じだけ、フィクションについて語ることも難しい。フィクションの困難はここに胚胎する。〝フィクションとはXである〟という普遍的な定義を与えることはできない。とはいえ、フィクションというカテゴリーが経験則として実際に存在し、流通していることもまた事実である。

フィクションの語源はラテン語 'fingere'〈形作る〉の名詞形 'fictio' とされ、〈創造〉の要素とともに、同じ 'fingere' からの別の派生語である 'feint'〈見せかけ〉の意味をも併せ持つ。漢語「虚構」の構成もこれに近い。〈見せかけ〉とは現実の実在とは異なるか、または実在しない、という意味である。制作の側に立つならば、虚構はあらゆる創造的想像力の作用であり、例えばアリストテレスのポイエーシス（創作）＝ミメーシス（形象表現）の理論を受け入れる。アリストテレス『詩学』で説かれるミメーシスは、現実と虚構との間の次元の変換を行う飛躍の原理にほかならない。他方、受容の側から見た場合、〝これはフィクションである〟という断定に関与するのは、主として〈見せかけ〉の契機である。分析哲学が専心に追究した問題がこれである。中でも後述の三浦俊彦の追跡は、最近の分析哲学領域における虚構論を網羅した秀逸な寄与である。*4

〈見せかけ〉の意味に限れば、フィクションの問題は、言語的対象を実在と関連づける時に初めて生じる。経験則では、その結果は自明のように見える。だが実際のところ、実在するとはいかなることか、実在・非実在をいかにして区別するのか、その区別は常に可能か、そのような言語と世界に関する係争点のすべてを、フィクションの領域は覆うのである。例えば、ノンフィクション、フィクション、メタフィクションのカテゴリーは相互に入り組んでいて、境界は判然としない。その理由は、これらを一意的に区別する徴表が存在しないからである。一般にどのようなジャンル区分も相対的であり、またジャンルは複合しうるというだけではない。これらの場合には特に、フィクション性の核となる、実在との関連に関する規範が甚だしく不明瞭である。実在と全然関係のないフィクションは存在せず、逆にすべてのノンフィクションは虚構を含む。

可能世界理論を基軸としてフィクションを論じた三浦俊彦は、〈虚構実在論〉を主張する。「虚構実在論は、『現実世界に関する理論的描像から相対的にみて、虚構はいかにも現実的なものである』という理論である」。三浦はケンダル・ウォールトンのメイクビリーブ（ごっこ遊び）説を批判的に受けて、虚構は一種のメイクビリーブであるとする。すなわちメイクビリーブはその内部にある場合には本気でそれを演じなければならない。「われわれは虚構にコミットするかぎり、この根源的メイクビリーブの外に立つことはありえない」（三浦）。さらにこのメイクビリーブ境界を無限拡張するならば、真と呼ばれるものも、局所的な個別のメイクビリーブ（子どもの鬼ごっこなど）を包括する大きなメイクビリーブ（命題「宇宙は存在する」など）と見なしうることを論述している。

真とメイクビリーブを節合する三浦の思考は魅惑的である。それは真理と虚構とを、対立させるのではなく連続させるのである。しかし、単純にメイクビリーブを共有することはできまい。私には三浦ほど啓蒙的に主張する自信はない。フィクションのカテゴリーには言語感覚の数だけの多様性がありえ、かつメイクビリーブはそこに入ることもまた出ることもできるのだと言わなければなるまい。「風流夢譚」や「政治少年死す」や『悪魔の詩』は、一方では絵空事だったが他方ではそうではなかったのだ。ここには係争が存在する。その係争は主体相互的であるだけでなく、主体内部的でもある。この係争の所以は、畢竟、言語に関する概念枠（信念・慣習・理論……）に、係争が存在することである。

実にフィクションとは、このような共約不可能性の場なのではないか。しかしそれを、単純に悲劇の始まりと見なしてはなるまい。フィクションについて語ることは、それゆえ、それを語る人と人との間のコミュニケーションとその不全について係争することにほかならない。また、フィクションのあり方を自明視せず、相対化するのがメタフィクションの機能であった。すると、フィクションのメタフィクション的拡張は、このようなフィクションの属性に根拠を持つ必然的な操作なのかも知れない。メタフィクションは、(ディス)コミュニケーションである。

3　根元的虚構からノンフィクションまで

言葉は特殊な条件下で虚構となるのではなく、むしろ言葉は虚構を基盤とし、特殊な条件下で非虚構となる。このように説く根元的虚構論の趣意は、(i)言語表現は事象と決して一致しない(言語表現が事象を指示するのは、ミメーシス的な次元の飛躍によってである)、(ii)事象を指示するある文の真偽は、その文のみからは決定できない(この種の文の真偽を決定するのは、適切な検証によってのみである)、の二点に集約される。いかなる場合でも、発話された言葉は端的にこれらの属性を負った虚構として現れる。このように見た場合、フィクションは言語の特殊な状態ではない。むしろ虚構は言葉の故郷なのである。言葉が非虚構と見なされるのは、ここに何らかの条件、例えばジョン・R・サールの〈誠実性規則〉(話し手は表現された命題の真理における信念に対して責任を負う)などの規約が付与される場合である。[*5] さらにその真偽は、「Xが真であるのは、pときまたそのときに限る」(pは命題、Xはこの命題の名前。例・「『雪は白い』が真であるのは、雪は白いときまたそのときに限る」)というアルフレッド・タルスキの規約Tを満たすか否か、特定の検証によって証明されなければならない。[*6]

人は自らの発言に対して責任を持たなければならない、とする発話責任制度は、サールの〈誠実性規則〉に根拠を置く倫理である。しかし、これはあくまでも言語に外側から付加された倫理であり、フィクション、特にメタフィクションはこの制度そのものを係争の場としてしまう。海老井英次は「俗天使」を論じて、文中に「女生徒」や「人間失格」への言及があることを踏まえ、文中の『作者』

とは誰か。『作者』とは太宰治である。確かに太宰はその一年前に『女生徒』と題する作品を発表している。そう言えば、それから八年後には『人間失格』と言う作品も世に出ている」と結んでいる。[*7] さて、規約Tは特定の検証方法を指定しておらず、いかなる検証方法もそれじたいが係争の内にある。フィクションに実在の名辞が含まれることは異常ではない。「女生徒」や「人間失格」が、既に書かれた「女生徒」やこれから書かれるであろう「人間失格」を指示する語であることは確かである。だが、命題「『作者』とは太宰治である」が真であるのは、「作者」とは太宰治であるときまたそのときに限る。「俗天使」の作者は太宰治（津島修治）である。従って、「俗天使」の文中の「作者」と「俗天使」の作者が等しければ、命題「『作者』とは太宰治である」は真である。経験則上、そのことは自明のように見える。しかし、厳密には、「俗天使」の文中の「作者」と「俗天使」の作者が等しいか否かは、別に検証されなければならない。この検証には係争が生ずるだろう。同様に、〈誠実性規則〉や発話責任制度は絶対のものではなく、あくまでも信義則に過ぎない。

根元的には、言葉はその発話者とは切断され、言葉の主体はその使用者主体とは完全に別物として理解することが可能である。「作者は、いま、理由もなく不機嫌である」という文で「俗天使」は結ばれるが、太宰＝津島が全然不機嫌でなく、むしろ上機嫌であったとしてもこの文は書ける。だが、発話責任制度のもとでは、一般に発話の主体は発話行為の主体と同一とされる。ナラトロジーがどんなに力説しても、それを小説に適用する慣習はたぶん消滅しないだろう。むしろそうした方がテクストを有効に、あるいは、面白く上演することの出来る場合もあることは事実である。

メタフィクションは、自己言及的であることによってフィクション一般に対してメタ性を帯びるが、所詮、絶対的メタレベルは存在しない。純粋な批評的水準などというものはなく、批評的水準もまた次の段階ではオブジェクトレベルとして対象化される。メタフィクションのメタ部分を特権視することはできない。そのように見た場合、メタフィクションはフィクションの一つのジャンルに過ぎず、フィクションに適用されるコードはすべてメタフィクションにも適用されうる。仮に、メタフィクションに発話責任制度を適用すれば、それは容易に一種の私小説となる。読み方は自由であり、境界は一定しない。しかし、執筆の責任を語り手の責任と同一視することはできない。メタフィクション思考は、こうした慣習そのものを、言葉を根元的虚構の地平に呼び戻すその批評性によって、係争の中に置こうとするのである。

例を挙げれば、金井美恵子の「声」（『単語集』、一九七九・一一、筑摩書房）というメタフィクションがある。12歳の彼女からの電話は、『岸辺のない海』は自分が書いたもので、再び自分のことを書くつもりだろうと〈作者〉に告げる。そして、〈作者〉はこの小説を書いた……。発話の起源を問題化し、それじたいを小説のドミナントとする手法は、金井的メタフィクションの独壇場であった。『単語集』のみならず、『アカシア騎士団』（一九七六・一二、新潮社）や『プラトン的恋愛』（一九七九・七、講談社）が、その豊穣な実践例である。松浦の『裏ヴァージョン』もまた、別の仕方で同じ法則を追究したものと言える。これらのメタフィクションの師父として太宰の名前を挙げ、そこから派生する課題群を処理することは、この聞き慣れた名前に新たなチェックマークを付ける有効な視覚であり続ける。

ノンフィクションは、主体と世界との関連性、つまり発話責任や再現表象の要素がより濃厚なフィクションとされる。ノンフィクションはフィクションの要素を含むが、それは世界に関する誠実責任を逸脱しない範囲に限定されるべきだとする見方がある（大岡昇平の歴史小説論など）。その見方は尊重すべきだろう。ただし、ノンフィクションも到底、これまでに述べてきた根元的虚構やミメーシス原理などを免れるものではない。ノンフィクションの面白さは、それが世界の実在に根拠を置くことに由来するのではない。それはよくできた報道を読めば足りる。村上春樹がインタビューの形式で『アンダーグラウンド』（一九九七・三、講談社）を書いたのは、村上の言う〈コミットメント〉（世界への関与）への転回と関わりが深いだろう。だが、この書に魅力があるとすれば、それは単にそこに書かれていることの実質のゆえではない。例えばインタビュー形式は、『回転木馬のデッド・ヒート』（一九八五・一〇、講談社）の聴き語り（dictation）の形式に通ずる、極めて村上的な手法である。そこには発話に伴う様式化の要素が色濃く浸透している。[*8] むしろ、フィクションとしての様々なスタイルこそが、ノンフィクションの質を左右することには多言を要すまい。

世界も人間も、それを完全に理論化・概念化することなどできはしない。概念化できない世界のあり方について、概念化せず、具体的様相によって表明するのが、フィクションの使命にほかならない。

注

プロローグ　係争中の主体——論述のためのミニマ・モラリア——

1　来たるべき研究のより総体的な像については、中村三春「近代現代の文学・文化研究のさらに新しいテーマ集50——理論的展望——」（『國文學解釈と教材の研究』一九九九・一〇）参照。

2　根元的虚構の概念については、中村三春『フィクションの機構』（一九九四・五、ひつじ書房）のI—三「分析哲学と虚構の意味論」、特にその4「根元的虚構論」の章を、フレーム問題については同書I—四—2「記号の再帰的自己呈示とフレーム理論」を参照。

3　ジャンフランソワ・リオタール『文の抗争』断章一〇二（陸井四郎ほか訳、一九八九・六、法政大学出版局）、137ページ。

4　'Konstellation'（星座・配列・配置）は、断片のアレゴリー的な連鎖を意味するヴァルター・ベンヤミンの用語。三島憲一『ベンヤミン——破壊・収集・記憶』（一九九八・六、講談社）参照。

5　テオドール・W・アドルノ「普遍性と特殊性」（大久保健治訳、『美の理論』、一九八五・一、河出書房新社）、345ページ。

6　「係争中の主体」（sujet en procès）は、ジュリア・クリステヴァ『ポリローグ』（赤羽研二ほか訳、一九八六・五、白水社）所収の論文題名でもある。邦訳では「過程《プロセ》にある主体」（沢崎浩平訳）と題され、この邦題にも触発されるところは大きい。ただし、複数の辞書によれば、'procès'の語は現代フランス語ではほぼ「訴訟・係争」の意味に用いられ、「過程」の意味は古語の場合である。訳者もこれを「同時に《告発される主体》とも読む必要がある」と注記している（同書409ページ）。

7　ステュアート・ホール「新時代の意味」（葛西弘隆訳、『現代思想』一九九八・三臨時増刊）。傍点原文。

8　対象リビドーから自我リビドーへの発達、倒錯の概念については、ジグムント・フロイト「性欲論三篇」

（懸田克躬・吉村博次訳、『フロイト著作集』第5巻、一九六九・五、人文書院）参照。

9　心の領域を無意識・前意識・意識に区分するのがフロイトの第一局所論、エス・自我・超自我に区分するのが第二局所論。第二局所論については「自我とエス」（小此木啓吾訳、『フロイト著作集』第6巻、一九七〇・三、人文書院）参照。

10　エディプス・コンプレックスの理論と第二局所論とを関連づけた論考としては「エディプス・コンプレックスの消滅」（吾郷晋浩訳、前掲『フロイト著作集』第6巻）参照。

11　フロイトの倒錯概念に対する批判としては中村三春「『水晶幻想』のポリセクシュアリティ」（田村充正ほか編『川端文学の世界1　その生成』、一九九九・三、勉誠出版）参照。

12　エディプス・コンプレックスの理論に対する批判としては中村三春「反エディプスの回路――『海辺の光景』における〈大きな物語〉の解体――」（『日本文芸論叢』9・10合併、一九九四・一〇）参照。

13　ジュリア・クリステヴァ「過程《プロセ》にある主体」（前掲『ポリローグ』）、51ページ。ただし、注（6）の趣旨によって訳文を一部変更した。原著（Julia KRISTEVA,《Le Sujet en procés》, *Polylogue*, Éditions du Seuil, 1977）75ページ。

14　ミハイル・バフチン「叙事詩と長篇小説」（『叙事詩と小説』、川端香男里訳、『ミハイル・バフチン著作集』7、一九八二・二、新時代社）参照。

15　ミハイル・バフチン『ドストエフスキイ論』（新谷敬三郎訳、一九七四・八、冬樹社）、13ページ。

16　ヴォルフガング・イーザー『行為としての読書』（轡田収訳、一九八二・三、岩波現代選書）、389ページ。

17　Donald DAVIDSON, "A Nice Derangement of Epitaphs", Ernest LePORE ed., *Truth and Interpretation; Perspectives on the Philosophy of Donald Davidson*, Basil Blackwell, 1986, p.442. 私訳。なお、このコンテクストについては、中村三春・前掲『フィクションの機構』I―一―1「文芸学と概念的相対主義」、及び中村三春「『探究I』――他者とコミュニケーション――」（関井光男編『柄谷行人』、一九九五・一二、至文堂）参照。

18　P・K・ファイヤアーベント『方法への挑戦――科学的創造と知のアナーキズム』（村上陽一郎・渡辺博訳、一九八一・三、新曜社）、311ページ。傍点原文。

19 P・K・ファイヤアーベント「パトナムと共約不可能性」(植木哲也訳、『理性よ、さらば』、一九九二・九、法政大学出版局)、329ページ参照。

20 高橋義孝『文芸学批判』(一九四八・一、国土社、『高橋義孝文芸理論著作集』第1巻、一九七七・一、人文書院)。なお同書に関しては中村三春「文芸学と概念的相対主義」(前掲)に詳論した。

21 テオドール・W・アドルノ「社会」(前掲『美の理論』)、394ページ。

22 ステュアート・ホール「文化的アイデンティティとディアスポラ」(小笠原博毅訳、前掲『現代思想』臨時増刊)。

23 テオドール・W・アドルノ『ミニマ・モラリア――傷ついた生活裡の省察』(三光長治訳、一九七九・一、法政大学出版局)、49ページ。

24 テオドール・W・アドルノ「文化批判と社会」(渡辺祐邦・三原弟平訳、『プリズメン――文化批判と社会』、一九九六・二、ちくま学芸文庫)、36ページ。

25 これらの地名については、前田哲男『戦略爆撃の思想――ゲルニカ―重慶―広島への軌跡』(一九八八・八、朝日新聞社)参照。

26 室井尚「説得と争異《ディフェラン》――ウィトゲンシュタイン、リオタール、ローティ――」(『メディアの戦争機械』、一九八八・一〇、新曜社)、77ページ。

27 マックス・ホルクハイマー、テオドール・W・アドルノ「啓蒙の概念」(徳永恂訳、『啓蒙の弁証法――哲学的断想』、一九九〇・二、岩波書店)、15ページ。

28 全体論、啓蒙、節合、断片性については、中村三春「表象テクストと断片性――ポストモダニズムとカルチュラル・スタディーズとの『節合』をめぐって――」(『日本近代文学』62、二〇〇〇・五)参照。

29 通常科学は、パラダイム(規範的教科書・専門母型)が提供する課題を究明する科学。トマス・S・クーン『科学革命の構造』(中山茂訳、一九七一・三、みすず書房)参照。

物語　夏目漱石

I　『こゝろ』と物語のメカニズム

1 大岡昇平「『こゝろ』の構造」（『小説家夏目漱石』、一九八八・五、筑摩書房）、383ページ。
2 ジェラルド・プリンス『物語論の位相』（遠藤健一訳、一九九六・一二、松柏社）。ただし、引用は原書（Gerald Prince, *Narratology:The Form and Function of Narrative*, Mouton, 1982）により、訳文は私訳を用いた。
3 ヴォルフガング・イーザー『行為としての読書』（前掲）。
4 アリストテレス『詩学』（今道友信訳、『アリストテレス全集』第17巻、一九七二・八、岩波書店）。
5 ロラン・バルト『S／Z』（沢崎浩平訳、一九七三・九、みすず書房）。
6 ポール・リクール『時間と物語I』（久米博訳、一九八七・一一、新曜社）。
7 ウンベルト・エーコ『物語の読者』（篠原資明訳、一九九三・九、青土社）。
8 小森陽一「『こころ』を生成する心臓《ハート》」（『成城国文学』1、一九八五・三）。
9 石原千秋「『こゝろ』のオイディプス——反転する語り——」（同）。
10 高田知波「『こゝろ』の話法」（『日本の文学』8、一九九〇・一二、有精堂出版）。
11 小谷野敦「夏目漱石におけるファミリー・ロマンス」（『批評空間』4、一九九二・一）。
12 由良君美「『こゝろ』の構造」（『國文學解釈と教材の研究』一九八一・一〇）。
13 作田啓一『個人主義の運命』（一九八一・一〇、岩波新書）。
14 ルネ・ジラール『欲望の現象学』（古田幸男訳、一九七一・一〇、法政大学出版局）。

Ⅱ　〝反小説〟としての『彼岸過迄』

1　柄谷行人「漱石とジャンル――漱石試論Ⅰ――」「漱石とジャンル――漱石試論Ⅱ――」（『群像』一九九〇・一、五）、「解説」（新潮文庫版『彼岸過迄』、一九九〇・一〇）。
2　佐藤泉「『彼岸過迄』――物語の物語批判――」（『青山学院女子短期大学紀要』50、一九九六・一二）。
3　ミハイル・バフチン『叙事詩と小説』（前掲）、ノースロップ・フライ『批評の解剖』（海老根宏ほか訳、一九八〇・六、法政大学出版局）。
4　小森陽一『漱石を読みなおす』（一九九五・六、ちくま新書）、199ページ。
5　工藤京子「千代子はなぜ須永を選ばないのか」（『漱石がわかる。』、一九九八・九、朝日新聞社・アエラムック）、61～63ページ。
6　テオドール・W・アドルノ『美の理論』（前掲）。

フラグメント　太宰治

Ⅰ　アンドレ・ジイドと太宰治の〝純粋小説〟

1　《*Projet de Préface pour Isabelle*》, 1910, ***Romans, récit et soties, œuvres lyriques***, Bibliothèque de la Pléiade, Éd.Gallimard, 1958.
2　大場恒明「大正期のアンドレ・ジッド紹介」（『比較文学』12、一九六九・一〇）。
3　大場恒明「日本におけるアンドレ・ジッド文献」（一）（二）（『比較文学』9・10、一九六六・一〇、一九六七・一〇）。

4 長部日出雄『神話世界の太宰治』（一九八二・一〇、平凡社）。
5 曾根博義「太宰治の匿名小説――『断崖の錯覚』をめぐって――」（『評言と構想』22、一九八二・一二）。
6 寺田透訳『ドストエフスキー（作家論）』（『ジイド全集』第14巻、一九五一・四、新潮社）、180ページ。
7 *Journal des faux-monnayeurs*, Éd.Gallimard, 1958, p.13.
8 山内祥史「解題」（『太宰治全集』第1巻、一九八九・六、筑摩書房）、474ページ。
9 山内祥史「解題」（『太宰治全集』第10巻、一九九〇・六、筑摩書房）、593ページ。
10 山内義雄訳『贋金つくり』（『ジイド全集』第7巻、一九五一・三、新潮社）、82ページ。
11 *Journal des faux-monnayeurs, op.cit.*, p.28.
12 詳しくは中村三春「横光利一の〈純粋小説〉」（『フィクションの機構』、前掲）参照。

Ⅱ 語り論的世界の破壊――「二十世紀旗手」のフレーム構造――

1 Gerald PRINCE, *Dictionary of Narratology*, Univ. of Nebraska Press, 1987, pp.58,65.
2 Robert SCHOLES, Robert KELLOGG, *The Nature of Narrative*, Oxford U.P.,1966, p.4. なお同書の解説を含む Wallace MARTIN, *Recent Theories of Narrative*（Cornell U.P.,1986）参照。
3 ジェラール・ジュネット『物語のディスクール』（花輪光・和泉涼一訳、一九八五・九、書肆風の薔薇）。
4 Mieke BAL, *Narratologie*, Hes, 1984.
5 小森陽一『文体としての物語』（一九八八・四、筑摩書房）。
6 R・カワード、J・エリス『記号論と主体の思想』（一九八三・九、誠信書房）参照。
7 ロラン・バルト「物語の構造分析序説」（花輪光訳、『物語の構造分析』、一九七九・一一、みすず書房）。
8 小森陽一「『春の枯葉』論――独話の対話性／対話の独話性――」（『國文學解釈と教材の研究』一九九一・四）。

9 フランツ・シュタンツェル『物語の構造』（前田彰一訳、一九八九・一、岩波書店）。

10 Mieke BAL, *op.cit.*, p.33.

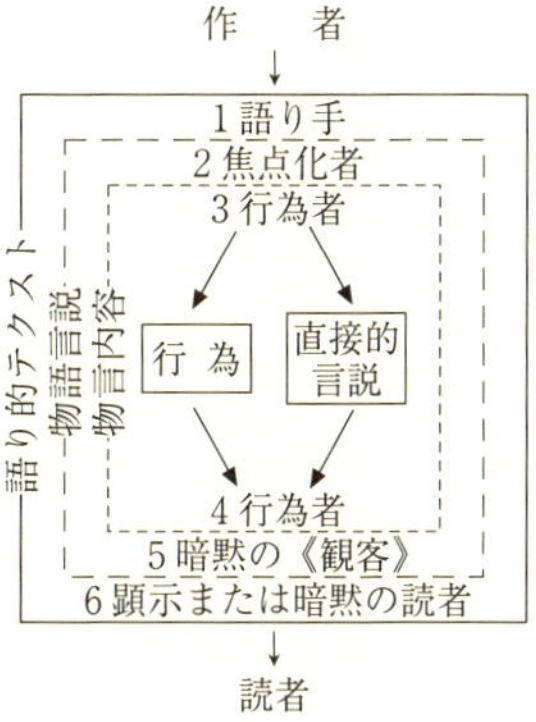

11 ユーリー・ロトマン『文学理論と構造主義』（磯谷孝訳、一九七八・二、勁草書房）、222〜223ページ。

12 Gerald PRINCE, *op.cit.*, pp.104,133-135.

13 田口律男「『HUMAN LOST』論——述語的統合の世界——」（前掲『國文學解釈と教材の研究』）。

14 なお、冒頭のアレゴリーに現れる二株の「立葵」は、太宰治と幼なじみの萱野さんを指すとする説がある（大國眞希「『二十世紀旗手』」、『国文学解釈と鑑賞』一九九九・九）。

15 実際、川崎和啓「『二十世紀旗手』論」（『太宰治研究』4、一九九七・七、和泉書院）は、「太宰治の一方的な秘めた思いであったにしても、あの不義の片恋の女性は現実に太宰の胸にはっきりと棲んでいた」と述べ、「当時、母親千代とともに谷崎潤一郎のもとから佐藤春夫のもとに移り、そこで生活していた『谷崎鮎子』であった可能性が高いように思われる」と推測している。

1　H・R・マトゥラーナ、F・J・ヴァレラ『オートポイエーシス――生命システムとはなにか――』（河本英夫訳、国文社、一九九一・一〇）。
2　これについては半田美永「佐藤春夫と太宰治」（『太宰治研究』4、一九九七・七、和泉書院）参照。
3　渡部芳紀「評釈『創生記』」（『国文学解釈と鑑賞』一九八五・一一）。
4　詳細は、中村三春『言葉の意志　有島武郎と芸術史的転回』（一九九四・三、有精堂出版）所収の「序論　魂に行く傾向　ホイットマンの閃光」および「Ⅸ　他者としての愛　『惜みなく愛は奪ふ』から未来派へ」を参照。なお、花田俊典「『創生記』――憤怒こそ愛の極点――」（『国文学解釈と鑑賞』二〇〇一・四）は、本文中の「プンクト」をも『惜みなく愛は奪ふ』における「点」の観念を踏まえたものと解釈するが、これは単に文の「終止符」の意味であり、日本語でも「……である。マル」などと言うように、仰々しく冗談めかした表現であって、有島とは関係がないと思われる。
5　ちなみに、「愛は言葉だ」というフレーズは、『新ハムレット』（昭16・7、文藝春秋）でも、ハムレットのセリフとして登場する。これについて、渥美孝子は、「愛への欲望が言葉への欲望と同義であるということは、言葉が愛と同質の働きを持つと考えていることをも示している。それは自己をこえて他者への働きかけを行ない、他者との間に相互主観的な世界を獲得しようとする試みなのである。そういう言葉の自己超出作用が、『愛は言葉だ』の思想の根底にあるものと言えよう」と述べる（「『おふえりや遺文』と『新ハムレット』――メタ言語小説の観点から――」、『東北学院大学論集』102、一九九二・九）。しかし、これはどちらかと言うと有島武郎段階にふさわしい人間主義的な読み方ではないだろうか。「新ハムレット」については別稿を期したい。
6　奥野健男『太宰治論』（一九八四・六、新潮文庫）、82ページ。
7　神田重幸「『創生記』論」（無頼文学研究会編『太宰治1　羞らえる狂言師』、教育出版センター、一九七九・四）。

8　グレゴリー・ベイトソン「原初的芸術のスタイル、グレイス、インフォメーション」(『精神の生態学』上、佐伯泰樹・佐藤良明・高橋和久訳、思索社、一九八六・一)。
9　中条百合子「文芸時評［5］――十月の諸雑誌から―封建的な徒弟気質――」(『東京日日新聞』昭11・9・27)。

Ⅳ　ランダム・カルタ　――「懶惰の歌留多」とアフォリスティック・スタイル――

1　柄谷行人『日本近代文学の起源』(一九八〇・八、講談社)。
2　九里順子「懶惰の歌留多」脚注(中村三春編『ひつじアンソロジー小説編Ⅰ』、一九九五・四、ひつじ書房)、217～218ページ。
3　鶴谷憲三「太宰治の〈単一表現〉」(『太宰治論――充溢と欠如』、一九九五・八、有精堂出版)。
4　九里順子「『懶惰の歌留多』における形式の試み」(『國語國文研究』91、一九九二・三)。
5　畑有三「『懶惰の歌留多』論」(『太宰治研究』4、前掲)。
6　カルタの歴史については、斎藤良輔編『日本人形玩具辞典』(一九六八・六、東京堂出版)及び村井省三「日本のかるたの流れ」(『百人一首』、一九八五、学習研究社)などが詳しい。
7　「懶惰の歌留多」の成立事情については、山内祥史「解題」(『太宰治全集』第2巻、一九八九・八、筑摩書房)が詳しい。
8　(4)と同じ。
9　アドルノ前掲『美の理論』、ペーター・ビュルガー『アヴァンギャルドの理論』(浅井健二郎訳、一九八七・七、ありな書房)。また富山太佳夫「制度、アヴァンギャルド、断片」(『方法としての断片』、一九八五・六、南雲堂)参照。
10　このアフォリズムの由来については、笠原伸夫「『猿面冠者』の方法」(『太宰治研究』1、一九九四・六、和泉書院）参照。

11　マテイ・カリネスク「デカダンスの観念」（『モダンの五つの顔』、富山英俊・栂政行訳、一九八九・一一、せりか書房）、238ページ。

V　The Fragmental Literature――「HUMAN LOST」のメタフィクション性――

1　荻久保泰幸・東郷克美・渡部芳紀「鼎談　昭和8年～12年の太宰治をどう読むか」（『国文学解釈と鑑賞』一九八五・一一）。

2　田口律男「『HUMAN LOST』論――述語的統合の世界――」（前掲）。

3　ドキュメント形式の一般理論については、本書所収「『こゝろ』と物語のメカニズム」参照。

4　渡部芳紀「評釈『HUMAN LOST』」（『太宰治　心の王者』、一九八四・五、洋々社）、169ページ。

5　（4）と同じ、171ページ。

6　（4）と同じ、172ページ。

7　中村三春「太宰治と義太夫」（『国文学解釈と鑑賞』一九九九・九）参照。代表的なものとしては、山田案山子作の浄瑠璃『生写朝顔話』（天保3・一八三二）などがある。

8　徳田武「『朝顔日記』論」上・下（『日本文学』一九七九・六、七）。

9　春日直樹『太宰治を文化人類学者が読む――アレゴリーとしての文化』（一九九八・一〇、新曜社）、66ページ。

10　（4）と同じ、193ページ。

11　中村三春「太宰治引用事典」（別冊國文學『太宰治事典』、一九九四・五、學燈社）参照。

12　本書「『斜陽』のデカダンスと〝革命〟」参照。

13　（4）と同じ、192ページ。

14 塚越和夫『評釈　太宰治』（一九八二・七、葦真文社）、161ページ。

15 石田忠彦「自己治療の文学――『HUMAN LOST』――」（『太宰治研究』2、一九九六・一、和泉書院）。

【付記】本章は既発表の拙文「『十三日。なし』――メタフィクションとしての太宰小説」（『太宰治全集』月報2、一九九八・五、筑摩書房）を基礎として、これを展開したものである。

Ⅵ　捏造・収集・サンプリング――「玩具」――

1 東郷克美「フォークロアの変奏――『雀こ』を視座として――」（『國文學解釈と教材の研究』一九七九・七）。

2 山﨑正純『転形期の太宰治』（一九九八・一、洋々社）、173ページ。

3 千石英世「『思ひ出』について――虚構〔女性名詞〕を忘れよ――」（『國文學解釈と教材の研究』一九九一・四）。

4 大國眞希「『思ひ出』論――太宰文学における『失楽園』物語――」（『無頼の文学』24、二〇〇〇・五）。

5 西谷修『戦争論』（講談社学芸文庫、一九九八・八）。傍点原文。

6 ヴァルター・ベンヤミン「言語一般および人間の言語について」（浅井健二郎編訳『ベンヤミン・コレクションⅠ』1、一九九五・六、ちくま学芸文庫）参照。

7 服部康喜「『玩具』――〈私〉という堕天使――」（『国文学解釈と鑑賞』一九九九・九）。

8 佐藤泰正「『玩具』論――『晩年』の中の一視点として――」（『太宰治研究』1、一九九四・六）。

9 ヴァルター・ベンヤミン『ドイツ悲劇の根源』（川村二郎・三城満禧訳、一九七五・四、法政大学出版局）参照。

1　「女の決闘」は、『月刊文章』第六巻第一号～第六号（昭15・1～6）に発表され、初収単行本は『女の決闘』（昭15・6、河出書房）で、昭和名作選集28『富嶽百景』（昭18・1、新潮社）に再録された。
2　ヘルベルト・オイレンベルク著、森鷗外訳「女の決闘」の書誌概略は次の通りである。原作者・Herbert EULENBERG（1876-1949）、原題・*Ein Frauenzweikampf*　翻訳原本・H.Eulenberg: *Sonderbare Geschichten 2* (Aufl.Leipzig,Ernst Rowohlt Verlag.1911）、翻訳初出誌・不明、翻訳初収単行本・森鷗外著、三田文選別冊『蛙』（大8・5、玄文社出版部）。
3　ジェラール・ジュネット『パランプセスト――第二次の文学』（和泉涼一訳、一九九五・八、水声社）。
4　九頭見和夫「太宰治とオイレンベルク――『女の決闘』の背景――」（『新編　太宰治研究叢書』2、一九九三・四、近代文芸社）。
5　ポール・ヴァン・ティーゲム『比較文学』（富田仁訳、一九七三・八、清水弘文堂）。
6　曾根博義「『女の決闘』論――『写実』とその主体――」（『國文學解釈と教材の研究』一九九一・四）。
7　亀井秀雄「〈もどき〉の手法――作者の出現と自滅――」（『國文學解釈と教材の研究』一九八二・五）。
8　（6）と同じ。
9　関井光男「太宰治の翻案小説あるいはブリコラージュ」（『国文学解釈と鑑賞』一九八七・六）。
10　ヴァルター・ベンヤミン「アレゴリーとバロック悲劇」（前掲『ベンヤミン・コレクション』1）。
11　三島憲一『ベンヤミン――破壊・収集・記憶』（前掲）、236～238ページ。
12　藤井省三「太宰治の『惜別』と竹内好の『魯迅』」（『國文學解釈と教材の研究』二〇〇二・一二）。
13　権錫永「〈時代的言説〉と〈非時代的言説〉――『惜別』――」（『国語国文研究』96、一九九四・九）。
14　高橋秀太郎「太宰治『惜別』論」、『日本文芸論稿』26、一九九九・一〇）。
15　Paul de MAN, "The Rhetoric of Temporality", *Blindness and Insight*, Minnesota U.P., 1971, p.207. 私訳。
16　安藤宏「『語り』の力学」（長野隆編『シンポジウム太宰治　その終戦を挟む思想の転位』、一九九九・七、創文社)、19ページ。

17　加藤典洋『敗戦後論』(一九九七・八、講談社)。

Ⅷ　太宰治の引用とパロディ

1　Antoine COMPAGNON, *La seconde main ou le travail de la citation*, Éd.de Seuil, 1979, Paris, p.56.

2　鎌田修『日本語の引用』(二〇〇〇・一、ひつじ書房)、173ページ。

3　関井光男「太宰治の翻案小説あるいはブリコラージュ」(『国文学解釈と鑑賞』一九八七・六)。

4　思いつくままに補足すると、(ⅰ)引用元が分からず引用であることだけが分かっているような言説の場合には、元のコンテクストを欠いた新たなコード・コンテクストが適用される。(ⅱ)引用先の本文中に引用文だけが挿入されるような引用の場合、引用先のコンテクストがコードの機能を果たす。すべてが引用であるようなモンタージュの場合も、新たに作成されたコンテクストがこの役割を果たす。(コンテクストが作成されれば、の話だが。)(ⅲ)引用tにとって、元のコンテクストはT_1の、新たなコード・コンテクストはT_2の情報である。従ってこの函数すなわち引用は、二つのテクストに由来するコンテクストやコード間の確執や齟齬をはらむ場合がある。(ⅳ)たとえばカギ括弧と名詞だけから成る表現「二十世紀旗手」は、カギ括弧内の名詞を作品名として返す函数と言える。(ただし、作品名表記や会話文などを、厳密な意味で引用と見なしうるか否かには疑問の余地がある。多くの場合、それらは新たな生成であって、引用元はない。)(ⅴ)引用函数のコードは無数にあり、引用符の機能は無限である。それは対象への意味付与が、概念枠に応じて無数に可能だからである。例・〈「人」は漢字である。〉〈「人」は象形文字である。〉〈「人」は一年生で習う。〉……。

5　豊崎光一「翻訳と/あるいは引用」(『他者と「しての」忘却』、一九八六・一一、筑摩書房)、221ページ。

6　ロラン・バルト「作者の死」(花輪光訳『物語の構造分析』、一九七九・一一、みすず書房)、86～87ページ。

7　本書「太宰的アレゴリーの可能性――『女の決闘』から『惜別』まで――」参照。

8 ジェラール・ジュネット『パランプセスト――第二次の文学』（和泉涼一訳、一九九五・八、水声社）。

9 浅沼圭司『映ろひと戯れ――定家を読む』（一九七八・五、小沢書店）、107〜108ページ。

10 高橋英夫『花から花へ――引用の神話　引用の現在』（一九九七・六、新潮社）、12ページ。

11 例えば、加藤典洋『敗戦後論』（前掲）の論争は、まだ終わっていない。恐らく、軽々に終わることはないだろう。これもまた、太宰のテクストの引用から始められた、ブリコラージュ的色彩の強いテクストだからである。

12 宮川淳「引用について」（『引用の織物』、一九七五・三、筑摩書房）、107ページ。

Ⅸ「斜陽」のデカダンスと〝革命〟

1 詳細は、本書「『こゝろ』と物語のメカニズム」参照。

2 石井洋二郎「闘争する身体――太宰治『斜陽』を読む――」（『身体小説論――漱石・谷崎・太宰』、一九九八・一二、藤原書店）、242ページ。

3 東郷克美「太宰治の話法――女性独白体の発見――」（日本文学講座6『近代小説』、一九八八・六、大修館書店）、313・315ページ。

4 高田知波「『斜陽』論――ふたつの『斜陽』・変貌する語り手――」（『國文學解釈と教材の研究』一九九一・四）。

パラドックス　宮澤賢治

Ⅰ　賢治的テクストとパラドックス――『春と修羅　第三集』から――

1　天澤退二郎「アリス的世界・イーハトヴ――nonsense taleとしての賢治童話――」（『《宮澤賢治》鑑』、一九八六・九、筑摩書房）、241ページ。

2　詳細は、中村三春「『心象スケッチ』・その透明と障害――〈統合〉のレトリック再論――」（『日本文化研究所研究報告』29、一九九三・三）参照。

3　詳細は、中村三春「『薤露青』を読む――宮澤賢治のレトリック――」（『ars』4、一九九六・一一）参照。

4　『春と修羅　第二集』（『新校本宮澤賢治全集』第3巻校異篇）、245ページ。

5　本書「序説・神話の崩壊――『オツベルと象』『黄いろのトマト』『土神ときつね』――」参照。

6　本書「ブルカニロのいない世界――『ビヂテリアン大祭』の終わらない論争から――」参照。

7　吉本隆明『宮沢賢治』（近代日本詩人選13、一九八九・七、筑摩書房）。

8　大澤真幸「ブルカニロ博士の消滅」（『現代詩手帖』一九九六・一一）。

9　松澤和宏「『銀河鉄道の夜』論――未完の草稿とは何か――」（『生成論の探究』、二〇〇三・六、名古屋大学出版会）、290〜291ページ。

10　杉浦静「〈春と修羅　第三集〉の生成」（『宮沢賢治　明滅する春と修羅――心象スケッチという通路』、一九九三・一、蒼丘書林）。

11　木村東吉「『春と修羅　第三集』『詩ノート』における作品番号と創作日付に関する一考察」（『国文学攷』140、一九九三・一二）、「作品番号欠落過程と《春と修羅　第三集》一九三一年構想」（『島根大学教育学部紀要（人文・社会）』27―1、一九九三・一二）、「《春と修羅　第三集》一九三一年構想『生活・社会詩篇』試論」（『島大国文』22、一九九四・二）、「《春と修羅　第三集》一九三一年構想『田園詩篇』試論」（『島根大学教育学部紀要（人文・社会）』27―2、一九九四・三）など。

12　以下の『春と修羅　第三集』の本文は、主に筑摩書房版『新校本宮澤賢治全集』第4巻（一九九五・一〇）本文篇および校異篇に基づくものである。従って、文中の括弧や記号の用法は同全集のものを踏襲している。

ただし、引用にあたって省略した箇所を［…］で示したほか、校異篇からの引用は、原文の行番号を省略し、引用に際して表記法を任意に改めた箇所がある。
13 奥山文幸「賢治と映画的表現《モンタージュ》」（『宮沢賢治『春と修羅』論――言語と映像』、一九九七・七、双文社出版）、118・120ページ。
14 入澤康夫「解説」（『新修宮沢賢治全集』第4巻、一九七九・一〇、筑摩書房）。
15（10）と同じ。
16 高橋世織「賢治と黒板――《「消す」行為》のアルケオロジー――」（『感覚のモダン――朔太郎・潤一郎・賢治・乱歩』、二〇〇三・一二、せりか書房）、162ページ。
17（13）と同じ。
18（16）と同じ。
19 ヴァルター・ベンヤミン『複製技術時代の芸術作品』（一九三五〜三六、前掲『ベンヤミン・コレクション』1）、618〜619ページ。
20 テオドール・W・アドルノ『美の理論』（前掲）、263ページ。
【付記】本章は二〇〇四年七月、下関市において開催された、日本キリスト教文学会九州支部夏季セミナーのシンポジウム「文学の実験」における研究報告を基にしたものである。

Ⅱ 序説・神話の崩壊――「オツベルと象」「黄いろのトマト」「土神ときつね」――

1 続橋達雄「『オツベルと象』論」（『宮沢賢治・童話の軌跡』、一九七八・一〇、桜楓社）、122ページ。
2 池上雄三「『オツベルと象』」（萬田務・伊藤眞一郎編『作品論宮沢賢治』、一九八四・七、双文社出版）、168ページ。

3　小森陽一「『オツベルと象』」（『最新宮沢賢治講義』、一九九六・一二、朝日選書）。
4　ヴォルフガング・イーザー『行為としての読書』（前掲）。
5　（1）と同じ、122ページ。
6　折口信夫「国文学の発生（第三稿）」（『民族』一九二九・一、『折口信夫全集』第1巻、中公文庫版）、5ページ。
7　「祭に参加する者は神話の事件と時を同じうする」（ミルチャ・エリアーデ『聖と俗——宗教的なるものの本質について』、風間敏夫訳、一九六九・一〇、法政大学出版局）、79ページ。
8　（1）と同じ、119ページ。
9　『新校本宮澤賢治全集』第9巻校異篇（一九九五・六、筑摩書房）、85ページ。
10　天澤退二郎「後記（解説）」（『新修宮沢賢治全集』第9巻、一九七九・七、筑摩書房）、295ページ。
11　杉浦静「『黄色のトマト』試論」（（2）と同じ）、84ページ。
12　ジェラール・ジュネット『物語のディスクール』（花輪光・和泉涼一訳、水声社、一九八五・九）は語り手の「証言の機能」について触れている（同書302ページ）。
13　谷川雁「なぜ退職教授なのか——『土神と狐』の二項対立から——」（『国文学解釈と鑑賞』一九八四・一一）。
14　小森陽一「『土神ときつね』」（（3）と同じ）、127ページ。
15　大沢正善「『土神と狐』とその周辺——『修羅』の克服——」（『宮沢賢治研究Annual』1、一九九一・三）。
16　山根知子「『土神と狐』の修羅性——土の意味をめぐって——」（『宮沢賢治研究Annual』4、一九九四・三）。
17　（15）・（16）と同じ。
18　坂口安吾「FARCEについて」（『青い馬』一九三二・三）及び「文学のふるさと」（『現代文学』一九四一・八）。また「紫大納言」（『文体』一九三九・二）、「桜の森の満開の下」（『肉体』一九四七・六）の結末も参照のこと。

19　ミルチャ・エリアーデ『永遠回帰の神話――祖型と反復――』（堀一郎訳、一九六三・三、未来社）、46ページ。

20　マックス・ホルクハイマー、テオドール・W・アドルノ『啓蒙の弁証法――哲学的断想』（徳永恂訳、一九九〇・一二、岩波書店）、14ページ。

21　象徴・寓意については拙論「〈統合〉のレトリックを読む――修辞学的様式論の試み――」（『日本近代文学』45、一九九一・一〇）参照。

22　神話の意味表象をコノテーション（記号の複合、二次的記号体系）として論じたロラン・バルト『神話作用』（篠沢秀夫訳、一九八三・一〇、現代思潮社）参照。寓意はテクスト全体がコノテーションとされる現象である。

Ⅲ　ブルカニロのいない世界――「ビヂテリアン大祭」の終わらない論争から――

1　原子朗「ビヂテリアン」（『新宮澤賢治語彙辞典』、一九九九・七、東京書籍）、597ページ。

2　鶴田静『ベジタリアン宮沢賢治』（一九九九・一二、晶文社）、18ページ。

3　島村輝「『ビヂテリアン大祭』」（『臨界の近代日本文学』、一九九九・五、世織書房）、206～207ページ。

4　天澤退二郎「収録作品について」（『新編銀河鉄道の夜』、一九八九・六、新潮文庫）、350ページ。

5　色川大吉「賢治の国柱会とベ《ママ》ジタ《ママ》リアン大祭」（『宮沢賢治研究Annual』6、一九九六・三）。以下の色川説の引用元も同じ。

6　アリストテレス『弁論術』（山本光雄訳、『アリストテレス全集』第16巻、一九六八・一二、岩波書店）、195ページ。

7　安藤恭子「〈食〉〈民族〉〈言語〉の祭典――宮沢賢治『ビヂテリアン大祭』をめぐって――」（『国語科通信』96、一九九六・七）。以下の安藤説の引用元も同じ。

8　段裕行「『ビヂテリアン大祭』――まなざしの中の〈東洋〉――」（『広島大学教育学部紀要第二部』47、一九九九・三）。
9　島村輝前掲書、207ページ。
10　（8）と同じ。
11　段裕行「宮沢賢治と植民地主義――テクストの国境線――」（『論攷宮沢賢治』創刊号、一九九八・三）。
12　（8）と同じ。
13　以下は筑摩書房版『新校本宮澤賢治全集』第9巻（「ビヂテリアン大祭」）及び第10巻（「一九三一年度極東ビヂテリアン大会見聞録」）の各校異篇（宮沢清六ほか編纂、一九九五・六、九）の記述に従う。筆記インクを①から⑤の五種類に分けるのは第9巻の記述で、第10巻ではそのうちの④と⑤を各々①と②として説明している。なお、本稿では、校異の細部について省略した部分がある。
14　前掲『新校本宮澤賢治全集』第10巻（「銀河鉄道の夜」初期形一～初期形三）及び第11巻（最終形）の各校異篇（第11巻は一九九六・一）の記述に従う。
15　大澤真幸「ブルカニロ博士の消滅」（『現代詩手帖』一九九六・一一）。以下の大澤説の引用元も同じ。
16　吉本隆明『宮沢賢治』（近代日本詩人選13、一九八九・七、筑摩書房）。以下の吉本説の引用元も同じ。
17　綾目広治「翻訳についての原理的考察――異文化論の陥穽――」（『日本近代文学』65、二〇〇一・一〇）。
18　デイヴィッドソンに触れた根元的解釈の問題については、中村三春「『探究Ｉ』――他者とコミュニケーション――」（関井光男編、国文学解釈と鑑賞別冊『柄谷行人』、一九九五・一二）参照。
19　共約不可能性については、本書「係争中の主体――論述のためのミニマ・モラリア――」参照。

Ⅳ　ハイパーテクスト《稿本風の又三郎》

1　筑摩書房版『新校本宮澤賢治全集』第9巻校異篇（5～7ページ）によれば、「風野又三郎」の現存草稿は三種類で、そのうち宮澤自身の自筆による草稿⑴と、宮澤に依頼された松田浩一の筆写による草稿⑶が、各々の第一形態が原稿用紙の表面のマス目行間に鉛筆で書かれた下書きとされている。これについて天澤退二郎は、宮沢賢治イーハトーブセンター夏季特設セミナー「『風の又三郎』の謎に迫る（第2回）――『風〔の〕又三郎』草稿成立再考」（二〇〇四・八・二八、於・宮沢賢治イーハトーブ館）の基調報告「『風の又三郎』〝行間稿〟の位置と役割」において、この草稿⑴と草稿⑶とをまとめて同種の草稿と見なし、「風野又三郎」の現存草稿を二種類ととらえる観点からの考証を提起した。

2 『新校本宮澤賢治全集』第15巻本文篇、376ページ。

3 天澤退二郎『謎解き・風の又三郎』（一九九一・一二、丸善ライブラリー）。

4 本書「序説・神話の崩壊――『オツベルと象』『黄いろのトマト』『土神ときつね』――」、「ブルカニロのいない世界――『ビヂテリアン大祭』の終わらない論争から――」、「賢治的テクストとパラドックス――『春と修羅　第三集』から――」参照。

5 テオドール・W・アドルノ『美の理論』（前掲）。

6 沢里武治「風の又三郎（賢治の童話）」（『いちい』2号、一九七三・三、『新校本宮澤賢治全集』第16巻〔下〕年譜篇）、461～462ページ。

7 『新校本宮澤賢治全集』第3巻校異篇、146ページ。

8 石原千秋『テクストはまちがわない』（二〇〇四・三、筑摩書房）。

9 ジョージ・P・ランドウ『ハイパーテクスト――活字とコンピュータが出会うとき』（若島・板倉・河田訳、一九九六・一二、ジャストシステム）。

10 作品の概説に関しては、中村三春「風野又三郎」「風〔の〕又三郎」（『宮沢賢治の全童話を読む』、二〇〇三・二、學燈社）と重なる部分がある。

11 中村三春「風〔の〕又三郎」（同書所収）。

12 原子朗『新宮澤賢治語彙辞典』（一九九九・七、東京書籍）、284ページ。

13 前掲『謎解き・風の又三郎』、120ページ。

14 同書、163ページ以降。
15 天澤退二郎「『風の又三郎』再考Ⅰ——『九月八日』の章末をめぐって——」（前掲『《宮澤賢治》鑑』）、291ページ。
16 中村三春「風〔の〕又三郎」（前掲『宮沢賢治の全童話を読む』所収）。
17 押野武志『宮沢賢治の美学』（二〇〇〇・五、翰林書房）、192ページ。
18 同書197〜199ページ。
19 以下の箇所も含め、「風〔の〕又三郎」の本文および校異は『新校本宮澤賢治全集』第11巻本文篇・校異篇、「風野又三郎」は同全集第9巻本文篇・校異篇の記述に依拠している。

【付記】本章は宮沢賢治イーハトーブセンター夏季特設セミナー「『風の又三郎』の謎に迫る（第2回）——『風〔の〕又三郎』草稿成立再考」（二〇〇四・八・二八、於・宮沢賢治イーハトーブ館）のシンポジウム「『風野又三郎』と『風の又三郎』の間」におけるパネル報告を基にしたものである。

エピローグ　フィクションとメタフィクション

1 松浦理英子インタビュー「性愛から友愛へ——『裏ヴァージョン』をめぐって——」（『文學界』二〇〇〇・一二）。
2 『現代女性作家研究事典』（二〇〇一・九、鼎書房）所収の中村三春「金井美恵子」参照。
3 久保田裕子「松浦理英子」（前掲『現代女性作家研究事典』）、250ページ。
4 三浦俊彦『虚構世界の存在論』（一九九五・四、勁草書房）。
5 John R. SEARLE, "The logical status of fictional discourse," *Expression and Meaning*, Cambridge U.P, 1979.
6 アルフレッド・タルスキ「真理の意味論的観点と意味論の基礎」（飯田隆訳、『現代哲学基本論文集』Ⅱ、一九八七・八、勁草書房)、59ページ。

7 海老井英次「『聖母』の幻想と『女生徒』の饒舌――『俗天使』試読――」(『太宰治研究』5、一九九八・六)、77ページ。

8 中村三春「短編小説/代表作を読む」(『村上春樹がわかる。』、朝日新聞社・アエラムック、二〇〇一・一二)参照。

初出一覧

プロローグ

係争中の主体——論述のためのミニマ・モラリア——
『日本文学』第49巻第1号（日本文学協会）、二〇〇〇年一月

物語　夏目漱石

Ⅰ『こゝろ』と物語のメカニズム
田中実・須貝千里編『新しい〈作品論〉へ、新しい〈教材論〉へ』第1巻（右文書院）、一九九九年二月

Ⅱ〝反小説〟としての『彼岸過迄』
原題「物語は、終わらない——〝反小説〟としての『彼岸過迄』——」
『国文学解釈と鑑賞』第70巻第6号（至文堂）、二〇〇五年六月

フラグメント　太宰治

Ⅰ　アンドレ・ジイドと太宰治の〝純粋小説〟

原題「ジイドと太宰の〝純粋小説〟」
『太宰治研究』第6号（和泉書院）、一九九九年六月

Ⅱ　語り論的世界の破壊――「二十世紀旗手」のフレーム構造――
『国文学解釈と鑑賞』第59巻4号、一九九四年四月

Ⅲ　小説のオートポイエーシス――self-referential「創生記」――
原題「小説のオートポイエーシス―『創生記』のテクスト分析―」
『太宰治研究』第2号（和泉書院）、一九九五年一一月

Ⅳ　ランダム・カルタ――「懶惰の歌留多」とアフォリスティック・スタイル――
原題「ランダム・カルタ――太宰治のアヴァンギャルディスム――」
『ユリイカ』臨時増刊「特集・太宰治」（青土社）、一九九八年六月

Ⅴ　The Fragmental Literature――「HUMAN LOST」のメタフィクション性――
原題「The Fragmental Literature――太宰治『HUMAN LOST』論――」
文学思想懇話会編『近代の夢と知性』（翰林書房）、二〇〇〇年一〇月

Ⅵ　捏造・収集・サンプリング――「玩具」――
『国文学解釈と鑑賞』第66巻第4号（至文堂）、二〇〇一年四月

Ⅶ　太宰的アレゴリーの可能性――「女の決闘」から『惜別』まで――
『季刊 iichiko』（日本ペリエールアートセンター）、二〇〇〇年七月

Ⅷ　太宰治の引用とパロディ
『國文學解釈と教材の研究』第47巻第14号（學燈社）、二〇〇二年一二月

Ⅸ　「斜陽」のデカダンスと〝革命〟

原題「『斜陽』のデカダンスと〝革命〟――属領化するレトリック――」
『國文學解釈と教材の研究』第44巻第7号（學燈社）、一九九九年六月

パラドックス　宮澤賢治

Ⅰ　賢治的テクストとパラドックス――『春と修羅　第三集』から――
『山形大学紀要（人文科学）』第15巻第4号、二〇〇五年二月
Ⅱ　序説・神話の崩壊――「オツベルと象」「黄いろのトマト」「土神ときつね」――
原題「序説・神話の崩壊」
『宮沢賢治研究Annual』第10号（宮沢賢治学会イーハトーブセンター）、二〇〇〇年三月
Ⅲ　ブルカニロのいない世界――「ビヂテリアン大祭」の終わらない論争から――
『昭和文学研究』第45集（昭和文学会）、二〇〇二年九月
Ⅳ　ハイパーテクスト《稿本風の又三郎》
『山形大学人文学部研究年報』第2号、二〇〇五年二月

エピローグ
フィクションとメタフィクション
『國文學解釈と教材の研究』第46巻第1号（學燈社）、二〇〇一年一一月

あとがき

　本書に収めた論文はすべて既発表のもので、そのほとんどが収載された雑誌や書籍の編者・編集者から、論ずる対象を指定して執筆を依頼されたものである。中でも漱石『こゝろ』論は、本書の版元である翰林書房から、小森陽一・宮川健郎とともに編著『総力討論　漱石の「こゝろ」』を刊行した後に書いたものである。当時、私は言語による世界の制作としての虚構を理論的に解明し、虚構的な強度を評価軸として措定する一方で、小説における物語のメカニズムを分析することによって、物語の支配からは何とか脱しようと考えていた。『総力討論』の終わりには、『こゝろ』をいくら論じても、〝論ずる〟ことの枠組みをどうしても超えられないことを慨嘆している。一般に、特に学校教育において、十分に虚構の小説として読まれてはこず、また専らその物語のみが問題とされてきた『こゝろ』を論じることは、そうした課題に答える試金石ともなると思われたのである。

　さて、本書に収録した最も新しい論考は、続く漱石の『彼岸過迄』論なのだが、何と、私は同じことをいまだに論じているではないか！　こちらではむしろ、このテクストを〝反小説〟や〝反物語〟として単純に読んでしまうことに反論し、小説や物語のしぶとさを考えてみようとした。物語の解体を叫ぶよりも、よりましな物語の使い方を考える方がよいということの論の結論には、いささか自分がまるくなったかと感じないわけでもない。だがそれよりも、十年以上に亙って同じことをやり続けてきたのは、ある意味で驚きである。というのも、十年前には、私自身はこれから変わるだろうな、と考えていたからだ。事実は、私が変わるよりもずっと速いテンポで周囲の学問状況の方が変化してしまい、私は（理論的にも、心情的にも）その変化に対応しなかったわけである。今では、十年くらいでスタンスをころっと変えてどうするのか、と思ってしまうほどである。それでは十分に、そのスタンスを実証できないだろう。

「係争中の主体」という概念の意味は、本書で論じた通り、文芸テクストの読解のような不確定的な営為にとっては、単一の結論を得ることよりも、そこに至る過程に現れる複数的な論理の道筋そのものに生産性があるという積極的な主張を含んでいる。ただ、その主張に対する経験的な裏打ちとして、右のようなこの十年間の経緯が介在していないとも言えない。「係争中の主体」は、方法論的な仮想の座標軸であると同時に、それを提起しつつある私自身の主体のあり方でもあって、つまりは、本書の公刊じたいが、この理論母型とその他との間で係争中となるような事態が現れることによって意義をもつ事柄にほかならない。そのような意味で、本書の論述のすべては、積極的な意味での仮説に過ぎないのである。それは、異なる概念枠との間の係争を待ち望んでいる。

繰り返しになるが、本書所収の論文の大半は、書くことを依頼された結果の所産である。執筆を依頼するという現象を虚心に再考するならば、そこには本来、ある境界を破ってこちら側を浸食することを期待するという、〝暗闇での跳躍〟めいたスリリングな局面が伴うものと思われる。従って、「期待通りの原稿」という言葉には、いささか語弊があるだろう。なぜなら、依頼稿を書くことじたいが、他の概念枠に干渉しようとする係争なのだから。ともあれ、本書をまとめることができたのは、ここにお名前は挙げない多くの編者や編集者、そしてその人たちが念頭に置き、実際に拙論を目にしただろう読者の方々に依存した事業にほかならない。本書を今手にとっている読者の方とあわせて、その人々にも感謝しておきたい。

もちろん、無理な出版をお願いして快く引き受けてくださった翰林書房の今井肇さんと静江さんには、誰よりも深く御礼を申し上げたい。『総力討論』以来、たびたびお世話になってきたことから言えるのだが、日本文学の学術出版が事業として困難なこの時代において、水準の高い研究書をコンスタントに世に送り出し続けてきたお二人のご努力にはいくら敬意を払っても足りない。本書の出版が翰林書房にとっても無意味でない事業となることを願ってやまない。

なお、本書の出版に対して、山形大学人文学部より助成を受けた。

二〇〇五年十一月二十日

初雪の山形市にて

中　村　三　春

【や行】

【ら行】

【わ行】

【さ行】

【た行】

索　引

【著者略歴】
中村三春（なかむら・みはる）
1958年岩手県生まれ。東北大学大学院博士課程中退。山形大学人文学部教授。著書『フィクションの機構』（ひつじ書房）、『言葉の意志　有島武郎と芸術史的転回』（有精堂）、『総力討論　漱石の「こゝろ」』（翰林書房、小森陽一・宮川健郎との共著）など。

係争中の主体　漱石・太宰・賢治

発行日	2006年2月20日　初版第一刷
著　者	中村三春
発行人	今井　肇
発行所	翰林書房
	〒101-0051　東京都千代田区神田神保町1-14
	電話　03-3294-0588
	FAX　03-3294-0278
	http://www.kanrin.co.jp/
	Eメール●kanrin@mb.infoweb.ne.jp
印刷・製本	アジプロ

落丁・乱丁本はお取替えいたします

ISBN4-87737-219-9